# SENILIDADE

Título original: *Senilità*
copyright © Editora Lafonte Ltda. 2024

Todos os direitos reservados.
Nenhuma parte deste livro pode ser reproduzida por quaisquer meios existentes sem autorização por escrito dos editores.

Direção Editorial *Ethel Santaella*
Tradução *Ciro Mioranza*
Revisão *Rita Del Monaco*
Capa e diagramação *Marcos Sousa*
Imagens capa *AI/Shutterstock*

---

Dados Internacionais de Catalogação na Publicação (CIP)
(eDOC BRASIL, Belo Horizonte/MG)

S968s  Svevo, Italo, 1861-1928.
 Senilidade / Italo Svevo; tradução Ciro Mioranza. – São Paulo, SP: Lafonte, 2024.
 224 p. : 15,5 x 23 cm

 Título original: Senilità
 ISBN 978-65-5870-535-2 (Capa A)
 ISBN 978-65-5870-534-5 (Capa B)

 1. Ficção italiana. 2. Literatura italiana – Romance. I. Mioranza, Ciro. II. Título.
 CDD 853

Elaborado por Maurício Amormino Júnior – CRB6/2422

---

**Editora Lafonte**
Av. Profª Ida Kolb, 551, Casa Verde, CEP 02518-000, São Paulo-SP, Brasil — Tel.: (+55) 11 3855-2100
Atendimento ao leitor (+55) 11 3855-2216 / 11 3855-2213 — atendimento@editoralafonte.com.br
Venda de livros avulsos (+55) 11 3855-2216 — vendas@editoralafonte.com.br
Venda de livros no atacado (+55) 11 3855-2275 — atacado@escala.com.br

# SENILIDADE

## ITALO SVEVO

TRADUÇÃO
CIRO MIORANZA

BRASIL, 2024

Lafonte

# PREFÁCIO DO AUTOR À SEGUNDA EDIÇÃO

*Senilidade* foi publicado pela primeira vez há vinte e nove anos, no suplemento de nosso glorioso *L'Indipendente*[1]. Depois, no mesmo ano, de 1898, foi publicado pela Livraria Ettore Vram, numa edição que hoje se encontra totalmente esgotada.

Esse romance não recebeu uma única palavra de elogio ou de reprovação por parte da crítica. Talvez a roupagem bastante modesta com que foi apresentado tenha contribuído para seu insucesso. Caso contrário, seria difícil explicar tanto silêncio depois que o romance *Una vita* (Uma vida), publicado por mim seis anos antes, e que certamente estava contaminado por pelo menos outros tantos defeitos, conseguiu chamar a atenção de vários críticos, entre os quais a de Domenico Oliva[2], que a expressou com palavras bastante lisonjeiras. Na verdade, foram os elogios de um crítico tão autorizado que me encorajaram a publicar este segundo romance, que foi, no entanto, ignorado até mesmo por ele, muito embora o tenha recebido.

Resignei-me a opinião tão unânime (não há unanimidade mais perfeita que a do silêncio), e por vinte e cinco anos abstive-me de escrever. Se foi um erro, foi erro meu.

Essa segunda edição de *Senilidade* foi possível graças a uma palavra generosa de James Joyce[3], que, para mim, como tinha feito pouco antes para um velho escritor francês (Edouard Dujardin[4]), soube renovar o milagre de Lázaro. Que um escritor, sobre quem paira imperiosa

---

1 *L'Indipendente* era o título de um periódico publicado em Trieste, entre os anos de 1877 e 1923; de início era um jornal diário, passando depois a ser publicado duas vezes por semana; abordava assuntos políticos, econômicos, literários, comerciais e marítimos. (N.T.)

2 Domenico Oliva (1860-1917), jornalista, político e crítico literário italiano. (N.T.)

3 James Augustine Aloysius Joyce (1882-1941), romancista, contista e poeta irlandês. (N.T.)

4 Edouard Dujardin (1861-1949), escritor, poeta e dramaturgo francês. (N.T.)

a própria obra, tenha sabido desperdiçar em mais de uma vez seu precioso tempo para favorecer coirmãos menos afortunados, é essa generosidade que, a meu ver, explica o inaudito sucesso que teve, uma vez que todas as suas palavras, todas aquelas que compõem sua vasta obra, foram expressas pelo mesmo grande espírito.

Minha sorte não parou por aí: homens do quilate de Benjamin Crémieux[5] e de Valery Larbaud[6] me dedicaram seu tempo e seu afeto. Em decorrência disso, quase metade da edição de 1º de fevereiro do ano passado da revista *Le Navire d'Argent*[7] foi dedicada a mim. Crémieux publicou nela um estudo sobre meus três romances e a tradução de alguns capítulos de *A Consciência de Zeno*; e Larbaud a tradução de parte de dois capítulos dessa velha *Senilidade*. A predileção de Larbaud por esse romance tornou-o imediatamente tão caro para mim quanto no próprio momento em que o tinha vivido. Senti-o de imediato liberto de um desprezo que durou trinta anos, ao qual eu, por fraqueza, acabei por me associar.

O artigo de Crémieux – um marco em minha vida – suscitou, para sua e minha grande surpresa, alguma indignação contra nós. Não pudemos deixar de ficar pasmos com isso, em razão do recente e comovente prefácio de Larbaud ao livro de Dujardin.

Em vez disso, devo confessar que não guardo em mim rancor algum com relação à nossa crítica que durante tantos anos me ignorou.

Em primeiro lugar, é verdade que existem alguns motivos que explicam esse esquecimento. Além do mais, não se pode falar de rancor, visto que Silvio Benco[8] e Ferdinando Pasini[9] contam, e muito, nessa crítica. Benco, que desde muito jovem me honra com sua amizade, dedicou um artigo, de que sempre me orgulho, a meu romance intitulado *A Consciência de Zeno*, logo depois de sua publicação, em 1923.

---

5  Benjamin Esdras Crémieux (1888-1944), escritor e crítico literário francês. (N.T.)
6  Valéry Larbaud (1881-1957), escritor e poeta francês. (N.T.)
7  *Le Navire d'Argent*, revista de literatura e cultura geral fundada em 1925. (N.T.)
8  Silvio Benco (1874-1949), escritor, jornalista e crítico literário italiano. (N.T.)
9  Ferdinando Pasini (1876-1955), ensaísta italiano. (N.T.)

Ferdinando Pasini, em agosto de 1924, surpreendeu-me com um artigo no periódico *La Libertà*, da cidade de Trento, que aliviou aquela dolorosa solidão que é o destino de muitos de nossos escritores quando tentam chegar ao público. A benevolência de Pasini me encantou porque tive de considerá-la fruto de puro juízo crítico. Tudo o que eu sabia a respeito dele era que ensinava a muita gente com suas palavras e com seu exemplo, ao passo que, de minha pessoa, até então, ele nem sequer conhecia o nome. Nossa amizade começou com o artigo dele.

Voltando ao livro *Senilidade*, devo dizer que em nosso país encontrou um arguto e afetuoso crítico em Eugenio Montale[10], que publicou um estudo a mim dedicado no periódico *Esame* (novembro-dezembro de 1925). Este é meu melhor trabalho e será que é vantajoso para mim que quem leia a respeito de Zeno deva conhecer também Brentani? Eu gostaria de poder acreditar. Enquanto isso, meu jovem e atencioso amigo, obrigado por tanto estudo e tanto amor.

Valery Larbaud acha que o título desse romance não lhe assenta bem. Até eu, que agora sei o que é a verdadeira senilidade, às vezes sorrio por ter atribuído a essa um excesso de amor. Ainda assim, devo ter motivos muito fortes para não me conformar com um conselho de Larbaud que é não somente o autor que todos conhecem, mas também o leitor mais ardente (o adjetivo é mais que apropriado ao autor de *Ce vice impuni, la lecture*[11]) e que por isso sabe, por sua genialidade e pela prática do pensamento de tantos grandes nomes, como um livro deve ser apresentado. Parece-me que seria mutilá-lo privando-o do título que, a meu ver, pode explicar e desculpar alguma coisa. Esse título me guiou, e eu o vivi. Que permaneça, pois, assim esse romance, que reapresento aos leitores com alguns retoques meramente formais.

*Trieste, 1º de março de 1927.*
ITALO SVEVO

---

10 Eugenio Montale (1896-1981), poeta, prosador e jornalista italiano. (N.T.)

11 Em francês no original: "Esse vício impune, a leitura", que, aliás, é o título de uma obra de Valéry Larbaud. (N.T.)

# CAPÍTULO I

Desde logo, com as primeiras palavras que lhe dirigiu, quis avisá-la de que não pretendia se comprometer num relacionamento muito sério. Ou seja, falou-lhe mais ou menos assim:

– Eu a amo muito e, para seu bem, desejo que esteja de acordo em seguir com muita cautela.

As palavras eram revestidas de tanta prudência que era difícil acreditar que fossem proferidas por amor de outrem; fossem elas um pouco mais sinceras, deveriam ter soado assim:

– Gosto muito de você, mas você nunca será mais importante em minha vida do que um simples brinquedo. Tenho outras obrigações, minha carreira, minha família.

A família? Uma única irmã que não atrapalhava nem física nem moralmente, pequena e pálida, alguns anos mais nova que ele, mais velha, porém, pelo caráter ou talvez pelo destino. Dos dois, ele era o egoísta, o jovem; ela vivia para ele como uma mãe que se esquece de si mesma, mas isso não o impedia de falar a respeito como mais um destino importante ligado ao seu e que pesava sobre o seu; e assim, sentindo os ombros sobrecarregados por tamanha responsabilidade, ia atravessando a vida com prudência, deixando de lado todos os perigos, mas também o prazer, a felicidade. Aos 35 anos, encontrava na alma a ânsia insatisfeita de prazeres e de amor; e, em decorrência, a amargura de não ter desfrutado deles e, no cérebro, um grande medo de si mesmo e da fraqueza de seu caráter, de que, na verdade, mais suspeitava do que conhecia por experiência.

A carreira de Emílio Brentani era mais complicada, porque se compunha de duas ocupações e de dois propósitos muito distintos. De um pequeno emprego de pouca importância numa companhia de seguros, ganhava exatamente o dinheiro de que a pequena família precisava. A outra carreira era literária e, além de uma pequena reputação – satisfação da vaidade mais que da ambição – não lhe rendia nada, mas o cansava ainda menos. Durante muitos anos, depois de ter publicado um romance muito elogiado pela imprensa local, não tinha feito mais nada, por inércia e não por desconfiança. O romance, impresso em papel de má qualidade, tinha amarelado nos depósitos do livreiro, mas embora após sua publicação Emílio só tenha ouvido falar de que era uma grande esperança para o futuro, agora era considerado uma espécie de respeitabilidade literária que contava no pequeno balanço artístico da cidade. A primeira sentença não tinha sido reformada, tinha evoluído.

Pela consciência muito clara que tinha da nulidade de sua obra, não se vangloriava do passado, mas, na vida como também na arte, ele acreditava que ainda estava no período de preparação, considerando-se em seu íntimo mais secreto como uma potente máquina genial em construção, mas ainda não em atividade. Vivia sempre numa expectativa não paciente de alguma coisa que deveria fluir de seu cérebro, a arte, de alguma coisa que deveria vir de fora, a sorte, o sucesso, como se a idade das belas energias para ele já não tivesse passado.

Angiolina, uma loira de grandes olhos azuis, alta e forte, mas esbelta e ágil, de rosto iluminado pela vida, uma coloração amarelada de âmbar, impregnada da cor rosada de uma boa saúde, caminhava ao lado dele, de cabeça inclinada para um lado, como se pendesse pelo peso do muito ouro que a envolvia, olhando para o chão que tocava a cada passo com a elegante sombrinha, como se quisesse fazer brotar dali um comentário sobre as palavras que ouvia. Quando pensou que tinha compreendido, disse:

– Estranho – olhando timidamente para ele de soslaio. – Ninguém jamais falou assim comigo.

Ela não tinha entendido e se sentia lisonjeada ao vê-lo assumir uma atitude, que não esperava dele, de afastar dela o perigo. O afeto que ele lhe oferecia assumiu o aspecto de meiguice fraterna.

Colocadas essas premissas, o outro se sentiu tranquilo e retomou um tom mais adequado à circunstância. Fez chover sobre a cabeça loira as declarações líricas que seu desejo havia amadurecido e aperfeiçoado ao longo dos anos, mas, ao expressá-las, ele mesmo as sentia renovadas e rejuvenescidas como se tivessem nascido naquele instante, diante dos olhos azuis de Angiolina. Teve a sensação, que não sentia há muitos anos, de compor, de extrair ideias e palavras de seu íntimo: um alívio que dava àquele momento de sua vida nem um pouco feliz, um aspecto estranho, inesquecível, de pausa, de paz. A mulher desempenhava ali seu papel! Radiante de juventude e beleza, ela deveria iluminá-la por inteiro, fazendo-o esquecer seu triste passado de desejo e de solidão, e prometendo-lhe a alegria para o futuro que ela, claro, não haveria de comprometer.

Ele se havia aproximado dela com a ideia de encontrar uma aventura fácil e breve, daquelas que tantas vezes ouvira descrever e que nunca lhe haviam ocorrido ou nunca tinham sido dignas de ser relembradas. Essa prometia ser muito fácil e breve. A sombrinha tinha caído no momento certo para lhe dar um pretexto para se aproximar e, de fato – parecia maldade! – enroscando-se na cintura rendilhada da moça, não queria se afastar, a não ser depois de novas tentativas. Mas então, diante daquele perfil surpreendentemente puro, daquela bela saúde – corrupção e saúde parecem inconciliáveis para os retóricos – havia afrouxado seu ímpeto, com medo de errar e, por fim, encantou-se ao admirar um rosto misterioso de traços precisos e suaves, ora satisfeito, ora feliz.

Ela lhe havia contado pouco de si mesma e, naquela vez, todo envolvido nos próprios sentimentos, ele não ouviu nem aquele pouco. Ela devia ser pobre, muito pobre, mas por ora – ela o havia declarado com certo orgulho – não precisava trabalhar para viver. Isso tornava a aventura ainda mais agradável, porque a vizinhança da fome sempre perturba quando a gente quer se divertir. As indagações de Emílio não foram, portanto, muito profundas, mas ele acreditava que suas conclusões lógicas, mesmo que apoiadas em tais bases, deveriam ser suficientes para tranquilizá-lo. Se a moça, como se poderia julgar por seu olhar límpido, era honesta, certamente não seria ele que haveria de se expor ao perigo de depravá-la; mas se o perfil e o olhar estivessem mentindo, tanto melhor. Haveria como se divertir em ambos os casos, sem se arriscar em nenhum dos dois.

Angiolina havia entendido bem pouco das premissas, mas, visivelmente, não precisava de comentários para compreender o resto; até mesmo as palavras mais difíceis tinham um som característico inequívoco. As cores da vida destacavam-se no belo rosto, e a mão, de forma pura, embora grande, não se subtraiu a um beijo muito casto de Emílio.

Pararam muito tempo no miradouro de Sant'Andrea e olharam para o mar calmo e colorido na noite estrelada, clara, mas sem lua. Uma carroça passou na avenida abaixo e, no grande silêncio que os cercava, o rumor das rodas no terreno irregular continuou a chegar aos ouvidos deles por muito tempo. Divertiram-se em segui-lo cada vez mais tênue até que se fundiu no silêncio universal, e ficaram satisfeitos porque, para ambos, havia desaparecido no mesmo instante.

– Nossos ouvidos se dão muito bem – disse Emílio, sorrindo.

Ele havia dito tudo e não sentia mais nenhuma necessidade de falar. Interrompeu um longo silêncio para dizer:

– Quem sabe se esse encontro nos trará sorte!

Era sincero. Tinha sentido a necessidade de duvidar de sua felicidade em voz alta.

– Quem sabe? – replicou ela, tentando colocar na própria voz a emoção que sentira na dele.

Emílio sorriu novamente, mas com um sorriso que achou que deveria esconder. Dadas as premissas feitas por ele, que tipo de sorte poderia resultar a Angiolina por tê-lo conhecido?

Então se deixaram. Ela não queria que ele a acompanhasse até a cidade, e ele a seguiu de longe, sem saber ainda como se desvencilhar dela completamente. Oh, que figura gentil! Ela caminhava com a calma de seu robusto organismo, segura na calçada coberta de lama escorregadia; quanta força e quanta graça reunidas naqueles movimentos tão confiantes quanto os de um felino.

Quis o acaso que no dia seguinte ele viesse a saber muito mais a respeito de Angiolina do que ela lhe havia contado.

Encontrou-se com ela ao meio-dia, no Corso. A inesperada sorte o fez proferir uma saudação alegre, com um grande gesto que levou o chapéu a quase roçar o chão; ela respondeu com uma leve inclinação de cabeça, mas acrescida de um olhar brilhante, magnífico.

Um tal de Sorniani, homenzinho amarelado e magro, grande mulherengo, segundo diziam, mas certamente também estulto e linguarudo em detrimento do bom nome dos outros e do próprio, se agarrou no braço de Emílio e lhe perguntou como chegara a conhecer essa moça. Eram amigos desde o tempo de rapazes, mas não se falavam há vários anos e uma linda mulher teve de passar entre eles para que Sorniani sentisse necessidade de se reaproximar dele.

– Eu me encontrei com ela em casa de conhecidos – respondeu Emílio.

– E o que ela anda fazendo agora? – perguntou Sorniani, dando a entender que conhecia o passado de Angiolina e que estava realmente indignado por não conhecer seu presente.

– Isso é que eu não sei. – e acrescentou com indiferença bem simulada: – Ela me deu a impressão de ser uma moça séria.

– Devagar! – disse Sorniani, resolutamente, como se quisesse afirmar o contrário; e, só depois de uma breve pausa, se corrigiu: – Não sei nada a respeito e quando a conheci todos a julgavam honesta, embora ela já tivesse se encontrado certa vez em posição bastante duvidosa.

Sem que Emílio precisasse estimulá-lo a ir além, contou que a pobre moça havia chegado muito perto de viver uma grande ventura que mais tarde se converteu, por sua própria culpa ou por culpa de outrem, numa desventura não desprezível. Em sua juventude, ela se apaixonara profundamente de um tal de Merighi, homem muito atraente – Sorniani o reconhecia, mesmo não gostando dele – e rico comerciante. Esse se havia aproximado dela com os propósitos mais honestos; ele a havia retirado da família de quem não gostava muito e fez com que a mãe dele a acolhesse em casa.

– Pela própria mãe! – exclamava Sorniani. – Como se aquele idiota – importava-lhe descrever o homem como tolo e a mulher como desonesta – não pudesse curtir a vida com a moça também fora de casa, sem ser sob os olhares da mãe. Depois de alguns meses, no entanto, Angiolina voltou para a casa de onde nunca deveria ter saído, e Merighi, com a mãe, abandonou a cidade, dando a impressão de que estava empobrecido em decorrência de especulações equivocadas. Segundo outros, as coisas teriam acontecido de maneira um pouco diferente. A mãe de Merighi, tendo descoberto uma ligação vergonhosa de Angiolina, teria expulsado a garota de casa. Sem que lhe fosse solicitado, ele fez outras variações sobre o mesmo tema.

Mas era por demais evidente que ele se comprazia em satisfazer a própria fantasia em torno desse argumento excitante, e Brentani só reteve as palavras em que podia depositar inteira confiança, os fatos que deviam ser notórios. Ele tinha conhecido Merighi de vista e se lembrava de sua figura esbelta de atleta, o verdadeiro homem para Angiolina. Ele se lembrava de ter ouvido ser descrito, na verdade, recriminado, como um idealista no comércio: um homem muito ousado, convencido de que poderia conquistar o mundo com sua atividade. Finalmente, por meio das pessoas com quem lidava diariamente em seu emprego, ficou sabendo que essa ousadia havia custado caro a Merighi, que se viu obrigado a liquidar sua empresa em condições desastrosas. Sorniani, portanto, jogava as palavras ao vento, porque Emílio acreditava agora que estava em condições de saber exatamente o que havia acontecido. O empobrecido e desacreditado Merighi não teve coragem de constituir uma nova família, e assim Angiolina, que poderia ter se tornado mulher rica e séria, acabava nas mãos dele como um brinquedo. Sentiu por ela profunda compaixão.

O próprio Sorniani havia testemunhado as demonstrações de amor de Merighi. Ele já o tinha visto, várias vezes, aos domingos, na entrada da igreja de Sant'Antonio Vecchio, esperar longamente até que ela tivesse feito suas orações, ajoelhada ao pé do altar, totalmente absorto em contemplar aquela cabeça loira, brilhando mesmo na penumbra.

"Duas adorações", pensou Brentani emocionado, que podia facilmente intuir a ternura com que Merighi estava pregado na entrada daquela igreja.

– Um imbecil – concluiu Sorniani.

A importância da aventura cresceu aos olhos de Emílio pelas comunicações de Sorniani. A espera pela quinta-feira, quando a veria novamente, tornou-se febril, e a impaciência o tornou loquaz.

Seu amigo mais próximo, um tal de Balli, escultor, soube do encontro logo no dia seguinte.

– Por que eu não poderia me divertir um pouco, quando posso fazê-lo por um preço tão módico? – acabou se perguntando Emílio.

Balli ficou a ouvi-lo com o mais evidente aspecto de admiração. Era amigo de Brentani há mais de dez anos, e pela primeira vez o via se empolgando por uma mulher. Ficou preocupado ao ver imediatamente o perigo que ameaçava Brentani.

O outro protestou:

– Eu em perigo, em minha idade e com minha experiência?

Brentani falava seguidamente de sua experiência. O que ele julgava que poderia chamar desse modo era qualquer coisa que tinha sugado dos livros, uma grande desconfiança e grande desprezo pelos próprios semelhantes.

Balli, ao contrário, tinha empregado melhor seus quarenta anos completos, e sua experiência o tornava competente para julgar a do amigo. Era menos culto, mas sempre tivera uma espécie de autoridade paterna sobre o outro, consentida, desejada por Emílio que, apesar de seu destino pouco alvissareiro, mas nada ameaçador, e de sua vida em que não havia nada de imprevisto, precisava de apoio para se sentir seguro.

Stefano Balli era um homem alto e forte, de olhos azuis de jovem num daqueles rostos bronzeados que nunca envelhecem: o único vestígio da idade era o cabelo castanho grisalho, a barba aparada com precisão, toda a figura correta e um pouco rígida. Seu olhar observador às vezes era doce, sempre que animado pela curiosidade ou pela compaixão, mas se tornava duríssimo na luta e na discussão mais fútil.

O sucesso tampouco tinha sorrido ara ele. Alguma comissão julgadora, rejeitando seus projetos, teria elogiado essa ou aquela parte, mas nenhuma de suas obras teria encontrado lugar em qualquer uma das muitas praças da Itália. Ele, no entanto, nunca havia sentido o desânimo do insucesso. Contentava-se com o consenso de alguns artistas, admitindo que sua originalidade deveria impedi-lo de obter grande sucesso, a aprovação das massas, e assim tinha continuado a levar sua vida em busca de certo ideal de espontaneidade, de desejada rudeza, de uma simplicidade ou, como ele dizia, de uma perspicácia de ideia da qual ele acreditava que deveria resultar seu "eu" artístico, depurado de tudo o que fosse ideia ou forma de outra pessoa. Não admitia que o resultado de seu trabalho pudesse deprimi-lo, mas o raciocínio não o teria salvo do desconforto, se um sucesso pessoal sem precedentes não lhe tivesse dado satisfações que ele escondia, até mesmo negava, mas que ajudavam muito a manter sua bela e esbelta figura ereta. O amor das mulheres era para ele algo mais do que uma satisfação da vaidade, apesar de, ambicioso, antes de tudo, não soubesse amar. Isso era um sucesso ou era muito parecido; por amor do artista, as mulheres também amavam sua arte, que era, no entanto, tão pouco feminina.

Assim, tendo profunda convicção de sua genialidade e sentindo-se admirado e amado, conservava com toda a naturalidade seu comportamento de pessoa superior. Na arte, tinha juízos ásperos e imprudentes e, na sociedade, uma atitude nada respeitosa. Os homens pouco gostavam dele, e ele só se aproximava daqueles a quem conseguia se impor.

Cerca de dez anos antes, viu-se admirado por Emílio Brentani, na época um jovem, um egoísta como ele, mas menos afortunado, e passara a gostar dele. A princípio ele o preferiu apenas porque se sentia admirado por ele; muito mais tarde, o hábito tornou-o caro para ele, indispensável. O relacionamento dos dois foi moldado por Balli. Tornou-se mais íntimo do que Emílio, por prudência, teria gostado, íntimo como todos os poucos relacionamentos do escultor, e suas relações intelectuais permaneceram restritas às artes representativas, nas quais se davam perfeitamente, porque nessas artes existia apenas uma ideia, aquela a que Balli se tinha dedicado, a reconquista da simplicidade ou da ingenuidade que os chamados clássicos nos haviam roubado. Acordo fácil; Balli ensinava, o outro não sabia sequer aprender. Entre eles nunca se falava das complexas teorias literárias de Emílio, visto que Balli detestava tudo o que ignorava, e Emílio sofreu a influência do amigo até na maneira de andar, de falar e de gesticular. Homem no verdadeiro sentido da palavra, Balli não tolerava a influência de ninguém, e quando Brentani estava ao lado dele, podia ter a sensação de estar acompanhado por uma das muitas mulheres dominadas por ele.

– Na verdade, – disse ele, depois de ouvir de Emílio todos os detalhes da aventura – não deveria haver perigo algum. O caráter da aventura já foi determinado por aquela sombrinha que tão convenientemente lhe escorregou da mão e pelo encontro logo concordado.

– É verdade – confirmou Emílio que, no entanto, não disse como havia dado tão pouca importância a esses dois detalhes que, detectados por Balli, o surpreenderam como fatos novos.

– Acredita então que Sorniani tem razão?

Em sua apreciação sobre as informações de Sorniani, ele certamente não tinha levado em conta esses fatos.

– Apresente-me a ela – disse Balli, com prudência – e então julgaremos.

Brentani não conseguia ficar calado nem com a própria irmã. A srta. Amália nunca tinha sido bonita: longa, seca e incolor, Balli dizia que tinha nascido cinzenta. Tudo o que lhe restava de menina eram as mãos brancas, finas, de formato bonito, às quais ela dedicava todos os cuidados.

Era a primeira vez que ele falava com ela sobre uma mulher, e Amália ouviu, surpresa e com a fisionomia mudando de repente, aquelas palavras que ele acreditava serem honestas, castas, mas que em sua boca estavam prenhes de desejo e de amor. Ele não tinha contado nada ainda, e ela, já assustada, havia murmurado a advertência de Balli:

– Cuidado para não fazer bobagem.

Mas então ela quis que lhe contasse tudo, e Emílio achou que poderia confidenciar-lhe a admiração e a felicidade que sentira naquela primeira noite, mantendo silêncio sobre suas intenções e esperanças. Não percebia que o que ele dizia era a parte mais perigosa. Ela ficou ouvindo, servindo-o silenciosamente e pronta à mesa, para que ele não tivesse de se interromper para pedir uma coisa ou outra. Claro, com a mesma aparência, ela tinha lido aquele meio milhar de romances que causavam uma boa impressão no velho armário convertido em biblioteca, mas o fascínio que agora exercia sobre ela – ela, surpresa, já o sabia – era completamente diferente. Ela não era uma ouvinte passiva, não era o destino de outrem que a fascinava; o próprio destino se reavivava intensamente. O amor havia entrado em casa e vivia ao lado dela, inquieto, laborioso. Com um único suspiro ela havia dissipado a atmosfera estagnada em que ela, inconsciente, tinha passado seus dias e agora olhava para dentro de si mesma, surpreendendo-se de que, sendo feita assim, não tivesse desejado ainda desfrutar e sofrer.

Irmão e irmã entravam na mesma aventura.

# CAPÍTULO II

Apesar da escuridão, reconheceu-a imediatamente na esquina do Campo Marzio. Para reconhecê-la lhe teria bastado agora ver sua sombra avançar com aquele movimento sem ritmo porque sem sobressaltos, o prosseguir de um corpo conduzido por mão segura, afetuosamente. Correu ao encontro dela e diante da cor surpreendente daquele rosto, cor estranha, intensa, igual, sem mácula, sentiu um hino de alegria brotar de seu peito. Ela tinha vindo e quando se apoiou em seu braço, pareceu-lhe que ela se entregava por inteiro.

Ele a conduziu em direção ao mar, longe da avenida, onde alguns transeuntes ainda circulavam e, na praia, se sentiram bem sozinhos. Queria beijá-la imediatamente, mas não ousou, embora ela, que não havia dito uma palavra, lhe sorrisse encorajadoramente. A simples ideia de que, se ele ousasse, teria podido pousar-lhe os lábios sobre os olhos ou sobre a boca, o comoveu profundamente, tirou-lhe o fôlego.

– Oh, por que demorou tanto? Fiquei com medo de que não viesse.

Falava assim, mas seu ressentimento já estava esquecido; como certos animais, no ato do amor, sentia necessidade de reclamar. Tanto é verdade que mais tarde pareceu ter explicado seu descontentamento com essas palavras alegres:

– Parece impossível tê-la aqui a meu lado.

A reflexão lhe deu uma plena sensação de sua felicidade.

– E eu acreditava que não poderia haver noite mais linda que a da semana passada.

Oh, ficou tão mais feliz agora que podia se alegrar com a conquista que já havia feito.

Rápido demais se chegou ao beijo, visto que depois daquele primeiro impulso de apertá-la imediatamente nos braços, ele agora se teria contentado em olhar e sonhar. Mas ela entendia ainda menos os sentimentos de Emílio do que ele os dela. Ele tinha ousado uma tímida carícia nos cabelos dela: muito ouro. Mas até a pele era dourada, acrescentou ele, e o corpo inteiro. Ele achava que tinha dito tudo, mas Angiolina achava que não. Ela ficou pensativa por um momento e falou sobre um dente que doía.

— Este aqui — disse ela, mostrando a boca puríssima, as gengivas vermelhas, os dentes sólidos e brancos, uma arca de pedras preciosas montadas e distribuídas por um artífice inimitável, a saúde. Ele não resistiu e beijou a boca que se lhe tinha oferecido.

Aquela vaidade sem limites não o inquietou, porque até o favorecia: na verdade, nem a percebeu. Ele, que como todos aqueles que não vivem, se julgava mais forte que o espírito mais elevado, mais indiferente que o pessimista mais convicto, olhou em torno de si para as coisas que haviam assistido ao grande feito.

Nada mal. A lua ainda não havia surgido, mas, lá fora, no mar, havia uma cintilação iridescente que parecia que o sol havia passado há pouco e tudo ainda brilhasse com a luz que havia recebido. De ambos os lados, porém, o azul dos promontórios distantes estava ofuscado pela noite mais escura. Tudo era enorme, ilimitado e, em todas essas coisas, o único movimento era a cor do mar. Ele teve a sensação de que na imensa natureza, naquele instante, só ele agia e amava.

Ele falou com ela sobre o que Sorniani lhe havia contado, interrogando-a finalmente sobre seu passado. Ela ficou muito séria e falou em tom dramático sobre sua aventura com Merighi. Abandonada? Não era a expressão verdadeira porque fora ela quem pronunciou a palavra decisiva que libertou os Merighi do compromisso deles. É verdade que eles a tinham aborrecido de todas as maneiras, dando a entender que a consideravam um fardo para a família. A mãe de Merighi (oh, aquela velha resmungona, malvada e doente, supurando bílis) tinha posto tudo em pratos limpos:

– Você é a nossa desgraça, porque sem você meu filho poderia talvez encontrar alguém com dote.

Então, por vontade própria, ela abandonou aquela casa e voltou para a casa da mãe – disse docemente essa palavra – e, pouco depois, adoeceu de desgosto. A doença foi um alívio, porque na febre todas as preocupações acabam sendo esquecidas.

Então quis saber de quem ele havia ficado sabendo desse fato.

– De Sorniani.

Não se lembrou logo desse nome, mas depois exclamou rindo:

– Aquele idiota amarelado e feio que anda sempre em companhia de Leardi.

Ela conhecia também Leardi, um jovem que mal começava então a viver, mas com um ardor que o havia colocado de imediato na primeira linha entre os caçadores de prazer da cidade. Merighi o havia apresentado a ele muitos anos antes, quando os três eram quase crianças; haviam brincado juntos.

– Gosto muito dele – concluiu ela, com uma franqueza que fazia acreditar na sinceridade de todas as suas outras palavras.

E até Brentani, que estava começando a inquietar-se com aquele jovem e temível Leardi, que se imiscuía na vida dele, com essas últimas palavras se acalmou:

– Pobre menina! Honesta e não astuta.

Não teria sido melhor torná-la menos honesta e mais astuta? Ao fazer-se essa pergunta, lhe ocorreu a magnífica ideia de educar aquela menina. Em troca do amor que dela recebesse, ele só poderia lhe dar uma coisa: o conhecimento da vida, a arte de aproveitá-la. O presente dele também era muito precioso, porque com essa beleza e essa graça, dirigida por uma pessoa habilidosa como ele, poderia se tornar vitoriosa na luta pela vida. Assim, por mérito dele, ela poderia conquistar para si a fortuna que ele não poderia lhe dar. E logo quis lhe contar algumas das ideias que passavam por sua cabeça. Parou de beijá-la e de lisonjeá-la e, para ensinar-lhe o vício, assumiu o aspecto austero de um mestre da virtude.

Com uma ironia por conta de si mesmo em que muitas vezes se deleitava, começou a compadecer-se dela por ter caído nas mãos de um homem como ele, pobre de dinheiro e também de outras coisas, como de energia e coragem. Porque, se tivesse tido coragem – e ao fazer-lhe pela primeira vez uma declaração de amor mais séria que todas as anteriores, sua voz se alterou com grande emoção –, ele teria tomado sua loira nos braços, a teria apertado contra o peito e a teria levado agarrando-a pela cintura. Mas, em vez disso, não se sentia capaz para tanto. Oh, a miséria a dois era uma coisa horrível; era a escravidão, a mais dolorosa de todas. Ele a temia por si e por ela.

Nesse momento, ela o interrompeu:

– Eu não teria medo – pareceu-lhe que ela queria agarrá-lo pelo pescoço e jogá-lo naquela condição que ele tanto temia –, eu viveria, pobre e resignada, ao lado do homem que amasse.

– Mas eu não – disse ele, após breve pausa e fingindo ter hesitado por um instante. – Eu me conheço. Na penúria, eu não saberia nem amar. – E, depois de outra breve pausa, acrescentou com voz grave e profunda: – Nunca! – enquanto ela o olhava, séria, com o queixo apoiado no cabo da sombrinha.

Colocadas assim as coisas em seu devido lugar, observou – e essa era a introdução à educação que queria lhe dar – que para ela teria sido preferível que outro daqueles cinco ou seis jovens que a tinham admirado naquele dia se aproximasse dela: Carlini, rico; Bardi, que desperdiçava irrefletidamente os últimos resquícios de sua juventude e de sua grande fortuna; Nelli, empresário que ganhava muito. Qualquer um deles, por um motivo ou por outro, valia mais do que ele.

Ela, por um momento, encontrou a nota certa. Ficou ofendida! Estava muito claro, porém, que seu ressentimento era provocado, exagerado; e Emílio certamente notou; mas não a culpou por esse fingimento. Remexendo-se com todo o corpo, ela fingia um esforço para se libertar dele, para ir embora, mas a violência desse esforço não chegava até os braços pelos quais ele a prendia. Eles estavam quase inertes sob seu controle, e no final ele os acariciou, os beijou e não os apertou mais.

Pediu-lhe desculpas; não se havia explicado bem e repetiu corajosamente com outras palavras o que já havia dito. Ela não percebeu a nova ofensa, mas manteve um tom ressentido por algum tempo:

– Não quero que acredite que teria sido a mesma coisa para mim ter sido abordada por um ou por outro daqueles dois senhores. Não lhes teria permitido falar-me.

No primeiro encontro deles, lembravam-se vagamente de se terem visto na rua um ano antes; ele, portanto – dizia Angiolina – não era o primeiro a procurá-la.

– Eu – declarou Emílio, solenemente – não quis dizer outra coisa, a não ser que não a merecia.

Só então conseguiu transmitir-lhe os ensinamentos que lhe seriam tão úteis. Ele a achava muito desinteressada e a recriminou por isso. Uma jovem de sua condição tinha de cuidar dos próprios interesses. O que era a honestidade nesse mundo? O interesse! As mulheres honestas eram aquelas que sabiam encontrar quem as adquirisse pelo preço mais alto, eram aquelas que não consentiam entregar-se ao amor, a não ser quando encontrassem nele a contrapartida. Ao dizer essas palavras, ele se sentiu como homem imoral superior, que vê e quer as coisas como elas são. A potente máquina do pensamento que ele se considerava, estava emergindo da inércia. Uma onda de orgulho lhe estufou o peito.

Ela pendia surpresa e atenta de seus lábios. Parecia acreditar que mulher honesta e mulher rica fossem a mesma coisa.

– Ah! Então as elegantes senhoras são feitas assim?

Depois, vendo-o surpreso, negou ter querido dizer isso, mas, se ele tivesse sido o observador que julgava ser, teria percebido que ela não entendia mais o raciocínio que tanto a surpreendera pouco antes.

Ele repetiu e comentou as ideias já expressas: a mulher honesta sabe que vale muito; esse é o segredo dela. É preciso ser honesta ou pelo menos parecer. Já era ruim que Sorniani pudesse falar levianamente a respeito dela, e péssimo por ela ter declarado que gostava de Leardi – e aqui desabafou seu ciúme –, aquele mulherengo comprometedor mais que qualquer outro. Era melhor fazer o mal do que parecer fazê-lo.

Ela logo se esqueceu das ideias gerais que ele havia exposto para se defender vigorosamente daqueles ataques. Sorniani não podia falar mal dela, e Leardi, então, era um rapaz que não se comprometia com nada.

Por aquela tarde, a instrução terminou ali, porque ele pensou que medicamento tão forte deveria ser ministrado em pequenas doses. Além disso, parecia-lhe que já tinha feito um grande sacrifício ao renunciar, por alguns instantes, ao amor.

Por um sentimentalismo de literato, o nome Angiolina não lhe agradava. Passou a chamá-la de Lina; depois, não lhe bastando esse termo carinhoso, lhe impingiu o nome francês *Angèle* e, muitas vezes, o enobreceu e o abreviou em *Ange*. Ensinou-lhe a dizer em francês que o amava. Sabendo o significado dessas palavras, ela não queria repeti-las, mas no encontro seguinte disse-lhe sem ser solicitada: *Je tém bocú*.[12]

Ele não ficou nem um pouco surpreso por ter chegado tão longe tão cedo. Correspondia exatamente a seu desejo. Certamente ela o achava tão sensato que lhe parecia que podia confiar nele e, na verdade, por muito tempo, nem teve a oportunidade de refutá-lo no que quer que fosse.

Encontravam-se sempre ao ar livre. Namoraram em todas as ruas suburbanas de Trieste. Depois dos primeiros encontros, abandonaram Sant'Andrea, que era muito frequentado, e durante algum tempo preferiram a estrada de Opicina, ladeada de frondosos castanheiros-da-índia; estrada ampla, solitária, uma subida lenta, quase insensível. Paravam ao lado de um muro baixo, que se tornou o destino de suas caminhadas apenas porque ali haviam se sentado na primeira vez. Beijavam-se longamente, a cidade a seus pés, silenciosa, morta, como o mar, lá de cima nada mais do que uma grande extensão de cores

---

12 Transcrição da pronúncia da frase francesa *Je t'aime beaucoup*, que significa "Eu te amo muito". (N.T.)

misteriosas e indistintas: e na imobilidade e no silêncio, a cidade, o mar e as colinas pareciam uma só coisa, a mesma matéria moldada e colorida por algum artista bizarro, dividida, cortada por linhas marcadas com pontos amarelos, os lampiões da rua.

A luz da lua não lhes mudava a cor. Os objetos com contornos mais precisos não se iluminavam, eles se velavam de luz. Sobre eles se estendia um candor imóvel, mas, abaixo, a cor dormia entorpecida, fosca, e até mesmo no mar, que agora deixava entrever seu eterno movimento, brincando com o prateado de sua superfície, a cor calava, dormia. O verde das colinas, todas as cores das casas permaneciam escuras, e a luz lá fora, não acolhida, distinta, um eflúvio que saturava o ar, era branca, incorruptível, porque nada nela se fundia.

No rosto próximo da moça, a luz da lua se encravava, substituía aquela cor rosada infantil sem atenuar o amarelo difuso que Emílio pensava perceber com os lábios; todo o rosto se tornava austero e, beijando-o, Emílio se sentia mais corrupto do que nunca. Beijava a luz branca e casta.

Então preferiram os bosques da colina Cacciatore; sentiam cada vez mais a necessidade de se segregar. Sentavam perto de uma árvore qualquer e comiam, bebiam e se beijavam. As flores logo haviam desaparecido de seu relacionamento e tinham dado lugar a doces que ela depois não quis mais, para não danificar os dentes. Depois entraram os queijos, as mortadelas, as garrafas de vinho e de licor, coisas que já eram muito caras para a limitada bolsa de Emílio.

Mas estava inteiramente disposto a sacrificar a Angiolina todas as poucas economias que fizera nos longos anos de sua vida regrada; teria reduzido as despesas tão logo se esgotasse sua pequena reserva. Outros pensamentos o preocuparam mais: quem havia ensinado Angiolina a beijar? Já não se lembrava dos primeiros beijos recebidos; então, totalmente ocupado com o beijo que dava, não tinha sentido, naquele que recebia, nada além de um doce complemento necessário ao dele, mas parecia-lhe que, se aquela boca demonstrasse muita animação, ele teria sentido alguma surpresa com isso. Teria ele então ensinado a ela aquela arte na qual ele próprio era um novato?

Ela confessou! Merighi a beijava muito. Riu ao falar a respeito. Claro, Emílio lhe pareceu engraçado ao mostrar que acreditava que Merighi não havia se aproveitado de sua posição de namorado, pelo menos para beijá-la à saciedade.

Brentani não sentia o menor ciúme ao recordar-se que Merighi tinha muito mais direito do que ele. Na verdade, doía-lhe ao vê-la falar levianamente sobre isso. Ela não deveria chorar toda vez que o mencionasse? Quando ele expressava sua decepção por não vê-la mais infeliz, ela, para agradá-lo, carregava o belo rosto com uma expressão de tristeza, e, para defender-se da reprovação que pressentia que lhe seria feita, lembrava que ficara doente depois de abandonar Merighi:

– Oh! Se eu tivesse morrido naquela época, certamente não teria me importado.

Alguns momentos depois, ela ria alto em seus braços que se abriam para consolá-la.

Ela não se lamentava de nada, e ele ficava igualmente surpreso com isso quanto com a própria dolorosa compaixão. Como gostava dela! Era realmente apenas gratidão por aquela doce criatura que se comportava como se tivesse sido criada especialmente para ele, amante complacente sem maiores exigências?

Quando ele chegava em casa tarde da noite e sua irmã pálida largava seus afazeres para lhe fazer companhia no jantar, ele, ainda vibrante de emoção, além de não saber falar de outras coisas, nem sequer conseguia fingir o mínimo interesse pelas pequenas tarefas domésticas que constituíam a vida de Amália e das quais costumava lhe falar. No final de tudo, ela retomava seu trabalho ao lado dele e assim os dois permaneciam na mesma sala, isolados, cada um com os próprios pensamentos.

Uma noite ela o fitou longamente sem que ele percebesse; depois, sorrindo com esforço, lhe perguntou:

– Você esteve com ela até agora?

– *Ela*, quem? – perguntou ele logo, rindo.

Depois confessou, porque precisava conversar. Oh, tinha sido uma noite inesquecível. Tinha amado à luz da lua, no ar tépido, diante de uma paisagem ilimitada, sorridente, criada para eles, para o amor de ambos. Mas não conseguia se explicar. Como poderia dar uma ideia daquela noite à irmã, sem lhe falar dos beijos de Angiolina?

Mas enquanto ele repetia "Que luz, que ar!", ela adivinhava nos lábios dele os traços dos beijos em que ele estava pensando. Ela odiava aquela mulher que não conhecia e que lhe havia roubado sua companhia e seu conforto. Agora que ela o via amando como todos os demais, faltava-lhe o único exemplo de resignação voluntária ao próprio e triste destino. Tão triste! Começou a chorar, de início com lágrimas silenciosas, que tentava ocultar no trabalho; depois, quando ele percebeu aquelas lágrimas, prorrompeu em soluços impetuosos que em vão tentava reprimir.

Tentou explicar aquelas lágrimas: estivera indisposta o dia todo, não tinha dormido na noite anterior, não tinha comido, sentia-se muito fraca.

Ele, com toda a certeza, acreditou:

– Amanhã, se você não melhorar, chamaremos o médico.

Então, à dor de Amália juntou-se a raiva por ele se deixar enganar tão levemente quanto à causa de suas lágrimas; essa era a prova da mais completa indiferença. Não se conteve mais, e disse-lhe para deixar o médico em paz, porque, por aquela vida que ela levava, não valia a pena tratar da saúde. Para quem vivia e por quê? Visto que ele ainda não queria entender e a olhava imóvel como uma estátua, ela revelou toda a própria dor:

– Nem mesmo você precisa mais de mim.

Ele certamente não compreendeu, porque, em vez de se comover, ficou com raiva: tinha passado a juventude sozinho e triste; era mais do que justo que de vez em quando ele se concedesse alguma distração.

Angiolina não tinha importância em sua vida: era uma aventura que haveria de durar alguns meses e não mais.

– Você é realmente cruel em me recriminar por isso.

Comoveu-se somente ao vê-la continuar chorando, sem palavras, numa inércia desconsolada.

Para confortá-la, ele prometeu que viria com mais frequência para lhe fazer companhia; leriam e estudariam juntos como no passado, mas ela tinha de tentar ser mais alegre, porque ele não gostava de pessoas tristes. Seus pensamentos voaram para *Ange*! Como essa sabia rir com facilidade, como dava prolongadas e contagiosas risadas, e ele próprio sorriu pensando em como aquelas risadas haveriam de ecoar de forma muito estranha em sua triste casa.

# CAPÍTULO III

Uma noite, devia encontrar-se com ela às 8 horas em ponto. Mas, meia hora antes, Balli mandou avisá-lo de que o esperava em Chiozza, bem naquela hora, para lhe transmitir algumas comunicações muito importantes. Já havia evitado outros convites semelhantes que tinham apenas o objetivo de arrebatá-lo de Angiolina, mas naquele dia ele aproveitou o pretexto de adiar o encontro para entrar na casa da moça. Haveria de estudar aquela pessoa já tão importante em sua vida, por meio das coisas e das pessoas que a cercavam. Já cego, mantinha, no entanto, o comportamento de quem enxerga bem.

A casa de Angiolina ficava a poucos metros da rua Fabio Severo. Grande e alta, no meio do campo, tinha todo o aspecto de um quartel. A portaria estava fechada, e Emílio, na verdade, um tanto hesitante, sem saber como seria recebido, subiu para o segundo andar.

– Certamente não tem a aparência de... – murmurou ele, para registrar suas observações em voz alta.

A escada devia ter sido feita muito às pressas, com as pedras mal talhadas, o corrimão de ferro bruto, as paredes caiadas, nada sujo, mas tudo pobre.

Veio lhe abrir a porta uma garotinha, talvez de 10 anos, com um vestidinho gasto, desajeitado e longo, menina loira como Angiolina, mas com olhos opacos, rosto amarelado, anêmica.

Ela não pareceu nem um pouco surpresa ao ver um novo rosto; apenas levantou e prendeu com as mãos ao peito as bordas da jaqueta sem botões.

– Bom dia! O senhor deseja?

Tinha uma cortesia cerimoniosa que não combinava com sua pessoinha infantil.

– A srta. Angiolina está?

– Angiolina! – chamou uma mulher que nesse meio-tempo avançara do fim do corredor. – Um senhor pede por você.

Aquela era provavelmente a doce mãe para junto da qual Angiolina tinha ansiado voltar depois de abandonada por Merighi. A velha se vestia como uma criada, em cores vivas, embora um pouco desbotadas, com um grande avental azul-turquesa e da mesma cor era o lenço que usava na cabeça, à moda friulana[13]. De resto, o rosto conservava alguns traços da beleza passada; na verdade, até o perfil lembrava o de Angiolina, mas o rosto ossudo e imóvel, com os olhinhos negros cheios de inquietude, tinha algo de animal alerta e pronto para fugir das pancadas.

– Angiolina! – chamou mais uma vez. – Já vem – avisou com muita cortesia.

Depois, sem nunca olhar para ele, disse diversas vezes:

– Sente-se, por enquanto.

Sua voz anasalada não sabia ser agradável. Hesitava como um gago no início de uma conversa; depois a frase inteira saía de sua boca ininterruptamente, um único sopro desprovido de qualquer calor.

Mas, do outro lado do corredor, correndo, veio vindo Angiolina. Já estava vestida para sair. Ao vê-lo, começou a rir, e cumprimentou-o cordialmente:

– Oh, sr. Brentani. Que bela surpresa! – E apresentou com desenvoltura: – Minha mãe, minha irmã.

Era precisamente a doce mãe a quem Emílio, feliz por ter sido tão bem recebido, estendeu a mão, enquanto a velha, não tendo esperado tanta consideração, estendeu a sua com um pouco de atraso; não

---

13 Referência a Friuli-Veneza Júlia, região do extremo nordeste da Itália, cuja capital é a cidade de Údine e onde se situa também a cidade de Trieste, na fronteira com a Eslovênia. (N.T.)

tinha entendido o que ele queria, e aqueles inquietos olhos de raposa o encararam por um instante com imediata e evidente desconfiança. A menina, depois da mãe, também lhe estendeu a mão, mantendo a esquerda ainda colada ao peito. Obtida aquela honra, disse calmamente:

– Obrigada.

– Sente-se aqui – disse Angiolina; correu até uma porta no fim do corredor e a abriu.

Mais que feliz, Brentani se viu sozinho com Angiolina; porque a velha e a menina, depois de um último cumprimento, permaneceram do lado de fora da porta. E, fechada essa porta, ele esqueceu todos os seus propósitos de observador. Puxou-a para junto de si.

– Não – implorou ela –, meu pai dorme aqui do lado e está indisposto.

– Eu sei beijar sem fazer barulho – declarou ele, pressionando os lábios na boca da moça demoradamente, enquanto ela continuava a protestar, o resultado foi um beijo dividido em mil, aninhado num hálito ardente.

Cansada, ela se desvencilhou e correu para abrir a porta.

– Agora sente-se aqui e se comporte, porque podem nos ver da cozinha.

Ela continuava rindo, e ele, depois, a recordou muitas vezes assim contente por lhe ter pregado aquela peça, como uma criança travessa que incomoda aqueles que a amam. Nas têmporas, o cabelo tinha sido despenteado pelo braço dele que, como sempre, ele o tinha colocado em volta da cabeça loira; com o olhar, ele acariciou os traços da própria carícia.

Só mais tarde, reparou no quarto em que estavam. A tapeçaria não era muito nova, mas os móveis, dadas aquelas escadas, aquele corredor e as roupas da mãe e da irmã, eram surpreendentemente caros, todos da mesma madeira, nogueira; a cama estava coberta por uma colcha de franja larga; num canto, havia um enorme vaso com grandes flores artificiais, e acima, na parede, agrupadas com muito cuidado, muitas fotografias. Em suma, um luxo.

Ficou olhando as fotografias. Um velho que se fizera fotografar posando como um grande homem, apoiando-se num calhamaço de papéis. Emílio sorriu.

– Meu padrinho – apresentou Angiolina.

Um jovem bem vestido, mas como um trabalhador em dia de festa, rosto enérgico, olhar ousado.

– O padrinho de minha irmã – disse Angiolina – e esse é o padrinho de meu irmão mais novo – e mostrou o retrato de outro jovem, mais meigo e mais elegante que o outro.

– Há outros ainda? – perguntou Emílio, mas a piada morreu em seus lábios, porque, entre as fotos, ele havia descoberto duas juntas, de homens que conhecia: Leardi e Sorniani! Sorniani, amarelado também na fotografia, de olhar turvo, parecia que até ali continuava a falar mal de Angiolina. A fotografia de Leardi era a mais bonita: dessa vez, a máquina cumprira seu dever, reproduzindo todos os tons de claro-escuro, e o belo Leardi parecia retratado em cores. Estava ali, desenvolto, sem se apoiar em mesas, de mãos enluvadas e livres, justo no ato de se apresentar num salão, onde talvez uma mulher solteira estivesse esperando por ele. Olhava para Emílio com certo ar de proteção, natural em seu lindo rosto adolescente, e Emílio teve de desviar os olhos, cheio de rancor e inveja.

Angiolina não entendeu logo por que a fronte de Emílio tinha ficado tão escura. Pela primeira vez, de forma brutal, ele traiu seu ciúme:

– Não gosto de encontrar tantos homens nesse quarto de dormir.

Depois, vendo que ela se sentia tão inocente a ponto de se espantar com a reprovação, suavizou a frase:

– É o que eu lhe dizia há algumas noites; não fica bem ver você cercada por essas figuras; e pode até prejudicá-la. O simples fato de você conhecê-los já é comprometedor.

De improviso ela deixou transparecer em seu rosto uma grande hilaridade e declarou que estava realmente feliz por vê-lo com ciúme.

– Ciumento dessa gente! – disse ela, então, tornando-se novamente séria e com ar de reprovação. – Mas que estima você tem então por mim?

Mas quando ele já estava prestes a se acalmar, ela cometeu um erro.

– Para você, veja, vou lhe dar não uma, mas duas de minhas fotografias – e correu até o armário para apanhá-las.

Então todos os outros possuíam uma fotografia de Angiolina; ela próprio lhe contara, mas com tal ingenuidade que ele não se atreveu a recriminá-la. Mas ficou ainda pior.

Forçando um sorriso, ele olhava para as duas fotografias que ela lhe dera com uma reverência jocosa. Uma delas, de perfil, fora tirada por um dos melhores fotógrafos da cidade; a outra era uma instantânea, lindíssima, mais pelo vestido elegante, rendado, porém, que ela usava na primeira vez em que se falaram, do que pelo rosto desfigurado pelo esforço de manter os olhos abertos contra os raios do sol.

– Quem é que tirou esta? – perguntou Emílio. – Leardi, talvez?

Ele lembrava ter visto Leardi na rua com uma máquina fotográfica debaixo do braço.

– Não, não! – disse ela. – Ciumento! Quem a tirou foi um homem sério, casado: o pintor Datti.

Casado, sim, mas sério?

– Ciumento, não – disse Brentani, com voz profunda – triste, muito triste.

Foi então que viu entre as fotografias também a de Datti, com sua grande barba ruiva, que todos os pintores da cidade gostavam de retratar mais que qualquer outro; ao vê-lo, Emílio sentiu uma dor aguda, pois se lembrou de uma de suas frases: "As mulheres com quem ando não são dignas de causar inquietude à minha esposa".

Ele não precisava mais procurar documentos; eles lhe caíam em cima, o oprimiam, e Angiolina, desajeitadamente, fazia de tudo para ilustrá-los, destacá-los. Humilhada e ofendida, ela murmurou:

– Merighi me apresentou a toda essa gente.

Ela mentia porque não se podia acreditar que Merighi, um comerciante trabalhador, tivesse conhecido aqueles jovens e aqueles artistas ou, mesmo se os tivesse conhecido, fosse capaz de escolhê-los para apresentá-los à sua noiva.

Ele a fitou longamente com um olhar inquisidor, como se fosse a primeira vez que a via, e ela compreendeu a seriedade daquele olhar; um pouco pálida, olhava para o chão e esperava. Mas logo Brentani se lembrou de como era ínfimo o direito que ele tinha de sentir ciúmes. – Não, nem humilhá-la nem jamais fazê-la sofrer! Suavemente, para mostrar a ela que ainda a amava – ele sentia que já lhe havia manifestado um sentimento muito diferente – quis beijá-la.

Logo ela pareceu mais calma, mas se afastou e implorou que não a beijasse mais. Ele ficou surpreso por ela ter recusado um beijo tão significativo e acabou se irritando com isso mais do que com o que havia acontecido antes.

– Já tenho tantos pecados na consciência, – disse ela, séria, muito séria – que hoje será muito difícil obter a absolvição. Por sua causa, vou me apresentar ao confessor com a alma mal preparada.

A esperança renasceu em Emílio. Oh, que coisa suave era a religião. Ele a afastara de sua casa e do coração de Amália – tinha sido o trabalho mais importante de sua vida –, mas ao encontrá-la com Angiolina, ele a saudou com inefável alegria. Ao lado da religião das mulheres honestas, os homens sentados no muro pareciam menos agressivos e, ao se despedir, beijou respeitosamente a mão de Angiolina, que aceitou a homenagem como um tributo à sua virtude. Todos os documentos recolhidos foram incinerados na chama de uma vela sagrada.

Por isso, a única consequência de sua visita foi que ele ficou conhecendo o caminho até aquela casa. Adquiriu o hábito de levar doces para o café da manhã. Era uma hora mais que propícia também aquela. Apertava contra o peito o magnífico corpo que acabara de sair da cama, sentia seu calor, que atravessava o leve vestido matinal e lhe dava a sensação de contato imediato com a nudez. O encanto da religião logo se esvaíra, porque a religião de Angiolina não era capaz de proteger ou defender aqueles que de outra forma não eram defendidos, mas mesmo as suspeitas de Emílio nunca mais voltaram tão ferozmente como da primeira vez. Naquele quarto não tinha tempo para ficar olhando em derredor.

Angiolina tentou simular aquela religião que tanto a beneficiou uma vez, mas, não conseguindo, logo passou a zombar dela despudoradamente. Quando já estava farta de seus beijos, o rejeitava dizendo: *Ite missa est*⁽¹⁴⁾, conspurcando uma ideia mística que Emílio, sério, muito sério, tinha expressado várias vezes no momento da despedida. Dizia um *Deo gratias*⁽¹⁵⁾ quando pedia um pequeno favor, gritava *mea maxima culpa*⁽¹⁶⁾ quando ele se tornava muito exigente, *libera nos Domine*⁽¹⁷⁾ quando não queria ouvir falar de alguma coisa.

E, no entanto, ele sentia uma satisfação plena com a posse incompleta daquela mulher, e tentou ir além somente por desconfiança, de medo de ser ridicularizado por todos aqueles homens que o observavam. Ela se defendeu energicamente: seus irmãos a matariam. Chorou uma vez em que ele foi mais agressivo. Não a amava se queria fazê-la infeliz. Renunciou então àqueles avanços agressivos, aquietando-se, contente. Ela não tinha pertencido a ninguém, e ele podia ter certeza de que não seria ridicularizado.

Mas ela lhe prometeu formalmente que seria dele quando pudesse se entregar sem expô-lo a inconveniências nem causar danos a si mesma. Falava disso como a coisa mais natural desse mundo. Na verdade, teve uma ideia: era necessário procurar um terceiro para descarregar essa perturbação, esse dano e não poucas zombarias. Ele ouvia extasiado essas palavras, que lhe pareciam nada mais do que declarações de amor. Havia pouca esperança de encontrar esse terceiro que Angiolina queria, mas depois dessas palavras ele acreditou que poderia acomodar-se tranquilo com seus sentimentos. Ela era, de fato, como ele a queria, e lhe dava amor sem compromisso, sem perigo.

É claro que, por ora, toda a sua vida pertencia a esse amor; não

---

14 Expressão latina da liturgia católica e que encerra a celebração da missa; significa "Ide, a missa terminou". (N.T.)

15 Expressão latina usada na liturgia católica, mas dita também usualmente em diferentes ocasiões; significa simplesmente "Graças a Deus". (N.T.)

16 Expressão latina da liturgia católica, parte de oração de contrição, recitada no início da missa; significa "Por minha máxima culpa". (N.T.)

17 Expressão latina que faz parte da oração do *Pater noster* (Pai nosso) e significa "Livra-nos, Senhor". (N.T.)

conseguia pensar em mais nada, não sabia trabalhar, nem sequer cumprir devidamente seus deveres de ofício. Mas tanto melhor. Por algum tempo sua vida assumia um aspecto totalmente novo, e depois seria igualmente divertido voltar à calmaria de antes. Amante das imagens, via a própria vida como um caminho reto, uniforme, atravessando um vale tranquilo; no ponto em que se aproximara de Angiolina a estrada fazia uma curva, desviava por uma região repleta de árvores, de flores, de colinas. Era um pequeno trecho e depois voltava para o vale, para a estrada fácil, plana e segura, tornada menos tediosa pela lembrança daquele intervalo encantador, colorido, talvez até cansativo.

Um dia ela o avisou que iria trabalhar na casa de uma família conhecida, os Deluigi. A sra. Deluigi era uma mulher bondosa; tinha uma filha que era amiga de Angiolina, um marido velho e não havia rapazes; todos, naquela casa, gostavam de Angiolina.

– Vou de bom grado, porque passo meus dias melhor ali do que em minha casa.

Emílio não tinha nada a dizer a respeito, e até se resignou a vê-la, à noite, com menos frequência. Ela voltava tarde do trabalho e não valia mais a pena se encontrar.

Por isso ele agora tinha noites para dedicar ao amigo e à irmã. Ainda assim tentava enganá-los – como se enganava a si mesmo – sobre a importância de sua aventura, e cismou até em tentar levar Balli a acreditar que estava feliz pelo fato de Angiolina estar ocupada algumas noites para não tê-la, depois de tudo, a seu lado todos os dias. Balli o fazia corar ao fitá-lo com um olhar perscrutador; e Emílio, sem saber como esconder sua paixão, zombava de Angiolina, relatava com exatidão certas observações que fazia a respeito dela e que, na verdade, não atenuavam em nada sua ternura. Ria com bastante desenvoltura, mas Balli, que o conhecia e que percebia em suas palavras um som falso, o deixava rir sozinho.

Ela falava toscano com afetação, e o resultado era um sotaque mais inglês do que toscano.

– Mais cedo ou mais tarde – dizia Emílio – vou lhe tirar esse defeito que me incomoda.

Ela tinha o hábito de andar com a cabeça eternamente inclinada sobre o ombro direito.

– Sinal de vaidade, segundo Gall[18] – observava Emílio, e com a seriedade de um cientista que faz experimentos, acrescentava: – Quem sabe se as observações de Gall são menos errôneas do que geralmente se acredita?

Era gulosa, adorava comer muito e bem; pobre homem que a tivesse assumido! Então ele se aproveitava e mentia descaradamente, porque gostava tanto de vê-la comer quanto de vê-la rir. Zombava de todas as fraquezas que apreciava nela. Ficou muito comovido um dia quando Angiolina, falando de uma mulher muito feia e muito rica, deixou escapar essa exclamação:

– Rica? Então que não seja feia.

Fazia tanta questão da beleza e a rebaixava diante daquele outro poder.

– Mulher vulgar – ria ele, agora com Balli.

Assim, entre o modo de falar com Balli e o que utilizava com Angiolina, foram se formando em Brentani dois indivíduos, que viviam tranquilos um ao lado do outro, e que ele não se preocupava em colocá-los de acordo. Afinal, não mentia nem a Balli nem a Angiolina. Sem confessar seu amor às palavras, ele se sentia seguro como o avestruz que pensa iludir o caçador se não olhar para ele. Quando, porém, se encontrava com Angiolina, abandonava-se inteiramente a seus sentimentos. Por que deveria diminuir a força e a alegria com uma resistência que não tinha razão de existir onde não havia qualquer perigo? Ele amava, não apenas desejava! Sentia mover-se em seu íntimo algo semelhante a um afeto paterno, ao vê-la assim tão indefesa como são,

---

18 Franz Joseph Gall (1758-1828), médico e anatomista alemão, fez estudos sobre o cérebro para determinar o caráter e características da personalidade do ser humano. (N.T.)

por natureza, certos animais infelizes. A falta de inteligência era uma fraqueza a mais, que pedia carícias e proteção.

Encontraram-se no Campo Marzio justamente quando ela, irritada por não tê-lo encontrado no lugar de costume, estava prestes a ir embora. Era a primeira vez que a tinha feito esperar, mas com o relógio na mão ele provou que não havia se atrasado. Suavizada a raiva, ela confessou que naquela tarde estava particularmente ansiosa em vê-lo, motivo que a havia levado a antecipar-se; tinha de lhe contar sobre as coisas muito estranhas que aconteciam com ela. Agarrou-se afetuosamente ao braço dele:

– Ontem chorei muito – e enxugou as lágrimas que ele não conseguia ver na escuridão.

Não quis lhe contar nada até chegarem ao terraço, e foram subindo de braços dados pela longa e escura avenida. Ele não tinha pressa alguma de chegar lá. A notícia que deveria ouvir não poderia ser má, visto que Angiolina estava ainda mais afetuosa. Ele parou várias vezes para beijá-la sobre o véu.

Ele a fez sentar-se na mureta, apoiou-se levemente com um braço nos joelhos dela e, para protegê-la da garoa penetrante que continuava a cair já fazia horas, cobriu-a com seu guarda-chuva.

– Estou noiva – disse ela, com uma voz que tentava dar um tom sentimental, rompida em seguida por uma grande vontade de rir.

– Noiva! – murmurou Emílio, por um instante incrédulo, tanto que logo passou a indagar a razão pela qual lhe contava aquela mentira. Olhou-a no rosto e, apesar da escuridão, viu na atitude o sentimentalismo que havia desaparecido da voz. Devia ser verdade. Com que propósito lhe teria contado uma mentira? Tinham então encontrado o terceiro de que precisavam!

– Está contente agora? – perguntou ela, carinhosamente.

Ela estava bem longe de suspeitar do que ocorria em sua alma, e ele, por pudor, não disse as palavras que lhe queimavam os lábios. Mas como poderia ter simulado a alegria que ela esperava! Sua dor tinha sido tão violenta que ela teve de lhe recordar as outras ocasiões em que ele tinha gostado de ouvi-la falar sobre aquele projeto. Mas aquele projeto na boca de Angiolina lhe parecera uma carícia. Além disso, muito havia brincado com esse plano, sonhara com sua realização e a consequente felicidade. Mas quantos planos não haviam passado por sua cabeça sem deixar vestígios? Tinha até sonhado em sua vida com roubo, assassinato e estupro. Ele tinha sentido a coragem, a força e a perversidade do criminoso, e sonhado com os resultados dos crimes, impunidade em primeiro lugar. Mas, então, satisfeito com o sonho, tinha encontrado inalterados os objetos que quisera destruir e se havia acalmado, com a consciência tranquila. Tinha cometido o crime, mas não havia dano. Agora, porém, o sonho se havia tornado realidade, e ele, que bem o quisera, agora se surpreendia, não reconhecia seu sonho, porque antes parecia ter um aspecto completamente diverso.

– E não me pergunta quem é o noivo?

Com improvisa resolução, ele se levantou:

– Você o ama?

– Como pode me fazer uma pergunta dessas! – exclamou ela, verdadeiramente estupefata.

Como única resposta, beijou a mão com a qual segurava a sombrinha.

– Então não se case com ele! – impôs ele.

Explicou as próprias palavras para si mesmo. Ele já a possuía; não a desejava mais. Por que teria de concedê-la a outros só para possuí-la de outra forma? Vendo-a cada vez mais surpresa, tentou convencê-la:

– Com um homem que você não ama, não poderia ser feliz.

Mas ela não compreendia suas hesitações. Pela primeira vez reclamou da própria família. Os irmãos não trabalhavam, o pai estava doente; como seria possível progredir? E não estava feliz naquela casa que ele tinha visto à luz do sol quando não havia homens. Assim que chegavam, discutiam entre si e com a mãe e as irmãs. Claro que, o alfaiate Volpini, de 40 anos, não era o marido que ela esperava, mas era legal, bom, meigo, e ela, com o tempo, talvez viesse a amá-lo. Não poderia ter encontrado nada melhor:

– Certamente, você gosta de mim, não é? Apesar disso, não admite a possibilidade de se casar comigo.

Ele ficou comovido ao ouvi-la falar sem nenhum ressentimento de seu egoísmo.

De fato. Talvez ela estivesse fazendo um bom negócio. Com sua fraqueza habitual, não conseguindo convencê-la, para se dar bem, ele tentou se convencer a si mesmo.

Ela contou. Tinha conhecido Volpini na casa da sra. Deluigi. Era baixinho.

– Chega até aqui em mim – e apontou para o ombro, rindo. – Homem alegre. Diz que é pequeno, mas cheio de um grande amor.

Talvez suspeitando – oh, como o julgava mal! – que Emílio pudesse ficar mordido de ciúme, ela se apressou em acrescentar:

– Bastante feio. Seu rosto está cheio de cabelos cor de palha seca. A barba chega aos olhos, ou melhor, aos óculos.

A alfaiataria de Volpini ficava na cidade de Fiume, mas ele havia dito que, depois do casamento, permitiria que ela viesse passar um dia por semana em Trieste e, então, visto que ele estaria ausente a maior parte do tempo, eles poderiam continuar se encontrando tranquilamente.

– Mas teremos de ser muito prudentes – pediu ele. – Muito, muito prudentes! – repetiu ele.

Se era uma sorte para ela, não teria sido melhor desistir de se ver, para não comprometê-la? Para tranquilizar a própria consciência inquieta, ele teria sido capaz de qualquer sacrifício. Tomou a mão de Angiolina e pousou nela a cabeça, e nessa posição de adoração disse tudo o que estava pensando:

– Para não lhe causar danos, eu me conformaria em desistir de você.

Talvez ela compreendesse: ele não fez mais alusões à traição que eles haviam planejado e, só por esse fato, essa foi a noite em que eles se amaram mais docemente.

Por um momento, por uma só vez, ela parecia corresponder aos sentimentos de Emílio. Não houve nota fora de tom; nem sequer lhe disse que o amava. Ele continuava acariciando a própria dor. A mulher que ele amava não era apenas meiga e indefesa; estava perdida. Vendia-se de um lado, dava-se do outro. Oh, ele não conseguia esquecer a vontade de rir que ela havia demonstrado no início da conversa. Se dava daquele jeito o passo mais importante de sua vida, como teria se comportado ao lado de um homem que não amava?

Estava perdida! Apertou-a firmemente com o braço esquerdo, descansou a cabeça no colo dela e, cheio mais de compaixão que de amor, murmurou:

– Pobrezinha!

Ficaram assim por muito tempo; então ela se inclinou sobre ele e, certamente com a intenção de que ele não percebesse, beijou-lhe levemente os cabelos. Foi o ato mais gentil que já demonstrara durante o relacionamento deles.

Depois tudo se tornou brusco, horrível. O chuvisco monótono e triste, que tinha acompanhado a dor de Emílio com uma nota suave que lhe parecia ora pena, ora indiferença, de repente se transformou em violento aguaceiro. Um sopro de vento frio, vindo do mar, havia perturbado a atmosfera saturada de água e agora veio acordá-los, arrancá-los do sonho que um momento feliz lhes havia proporcionado. Ela foi dominada por grande medo de molhar o vestido e começou a correr depois de recusar o braço de Emílio; precisava das duas mãos para segurar a sombrinha fustigada pelo vento. Na luta contra o vento e a chuva, ficou irritada e não quis nem mesmo combinar quando se veriam novamente:

– Agora, vamos tentar chegar em casa.

Ele a viu tomar um bonde e, da escuridão onde ele permaneceu, vislumbrou na luz amarelada o belo rosto amuado, seus doces olhos atentos verificando os danos causados pela água em seu vestido.

# CAPÍTULO IV

Muitas vezes, durante seu relacionamento, repetiram-se esses aguaceiros que o arrancavam do encanto a que se abandonava tão voluptuosamente.

Bem cedo no dia seguinte, foi para a casa de Angiolina. Nem mesmo ele sabia se iria para lá, a fim de se vingar com algumas frases pungentes pela maneira como ela o havia deixado na noite anterior, ou a fim de reaver por inteiro, à sombra das cores daquele rosto, o sentimento que lhe fora minado durante a noite por uma dolorosa reflexão e do qual – sabia-o pela ansiedade que o fazia correr até lá – ele agora sentia necessidade.

A mãe de Angiolina veio lhe abrir a porta e o acolheu com as habituais palavras amáveis, com a fisionomia imóvel de pergaminho e a voz brutalmente sonora. Angiolina estava se vestindo e logo viria.

– O que você acha? – perguntou a velha de repente.

Falou-lhe de Volpini. Surpreso ao ver que também a mãe quisesse sua aprovação para o casamento de Angiolina, hesitou, e ela, enganando-se sobre a natureza da dúvida que via estampada em seu rosto, tentou convencê-lo.

– Espero que compreenda. É uma sorte para Angiolina. Mesmo que não o ame muito, terá uma vida pacífica, feliz, porque ele está muito apaixonado. Teria de ver!

Deu uma risadinha curta e alta, mas que lhe contraiu os lábios. Ficou claro que estava satisfeita.

Acabou ficando satisfeito ao ver como Angiolina fizera a mãe entender o quanto ela se importava com seu consentimento; ele o deu com palavras generosas. Doía-lhe que Angiolina se casasse com outro, mas como era para seu próprio bem... A outra deu nova risadinha, mas essa se estampava mais no rosto do que na voz, e para ele parecia irônica. A mãe também sabia do pacto dele com a filha? Nem mesmo isso o teria desagradado muito. Por que haveria de se ofender por aquelas risadinhas destinadas ao honesto Volpini? O que era certo é que aqui não poderia ser ele o ridicularizado.

Angiolina veio inteiramente vestida para sair; estava com pressa porque tinha de estar na casa da sra. Deluigi às 9. Ele não quis deixá-la logo; por isso, pela primeira vez, caminharam juntos pela rua, sob a luz do sol.

– Acho que formamos um belo casal – disse ela, sorrindo, vendo que todos os transeuntes olhavam para eles.

Era impossível passar por ela sem olhá-la.

Emílio também a olhou. O vestido branco, que exagerava o figurino da época, a cintura muito estreita, as mangas alargadas, quase como balões inflados, atraía os olhares, fora feito para conquistá-la. A cabeça emergia de todo aquele branco, não obscurecida por ele, mas realçada em sua luz amarela e atrevidamente rosada, nos lábios uma fina risca de sangue rubro que gritava sobre os dentes, descobertos pelo sorriso feliz e meigo que jogava ao ar e que os transeuntes recolhiam. O sol brincava em seus cachos loiros, dourando-os e empoando-os.

Emílio enrubesceu. Parecia-lhe que podia ler um julgamento injurioso nos olhos de cada transeunte. Olhou-a de novo. Ela evidentemente tinha no olhar uma espécie de cumprimento para cada homem elegante que passava; não olhava, mas nos olhos brilhavam centelhas de luz. Algo se movia na pupila e mudava continuamente a intensidade e a direção da luz. Esse olhar *crepitava*! Emílio se agarrou a esse verbo que lhe parecia caracterizar tão bem a atividade daquele olhar. Nos pequenos movimentos rápidos e imprevisíveis da luz, parecia perceber um leve rumor.

– Por que está flertando? – perguntou ele, forçando um sorriso.

Sem corar e rindo, ela respondeu:

– Eu? Tenho olhos para ver, ora.

Ela estava, portanto, consciente do movimento de seus olhos; só estava se enganando quando dizia "ver".

Pouco depois passou um pequeno empregado, certo Giustini, um jovem bonito que Emílio conhecia de vista. O olhar de Angiolina se reavivou, e Emílio se virou para ver o feliz mortal que já havia passado. O pequeno empregado tinha parado para olhar para eles.

– Ele parou para olhar para mim, não é? – perguntou ela, sorrindo contente.

– Por que fica tão feliz com isso? – perguntou ele, com tristeza.

Ela não o compreendia. Então, com astúcia, quis levá-lo a acreditar que ela estava tentando deixá-lo com ciúme de propósito e, finalmente, para acalmá-lo, despudoradamente, à luz do sol fez um trejeito com seus lábios vermelhos que pretendia representar um beijo. Oh, ela não sabia como fingir. A mulher que ele amava, *Ange*, era invenção dele, ele a havia criado com um esforço deliberado; ela não tinha colaborado nessa criação, nem sequer o havia deixado fazer, pois tinha mostrado resistência. À luz do dia, o sonho desaparecia.

– Muita luz! – murmurou ele, ofuscado. – Vamos para a sombra.

Ela olhou para ele com curiosidade, vendo seu rosto transtornado:

– O sol te incomoda? Na verdade, dizem que há pessoas que não o suportam.

Como ela estava errada em amar o sol!

Ao se separar, ele lhe perguntou:

– E se Volpini viesse a saber dessa nossa caminhada pela cidade?

– Quem o haveria de dizer a ele? – perguntou ela, com muita calma. Eu diria a ele que você é irmão ou primo de Deluigi. Ele não conhece ninguém em Trieste e, portanto, é fácil fazê-lo acreditar no que se deseja.

Quando se separaram, ele ainda quis analisar as próprias impressões e caminhou sozinho, sem direção. Um lampejo de energia tornou seu pensamento rápido e intenso. Surgira um problema e ele logo o resolveu. Faria bem em deixá-la imediatamente e nunca mais vê-la. Não podia mais se enganar sobre a natureza dos próprios sentimentos, porque a dor que pouco antes sentira era por demais característica com aquela vergonha por ela e por si mesmo.

Aproximou-se de Stefano Balli com o propósito de lhe fazer uma promessa, a fim de tornar sua resolução irrevogável. Em vez disso, a vista do amigo foi suficiente para fazê-lo abandonar a ideia. Por que ele também não podia se divertir com mulheres como fazia Stefano? Pensou em como teria sido sua vida sem amor. De um lado, a sujeição a Balli, de outro, a tristeza de Amália, e nada mais. E não parecia estar menos enérgico agora do que antes; na verdade, agora queria viver, desfrutar mesmo à custa de sofrer. Haveria de demonstrar energia na maneira de tratar Angiolina, não em fugir dela covardemente.

O escultor o acolheu com uma blasfêmia brutal:

– Você está vivo ainda? Veja bem, se, ao que parece por sua fisionomia contrita, você vem para me pedir um favor, está desperdiçando esforço e fôlego. Seu pilantra!

Gritava-lhe aos ouvidos, comicamente ameaçador, mas Emílio já não tinha mais qualquer dúvida. O amigo, falando-lhe de apoio, lhe dera bons conselhos; e quem melhor do que Balli poderia tê-lo ajudado nessas situações?

– Por favor – implorou ele. – Tenho um conselho a lhe pedir.

O outro se pôs a rir.

– Trata-se de Angiolina, não é? Não quero saber de nada a respeito dela. Chegou entre nós para nos dividir e acabou; mas não venha me incomodar mais ainda.

Poderia ter sido ainda mais brusco que Emílio não teria desistido de conseguir seu conselho. Desse devia resultar a salvação; Stefano, que entendia muito bem dessas coisas, poderia lhe mostrar o caminho a seguir para continuar desfrutando sem sofrer mais. Num só e mesmo instante, ele passou do auge de seu primeiro propósito viril à mais baixa abjeção: a consciência da própria fraqueza e a perfeita resignação a ela. Ele estava pedindo ajuda! Teria gostado de pelo menos manter a aparência de quem pede conselhos simples só para ouvir a opinião de outrem. Por um efeito mecânico, no entanto, aqueles gritos em seus ouvidos o tornaram suplicante. Tinha grande necessidade de ser tratado com carícias.

Stefano teve pena dele. Tomou-o rudemente pelo braço e o arrastou consigo até a Piazza della Legna, onde ele tinha seu ateliê.

– Pois não. Se houver alguma ajuda possível, você sabe muito bem que a darei.

Comovido, Emílio se confessou. Sim. Agora o sentia claramente. A coisa se havia tornado muito séria para ele, e descreveu o próprio amor, a ansiedade em vê-la, de falar com ela, os ciúmes, a dúvida, a angústia incessante e o perfeito esquecimento de tudo que não tivesse relação com ela ou com seus sentimentos. Depois falou de Angiolina como agora a julgava em decorrência de seu comportamento na rua, das fotografias dependuradas na parede de seu quarto e de sua dedicação ao alfaiate e a seus pactos. Falando sobre isso, sorriu várias vezes. Ele a tinha evocado à mente, ele a via alegre, ingenuamente perversa e lhe sorria sem raiva. Pobre garota! Ela se importava tanto com aquelas fotografias que as mantinha expostas na parede, gostava tanto de ser admirada na rua que queria que ele registrasse os olhares que lhe lançavam. Falando disso, sentiu que em tudo aquilo não havia ofensa para quem havia declarado que não a considerava mais que um brinquedo. É verdade que nem todas as suas observações e experiências entraram no relato dele, mas aquelas que ficaram de fora não existiam mais no momento. Olhou Balli com timidez porque temia vê-lo cair na gargalhada, e só a lógica o forçou a continuar. Tinha declarado que queria conselhos e precisava pedi-los. O som das próprias palavras ainda ecoava em seus ouvidos e já tirava delas uma conclusão como se fosse das palavras de outro. Com muita calma, como se quisesse fazer esquecer o calor com que falara até então, perguntou:

– Você não acha que, visto que não sei como me comportar como deveria, faria bem em terminar com esse relacionamento?

Dissimulou de novo um sorriso. Teria sido cômico se Balli, de boa-fé, lhe desse o conselho para deixar Angiolina.

Mas Stefano logo deu provas de sua inteligência superior e não quis aconselhá-lo.

– Compreenda que não posso aconselhá-lo a agir de outra forma – disse ele, carinhosamente. – Eu sabia que esse tipo de aventura não era feito para você.

Emílio pensou que, se Balli falava daquele modo, os sentimentos, de que ele pouco antes se havia espantado, deveriam ser uma coisa comum, e extraiu deles um novo argumento de tranquilidade.

Aproximou-se Michele, criado de Balli, homem de idade, antigo soldado. Em posição de sentido, disse algumas palavras em voz baixa ao patrão e se afastou depois de tirar o chapéu com um gesto amplo, mas mantendo o corpo imóvel.

– Há gente me esperado no ateliê – disse Balli, com um sorriso. – É uma mulher e é uma pena que você não possa assistir a nosso colóquio. Seria muito instrutivo para você.

Depois teve uma ideia:

– Quer que nós quatro nos encontremos uma noite?

Acreditava ter encontrado um jeito de ajudar o amigo, e Emílio aceitou com entusiasmo. Naturalmente! A única maneira de imitar Balli era vê-lo em ação.

À noite, Emílio tinha um encontro marcado com Angiolina em Campo Marzio. Durante o dia havia meditado sobre algumas recriminações. Mas ela veio para ser toda dele por algumas horas; em Sant'Andrea, àquela hora, não havia transeuntes que lhe roubassem a atenção. Por que haveria de diminuir a felicidade com discussões? Pareceu-lhe imitar melhor Balli amando docemente e desfrutando desse amor que, pela manhã, num instante de loucura, por pouco não havia renunciado. De seu ressentimento restou apenas uma excitação que serviu para dar vida às suas palavras, a toda a noite que de início foi imensamente agradável. Concordaram em dedicar uma das duas horas que poderiam passar juntos em afastar-se da cidade e a outra ao regresso. Foi ele que fez a proposta, querendo se acalmar caminhando ao lado dela. Demoraram cerca de uma hora para chegar ao Arsenal, uma hora de felicidade perfeita, na noite clara, naquele ar límpido, refrescado por um outono antecipado.

Ela se sentou no muro baixo, que ladeava a rua, e ele permaneceu em pé, dominando-a inteiramente. Via aquela cabeça se projetando, iluminada de um lado pela luz de um lampião, sobre o fundo escuro: o Arsenal que ficava na costa, uma cidade inteira, naquela hora morta.

– A cidade do trabalho! – disse ele, surpreso por ter ido até ali para amar.

O mar, fechado pela península oposta, escondido pelas casas, havia desaparecido da paisagem à noite. Restavam as casas espalhadas pela orla como num tabuleiro de xadrez, mais além, uma embarcação em construção. A cidade do trabalho parecia ainda maior do que era. À esquerda, faróis distantes pareciam marcar sua continuação. Lembrou-se de que aquelas luzes pertenciam a outro grande estaleiro localizado na margem oposta do vale Muggia. O trabalho continuava também lá; era justo que parecesse à vista como a continuação desse.

Ela também olhava e, por um instante, Emílio se viu com o pensamento bem longe de seu amor. No passado, ele tinha acalentado ideias socialistas, naturalmente sem nunca levantar um dedo para implementá-las. Como andavam longe dele agora aquelas ideias! Sentiu remorsos por isso como por uma traição, porque percebia a cessação de desejos e de ideias – as únicas ações suas – como apostasia.

O pequeno mal-estar logo desapareceu. Ela perguntava várias coisas, especialmente em torno daquele colosso suspenso no ar e que ele lhe descreveu como um lançamento de um navio ao mar. Em sua vida de preceptor solitário, nunca soubera conformar seus pensamentos e palavras aos ouvidos a que eram dirigidos e, em vão, vários anos antes, tinha tentado sair de seu casulo e se comunicar com a multidão; teve de se retirar irritado e desdenhoso. Agora, porém, como era bom evitar a palavra ou talvez o conceito difícil e fazer-se entender. Ao falar, era capaz de esmiuçar seu conceito, libertando-o da palavra com a qual havia nascido, só para ver um lampejo de inteligência passar por aqueles olhos azuis.

Mas uma grave desafinação veio também, então, interromper toda aquela música. Dias antes ele ouvira contar um fato que o comoveu muito. Um astrônomo alemão, há cerca de dez anos, morava em seu observatório, num dos picos mais altos dos Alpes, entre as neves eternas. A aldeia mais próxima ficava a mil metros abaixo de seus pés, e de lá a comida lhe era trazida diariamente por uma menina de 12 anos. Nos dez anos, nesses mil metros de subida e descida diários, a menina se havia transformado numa jovem forte e bela, e o cientista fez dela sua esposa. O casamento havia sido celebrado pouco antes, na aldeia e, para a lua de mel, os recém-casados subiram juntos para sua casa. Nos braços de Angiolina, voltou a pensar na história; assim é que gostaria de possuí-la, a mil metros de distância de qualquer outro homem; assim – dado que lhe tivesse sido possível, tanto quanto o tinha sido para o astrônomo, continuar dedicando sua vida aos mesmos objetivos – teria sido capaz de unir-se a ela definitivamente, sem reservas.

– E você – perguntou ele, com impaciência, visto que ela ainda não entendia por que lhe havia contado aquela história –, gostaria de vir ficar lá em cima comigo?

Ela hesitou. Evidentemente, hesitou. Uma parte da história, ou seja, a montanha, ela a tinha entendido imediatamente. Ele não via nada além de amor, enquanto ela, logo sentiu tédio e frio. Olhou para ele, entendeu a resposta que ele precisava e, só para agradá-lo, disse sem qualquer entusiasmo:

– Oh, seria magnífico.

Mas ele já se sentia profundamente ofendido. Sempre havia julgado que, quando decidisse torná-la sua, ela teria aceitado com entusiasmo qualquer condição que ele lhe impusesse. Bem pelo contrário! Em tal altitude, ela também não teria se dado bem nem mesmo com ele, e, na escuridão, ele viu estampada naquele rosto a surpresa de que pudesse lhe propor passar sua juventude no meio da neve, na solidão; sua bela juventude, isto é, seus cabelos, as cores do rosto, os dentes, todas as coisas que ela tanto gostava de ver admiradas por todas as pessoas.

Os papéis estavam invertidos. Ele havia proposto, embora por meio de figura de linguagem, torná-la sua, e ela não aceitara; ficou realmente consternado!

— Naturalmente – disse ele, com amarga ironia – não haveria ninguém lá em cima que pudesse lhe dar fotografias, nem você encontraria pessoas na rua, parando, só para olhar para você.

Ela percebeu a amargura, mas não se ofendeu com a ironia, porque lhe parecia que tinha razão e começou a discutir. Lá em cima fazia frio, e ela não gostava de frio; no inverno, se sentia infeliz até mesmo na cidade. Além do mais, nesse mundo, só se vive uma vez, e lá em cima havia o perigo de viver menos, depois de ter vivido pior, porque não poderia entender que fosse muito divertido ver as nuvens passando até sob seus pés.

Ela, sem dúvida, tinha razão, mas como era fria e pouco inteligente! Não discutiu mais, porque como poderia convencê-la? Olhou em outra direção, disfarçando. Poderia ter-lhe dito uma insolência por vingança e se acalmaria. Mas permaneceu em silêncio, indeciso, olhando a noite a seu redor, as luzes esparsas na escura península do lado oposto, depois a torre que se erguia na entrada do Arsenal, acima das árvores, de uma lividez azulada, uma sombra imóvel que parecia uma combinação aleatória de cores suspensas no ar.

— Não digo que não – disse Angiolina, para apaziguá-lo – seria maravilhoso, mas...

Ela parou e ficou pensando: visto que ele desejava tanto vê-la entusiasmada com aquela montanha que eles, com toda a certeza, nunca haveriam de vê-la, teria sido tolice não agradá-lo:

— Seria muito bonito – e repetiu a frase com entusiasmo crescente.

Mas ele não tirou os olhos da lividez do ar, ainda mais ofendido por aquele fingimento tão transparente que parecia uma brincadeira, até que ela o puxou para perto de si.

— Se quiser uma prova, amanhã, agora mesmo, vamos partir e vou viver sozinha com você para sempre.

Num estado de espírito idêntico ao da manhã, ele pensou novamente em Balli:

— O escultor Balli quer conhecer você.

— Verdade? – perguntou ela, alegremente. – Eu também! – e parecia que quisesse correr imediatamente em busca de Balli. – Uma jovem que o amava me falou muito a respeito dele; que há muito tempo desejava conhecê-lo. Onde é que ele me viu para querer me conhecer?

Não era novidade que ela, na frente dele, mostrasse interesse por outros homens, mas como era doloroso!

– Ele nem sabia que você existia! – disse ele, bruscamente. – Ele só sabe de você o quanto eu lhe contei.

Esperava tê-la desagradado, mas em vez disso ela ficou muito grata por ter falado a respeito dela.

– Mas sabe-se lá – disse ela, com um tom de desconfiança muito cômico – o que foi que você andou lhe contando a meu respeito!

– Eu lhe disse que você é uma traidora – falou ele, rindo.

A palavra os fez cair na risada, e eles imediatamente ficaram de bom humor e em boa harmonia. Ela se deixou abraçar demoradamente e, de repente, muito emocionada, lhe sussurrou ao ouvido:

– *Je tém bocú.*

Ele repetiu, dessa vez com tristeza:

– Traidora.

Ela riu de novo, à solta, mas logo encontrou algo melhor. Beijando-o, falou-lhe bem perto da boca e, com uma graça que ele nunca esqueceu, numa voz meiga e suplicante, que mudava de timbre, perguntou-lhe diversas vezes:

Não é verdade, nem por sombra que eu seja aquela coisa que você disse, não é?

Por isso o final da noite também foi delicioso. Um gesto inventado por Angiolina era suficiente para eliminar todas as dúvidas, todas as dores.

Ao retornar, lembrou-se de que Balli devia levar consigo uma mulher e se apressou em dizer a Angiolina. Não pareceu que ela se mostrasse contrariada com isso; mas depois perguntou com um olhar de indiferença que não poderia ser simulado, se Balli amava de verdade aquela mulher.

– Não creio – respondeu ele, sinceramente, feliz com essa indiferença. – Balli tem um jeito estranho de amar as mulheres; ele as ama muito, mas todas igualmente enquanto lhe agradam.

– Deve ter tido muitas? – perguntou ela, pensativa.

E nesse ponto ele achou que deveria mentir.

– Não creio.

Na noite seguinte, os quatro deveriam se encontrar no Jardim Público. Os primeiros a chegar ao local foram Angiolina e Emílio. Não era muito agradável ficar esperando ao ar livre, porque, embora não tivesse chovido, o chão estava úmido por causa do siroco. Angiolina quis esconder sua impaciência sob uma aparência de mau humor, mas ela não conseguiu enganar Emílio, que foi tomado por um intenso desejo de conquistar aquela mulher que já não sentia mais ser sua. Em vez disso, foi desagradável e acabou percebendo; e ela não deixou de fazê-lo perceber melhor ainda. Apertando-lhe o braço, ele perguntou:

– Você ainda gosta de mim pelo menos tanto quanto ontem à noite?

– Sim! – respondeu ela, bruscamente. – Mas não são coisas que se deva dizer a todo instante.

Balli surgiu pelos lados do aqueduto, de braço dado com uma mulher tão alta quanto ele.

– Como é alta! – disse Angiolina, logo emitindo sobre aquela mulher o único juízo que poderia ser feito àquela distância.

Tendo se aproximado, Balli apresentou:

– Margherita! *Ange*!

Ele tentou ver Angiolina no escuro e se aproximou tanto com o rosto que, esticando os lábios, poderia tê-la beijado.

– *Ange*, de verdade?

Não satisfeito ainda, acendeu um fósforo e iluminou com ele o rosto rosado que, séria, muito séria, ela se prestou à operação. Iluminada, tinha lindas transparências na escuridão; os olhos claros, nos quais o amarelo da chama penetrava como na água mais límpida, brilhavam meigos, alegres, grandes. Sem se descompor, Balli iluminou com o fósforo o rosto de Margherita, um rosto pálido e puro, dois grandes olhos azuis, grandes e vivazes, que tiravam a possibilidade de olhar para outro lugar, um nariz aquilino e, na cabeça pequena, uma grande quantidade de cabelos castanhos. Gritava naquele rosto a contradição entre aqueles olhos ousados de menina travessa e a seriedade das feições de madona sofredora. Mais do que para se mostrar, ela aproveitou a luz do fósforo para olhar para Emílio com curiosidade; depois, visto que a chama ainda não queria se apagar, soprou nela.

– Agora todos vocês já se conhecem. Aquela coisa ali – disse Balli, apontando para Emílio – você o verá no claro.

Precedeu o grupo com Margherita, que já estava agarrada em seu braço. A figura de Margherita, tão alta e magra, não devia ser bonita; realçavam-se as expressões faciais de vivacidade e sofrimento. Seu passo era inseguro, pequeno em proporção à altura. Vestia uma jaqueta vermelha flamejante, mas que, em suas costas modestas, pobres e ligeiramente curvadas, perdia toda altivez; parecia um uniforme vestido por uma criança; ao passo que no corpo de Angiolina a cor mais opaca se reavivava.

– Que pena! – murmurou Angiolina com profundo pesar. – Aquela linda cabeça empalada naquele sarrafo.

Emílio quis dizer alguma coisa. Ele se aproximou de Balli e sussurrou:

– Realmente encantado com os olhos de sua senhorita; desejaria saber se você gostou daqueles da minha.

– Os olhos não são feios – declarou Balli. – O nariz, porém, não tem um formato perfeito; a linha inferior é mal definida. Seria necessário dar-lhe mais alguns retoques.

– Verdade! – exclamou Angiolina, estupefata.

– Talvez eu possa estar enganado – disse Balli, muito sério. – É algo que logo se poderá ver, no claro.

Quando Angiolina se sentiu bastante longe de seu terrível crítico, disse com voz raivosa:

– Como se sua capenga fosse perfeita.

No "Novo Mundo", entraram numa sala retangular fechada de

um lado por uma divisória, do outro, em direção ao vasto jardim da cervejaria, por uma janela envidraçada. Ao chegar, acorreu o garçom, um jovem com roupas e comportamento de camponês. Subiu em pé em cima de uma cadeira e acendeu dois lampiões de gás, que iluminaram escassamente a vasta sala; depois ficou lá em cima esfregando os olhos sonolentos, até que Stefano correu para tirá-lo de lá, gritando que não o deixaria adormecer naquela altura. O camponês, apoiando-se no escultor, desceu da cadeira e saiu totalmente desperto e de ótimo humor.

Margherita estava com dor num dos pés e logo procurou sentar-se. Balli se aproximou dela, bastante solícito, e lhe disse que não se fizesse de rogada e tirasse a bota. Mas ela não quis, declarando:

– Sempre sinto alguma dor, não há como evitar. Até que essa noite mal e mal a sinto.

Como aquela mulher era diferente de Angiolina! Fazia declarações de amor sem dizê-las, sem trair-lhes o propósito, afetuosa e casta, enquanto a outra, quando queria expressar seus sentimentos, se arqueava toda, se carregava como uma máquina que, para se pôr em movimento, precisa de preparação.

Mas Balli não se dava por satisfeito. Tinha dito que ela devia tirar a bota e insistiu em ser obedecido até que ela declarou que estaria disposta a tirar as duas botas, se ele assim ordenasse, mas isso de nada serviria para ela, uma vez que essa não era a causa da dor. Durante a noite, ela foi obrigada várias vezes a dar mostras de submissão, porque Balli queria expor o sistema que seguia com as mulheres. Margherita se prestava magnificamente a esse papel; ria muito, mas obedecia. Percebia-se em suas palavras certa aptidão para pensar; isso tornava sua sujeição muito apropriada como exemplo.

De início, ela procurou conversar com Angiolina, que tentava ficar na ponta dos pés para poder se enxergar num espelho distante e arrumar os cabelos. Havia lhe contado sobre as dores que a afligiam no peito e nas pernas; não conseguia se lembrar de uma época em que não sentia dores. Sempre com os olhos voltados para o espelho, Angiolina disse:

– Verdade? Pobrezinha!

Logo depois, com grande simplicidade:

– Eu estou sempre bem.

Emílio que a conhecia, conteve um sorriso por perceber nessas palavras a mais completa indiferença pelos males de Margherita e imediata e total satisfação com a própria saúde. A desventura dos outros fazia com que se sentisse melhor em relação à própria sorte.

Margherita colocou-se entre Stefano e Emílio; Angiolina sentou-se por último na frente dela e, ainda de pé, lançou um olhar estranho para Balli. Para Emílio parecia um desafio, mas o escultor interpretou melhor:

– Cara Angiolina, – lhe disse sem cerimônia – está me olhando assim esperando que eu ache seu nariz bonito, mas não adianta. Seu nariz deveria ser assim.

Desenhou na mesa, com o dedo molhado na cerveja, a curva que ele queria, uma linha grossa que seria difícil de imaginar num nariz.

Angiolina olhou aquela linha como se quisesse decorá-la e apalpou o nariz:

– Fica melhor assim – disse ela, em voz baixa, como se não se importasse mais em convencer quem quer que fosse.

– Que mau gosto! – exclamou Balli, sem conseguir conter o riso.

Ficou claro que a partir daquele momento Angiolina o divertiu muito. Ele continuou a dizer-lhe coisas desagradáveis, mas parecia que o fazia só para provocá-la a se defender. Ela mesma se divertia. Em seu olhar para o escultor havia a mesma benevolência que brilhava no olhar de Margherita; uma mulher copiava a outra; e Emílio, depois de ter tentado em vão inserir algumas palavras na conversa geral, agora estava propenso a se perguntar por que havia organizado aquele encontro.

Mas Balli não o havia esquecido. Seguiu seu sistema, que parecia ser o da brutalidade, até mesmo com o garçom. Ele o repreendeu porque não lhe oferecia nada além de vitela, preparada das mais diversas maneiras, para o jantar; resignando-se, finalmente, fez o pedido e, quando o garçom já estava prestes a sair da sala, gritou-lhe num novo acesso de ira injustificada:

– Bastardo, cachorro!

O garçom se divertia com os gritos dele e atendia todos os seus pedidos com extraordinária presteza. Assim, tendo domado todos a seu redor, Balli julgou que havia dado uma lição perfeita a Emílio.

Mas este não conseguiu aplicar esses sistemas mesmo nas menores coisas. Margherita não queria comer:

– Atente bem – disse Balli. – É a última noite que passamos juntos; não suporto caretas!

Ela concordou que a servissem também; o apetite lhe voltou tão rápido, que Emílio pensou que nunca tinha recebido de Angiolina tal demonstração de afeto. Finalmente, também essa, depois de longa hesitação, abriu a boca para dizer que não queria saber de vitela.

– Acho que você ouviu – disse-lhe Emílio. – Stefano não suporta caretas.

Ela deu de ombros; não se importava em agradar quem quer que fosse; e pareceu a Emílio que o desprezo se dirigia mais a ele do que a Balli.

– Esse jantar de vitela – disse Balli, com a boca cheia, olhando para os outros três – não é exatamente uma coisa muito harmoniosa. Vocês dois estão destoando juntos; você é negro como o carvão, ela é loira como uma espiga de milho no final de junho; parece que foram colocados juntos por um pintor acadêmico. Já nós dois poderíamos então ser colocados numa tela com o título: "Granadeiro com esposa ferida".

Com sentimento bem preciso, Margherita disse:

– Não andamos juntos só para sermos vistos pelos outros.

Balli, sério e brusco até diante desse ato afetuoso, como prêmio lhe deu um beijo na testa.

Angiolina, com um renovado pudor, pôs-se a contemplar o teto.

– Não seja melindrosa – disse-lhe Balli, zangado. – Como se vocês dois não fizessem pior.

– Quem disse? – perguntou logo Angiolina, ameaçadora, dirigindo-se a Emílio.

– Eu não – protestou Brentani, nada feliz.

– E o que é que vocês fazem juntos todas as noites? Eu nunca o vejo, então é com você que ele passa as noites. E tinha de se apaixonar também, nessa bela idade! Adeus bilhar, adeus passeios! Tenho de ficar por aí sozinho, esperando por ele ou tenho de me contentar com o primeiro idiota que aparecer em meu caminho. Nós nos dávamos tão bem juntos! Eu, a pessoa mais inteligente da cidade, e ele, a quinta, porque depois de mim há três lugares vazios e logo depois vem ele.

Margherita, que depois daquele beijo havia readquirido toda a serenidade, dirigiu a Emílio um olhar afetuoso.

– Verdade! Ele me fala continuamente a seu respeito. Ele gosta muito de você.

Para Angiolina, no entanto, a quinta inteligência da cidade lhe parecia que não era grande coisa e manteve toda a sua admiração por quem representava a primeira.

– Emílio me contou que você canta muito bem. Cante um pouco! Adoraria ouvi-la.

– Era só o que me faltava! Depois do jantar, eu descanso. Tenho uma digestão tão difícil quanto a de uma serpente.

Só Margherita percebeu o estado de espírito de Emílio. Seus olhos, pousados em Angiolina, ficaram sérios; depois se voltou para Emílio, deu atenção a ele, mas para lhe falar de Stefano:

– Às vezes é brusco, concordo, mas nem sempre, e mesmo quando é, não causa medo. Se fazem tudo o que ele quer, é porque gostam dele.

Depois, sempre em voz baixa, modulada suavemente, disse:

– Um homem que pensa é completamente diferente daqueles que não pensam.

Entendia-se muito bem que, ao falar *daqueles outros*, pensava nas pessoas que conhecia, e ele, distraído por um momento de seu doloroso constrangimento, olhou para ela com compaixão. Ela tinha razão em admirar nos outros as qualidades que bem lhe serviriam; sozinha, tão meiga e fraca, não teria como se defender.

Mas Balli se lembrou dele novamente:

– Como está emudecido!

Depois, voltando-se para Angiolina, perguntou:

– É sempre assim nas longas noites que vocês passam juntos?

Ela que parecia se esquecer dos hinos de amor que ele entoava, disse mal-humorada:

– É um homem sério.

Balli teve a boa intenção de reerguê-lo: teceu sua biografia, exagerando:

– Em termos de bondade, ele é o primeiro e eu sou o quinto. É o único homem com quem consegui me dar bem. Ele é meu *alter ego*, meu outro eu, pensa como eu e... sempre aceita minha opinião, mesmo quando eu não sei como concordar com ele.

Ao proferir a última frase, já havia esquecido o propósito pelo qual começara a falar e, de bom humor, esmagava Emílio sob o peso da própria superioridade. Este último, não sabendo o que fazer, se contentou em esboçar um sorriso.

Depois sentiu que sob aquele sorriso devia ser bem fácil adivinhar um esforço e, para simular maior desenvoltura, quis falar. Havia sido sugerido – ele nem sabia por quem – fazer Angiolina posar para uma figura criada por Balli. Ele estava de acordo:

– Trata-se de copiar somente a cabeça – disse ele a Angiolina, como se não soubesse que ela teria concordado até em mais.

Mas ela, sem interpelá-lo, enquanto ele estava distraído com as conversas de Margherita, já havia aceitado e interrompeu bruscamente as palavras de Emílio que, nada espontâneas, compunham uma peroração fora do lugar, exclamando:

– Mas se eu já aceitei...

Balli agradeceu e disse que com certeza haveria de aproveitar a oferta, mas somente dali a alguns meses, porque, por ora, ele estava muito ocupado em outros trabalhos. Ele a olhou longamente, imaginando a pose em que a retrataria, e Angiolina ficou vermelha de prazer. Se pelo menos Emílio tivesse um parceiro de sofrimento... Mas não! Margherita não era de forma alguma ciumenta, e ela também fitava Angiolina com olhar de artista. Disse que Stefano haveria de fazer uma bela obra e falou com entusiasmo sobre as surpresas que sua arte lhe havia proporcionado, quando da dócil argila emergia um rosto, uma expressão, a vida.

Balli logo se tornou brusco novamente.

– Você se chama Angiolina? Um termo carinhoso para essa estatura de granadeiro? Vou chamá-la de Angiolona, ou melhor, Giolona.

E a partir de então passou a chamá-la assim, com aquelas vogais mais que acentuadas, o próprio desprezo feito som. Emílio ficou surpreso ao ver que Angiolina não se importava; nunca se irritou por isso, e quando Balli gritava o nome em seus ouvidos, ela ria como se alguém estivesse lhe fazendo cócegas.

Na volta, Balli cantou. Ele tinha uma voz afinada, potente, que ele suavizava modulando-a com ótimo gosto, mas era uma pena que usasse esse dom para entoar cantigas vulgares que tanto apreciava. Naquela noite cantou uma que, pela presença das duas senhoras, não se permitia pronunciar todas as palavras, mas soube dar a entender da mesma forma o sentido com a malícia e a sensualidade da voz e do olhar. Angiolina ficou encantada.

Quando se separaram, Emílio e Angiolina ficaram parados um instante observando o outro casal que se afastava.

– Cego! – disse ela. – Como pode amar uma trave fumegada que mal aguenta em pé?

Na noite seguinte, não houve tempo para Emílio fazer as recriminações que havia pensado durante o dia. Tinha ela novamente algumas coisas surpreendentes a lhe contar.

O alfaiate Volpini lhe tinha escrito – ela havia esquecido de trazer a carta consigo – que ele só poderia se casar com ela dali a um ano. Seu sócio se mostrava contrário à ideia e ameaçava acabar com a sociedade e deixá-lo sem capital.

– Parece que o sócio quer lhe dar como esposa uma de suas filhas, uma pequena corcunda que ficaria muito bem perto do meu futuro. Mas Volpini garante que, dentro de um ano, poderá prescindir do sócio e do dinheiro dele e então se casará comigo. Entendeu?

– Ele não tinha entendido.

– Há mais – disse ela, meigamente e confusa. – Volpini não quer conviver com essa ansiedade toda por um ano inteiro.

Agora entendeu. Protestou. Como é que se poderia esperar obter dele semelhante consentimento? Além do mais, o que é que ele poderia objetar?

– Que garantias você terá da honestidade dele?

– As que eu quiser. Ele se dispõe a fazer um contrato no cartório.

Após uma breve pausa ele perguntou:

– Quando?

Ela riu:

– No próximo domingo ele não pode vir. Quer deixar tudo em ordem para poder assinar o contrato daqui a quinze dias e depois...

Calou, rindo, e o abraçou.

Teria sido sua! Não era assim que ele havia sonhado a posse, mas ele também a abraçou efusivamente e quis se convencer de que estava perfeitamente feliz. Sem dúvida, devia ser-lhe grato! Ela o amava, ou melhor, ela amava também a ele. De que poderia ficar se queixando?

Além do mais, talvez fosse essa a cura que esperava. Conspurcada pelo alfaiate, possuída por ele, *Ange* logo estaria morta, e também ele haveria de se divertir com Giolona, alegre como ela queria que fossem todos os homens, indiferente e desdenhoso como Balli.

# CAPÍTULO V

Como havia dito Balli, as relações entre os dois amigos tinham sido muito frias até aquele jantar, por causa de Angiolina. Emílio raramente procurava o amigo; nem se dera conta de que o havia negligenciado; o outro se havia ofendido e tinha deixado de procurá-lo, embora essa amizade sempre lhe tivesse sido cara, como todos os seus outros hábitos. O jantar serviu para acabar com a obstinação de Stefano e, em contrapartida, o deixou na dúvida de que ele agora teria ofendido o amigo. Não lhe haviam passado despercebidos os sofrimentos de Emílio, e quando se esvaiu o prazer de se sentir amado por ambas as mulheres, prazer intenso, mas que durara uma fração de hora, sua consciência passou a torturá-lo. Para aplacá-la, ao meio-dia do dia seguinte correu à casa de Emílio para lhe dar um sermão. Uma boa argumentação haveria de curar Emílio melhor do que o exemplo e, mesmo que não ajudasse em nada, serviria pelo menos a fazê-lo recuperar o papel de amigo e conselheiro e livrá-lo daquele aspecto de rival que havia assumido por uma fraqueza que ele atribuía a uma distração.

A srta. Amália veio abrir-lhe a porta. Aquela moça inspirava a Balli um sentimento pouco agradável de compaixão. Ele acreditava que se deveria permitir viver somente para desfrutar da fama, da beleza ou da força, ou, pelo menos, da riqueza, mas de outra forma não, porque a pessoa se tornava um estorvo odioso para a vida dos outros. Por que então aquela pobre moça vivia? Era um erro evidente da mãe natureza. Às vezes, quando chegava àquela casa e não encontrava o amigo, inventava qualquer pretexto para ir embora imediatamente, porque aquele rosto pálido e aquela voz fraca o entristeciam profundamente. Ela, porém, que queria viver a vida de Emílio, se considerava amiga de Balli.

– Emílio está em casa? – perguntou Balli, preocupado.

– Entre, sr. Stefano – disse Amália, alegremente. – Emílio! – gritou ela. – O sr. Stefano está aqui.

Depois se permitiu recriminar Balli:

– Fazia tanto tempo que não tínhamos o prazer de vê-lo! Também o senhor nos esquece?

Stefano começou a rir:

– Não sou eu quem abandona o Emílio; é ele que não quer mais saber de mim.

Acompanhando-o até a porta da sala de jantar, ela murmurou, sorrindo:

– Ah, sim, entendo.

Desse modo, parecia-lhe que já tinham falado de Angiolina.

O pequeno apartamento consistia de apenas três cômodos, aos quais, do corredor, se tinha acesso por aquela única porta. Por isso, quando havia alguma visita no quarto de Emílio, a irmã se via prisioneira em seu aposento, que era o último. Não foi fácil para ela aparecer espontaneamente; era mais arisca com os homens do que Emílio com as mulheres. Mas Balli, desde o primeiro dia em que viera àquela casa, abrira uma exceção à regra. Depois de ouvir muitas vezes ser descrito como um homem rude, acabou por vê-lo pela primeira vez no dia da morte do pai; logo se familiarizou com ele, encantada por sua brandura. Ele era um consolador requintado. Sabia o momento de calar e o momento de falar. Com discrição, aqui e ali tinha sabido discutir e amenizar a enorme dor da menina; por vezes a tinha ajudado, sugerindo a expressão mais precisa, mais satisfatória. Ela se havia acostumado a chorar na companhia dele, e ele vinha com frequência, deliciando-se com aquele papel de consolador que tão bem desempenhava. Cessado aquele estímulo, ele se havia retirado. A vida familiar não lhe assentava e, além do mais, para quem amava somente as coisas belas e desonestas, o afeto fraternal que lhe era oferecido por aquela moça feia devia ser um verdadeiro tédio. Era, de resto, a primeira vez que o recriminava, porque achava natural que ele se divertisse melhor em outro lugar.

A pequena sala de jantar, além da belíssima mesa de madeira marrom marchetada, único móvel da casa que demonstrava que a família já fora rica no passado, continha ainda um sofá bastante gasto, quatro cadeiras de formato semelhante, mas não idêntico, uma poltrona grande com braços e um velho armário. A impressão de pobreza que a sala causava era ressaltada pelo cuidado com que aquelas pobres coisas eram mantidas.

Entrando naquele apartamento, Balli lembrou-se da função de consolador em que se dera tão bem; parecia-lhe que estava passando por um lugar onde ele próprio havia sofrido, mas sofrido de forma amena. Prelibava a lembrança da própria bondade e pensou que fora um erro ter evitado por tanto tempo aquele lugar, onde se sentia mais do que nunca um homem superior.

Emílio acolheu-o com acurada gentileza precisamente para esconder o rancor que fervia no fundo de sua alma; não queria que Balli percebesse o mal que lhe havia feito; ele o teria repreendido asperamente, mas estudando como esconder a própria ferida. Tratava-o como um inimigo.

– Que bons ventos o trazem?

– Passei por aqui e quis cumprimentar a jovem que não via há muito tempo. Acho que o aspecto dela melhorou muito – disse Balli, olhando para Amália, que estava com as faces rosadas e os belos e cinzentos olhos animadíssimos.

Emílio olhou para ela e não viu nada. Seu rancor logo se tornou violento, ao perceber que Stefano não se lembrava dos acontecimentos da noite anterior e, portanto, podia se comportar com ele com tanta desenvoltura:

– Você se divertiu muito ontem à noite, e um pouco também às minhas custas.

O outro ficou estupefato pelo ressentimento que lhe era manifestado de modo tão evidente, mais ainda porque aquelas palavras foram proferidas fora de propósito e na presença de Amália. Ficou surpreso.

Não tinha feito nada que pudesse ofender Emílio; suas intenções, na verdade, tinham sido tais que teria julgado que mereciam um hino de agradecimento. Para reagir melhor ao ataque, perdeu de imediato a consciência do próprio erro e se sentiu isento de qualquer mácula.

– Falaremos disso depois – disse ele, em consideração a Amália.

Esta foi saindo, embora Balli, que não tinha pressa em se explicar com Emílio, quisesse mantê-la ali.

– Não consigo entender sobre que você possa me recriminar.

– Oh, nada – disse Emílio, que, colhido de surpresa, não encontrou nada melhor do que essa ironia.

Balli, depois de se convencer da própria inocência, foi mais explícito. Disse que tinha feito exatamente o que se havia proposto, uma vez que havia se oferecido para lhe dar ensinamentos. Se ele também tivesse começado a balir de amor, então, sim, o tratamento teria sido bem-sucedido. Giolona devia ser tratada como ele tinha feito, e esperava que, com o tempo, Emílio soubesse imitá-lo. Não acreditava, não podia acreditar que semelhante mulher fosse levada a sério, e a descreveu aproximadamente com as mesmas palavras com que Emílio a descrevera dias antes. Ele a tinha achado tão parecida com o retrato que dela lhe havia sido feito, que lhe fora fácil compreendê-la logo, por inteiro.

Mas o outro, que ouvia as próprias palavras repetidas, não ficou de modo algum convencido. Respondeu que procedia daquela maneira no amor e que não sabia comportar-se de outra, porque lhe parecia que a meiguice era a condição essencial para poder desfrutar das delícias do amor. Isso não significava que ele quisesse levar aquela mulher muito a sério. Tinha porventura prometido casar-se com ela?

Stefano riu de bom grado. Emílio havia mudado extraordinariamente nas últimas horas. Alguns dias antes – e não se lembrava? – parecia tão preocupado com seu estado que pedia ajuda aos transeuntes.

– Não tenho nada contra que você se divirta, mas não me parece que esteja realmente se divertindo muito.

Na verdade, Emílio tinha a fisionomia cansada. Sua vida sempre fora pouco alegre, mas, desde a morte do pai, muito tranquila, e seu organismo sofria com o novo regime.

Discreta como uma sombra, Amália quis passar pelo quarto. Emílio a reteve para silenciar Stefano, mas os dois homens não conseguiram abandonar de imediato a conversa que haviam iniciado. Balli, brincando, disse que a estava escolhendo como árbitro num assunto que ela não deveria conhecer. Surgia uma disputa entre os dois velhos amigos. O melhor que se poderia fazer era resolvê-la cegamente, confiando no julgamento de Deus, que deve ter sido inventado para esses casos.

Mas o julgamento de Deus já não podia ser cego, porque Amália já tinha compreendido do que se tratava. Teve um olhar de reconhecimento para Balli, uma expressão intensa, que ninguém acreditaria possível naqueles pequenos olhos cinzentos. Ela encontrava finalmente um aliado, e a amargura que há tanto tempo lhe pesava no coração se transformou numa grande esperança. Foi sincera:

– Já entendi do que se trata. O senhor tem toda a razão – o som da voz, em vez de dar razão pedia ajuda –, basta vê-lo sempre distraído e triste, estampada em seu rosto a pressa de sair dessa casa, onde me deixa tão sozinha.

Emílio a escutava inquieto, temendo que aquelas queixas degenerassem, como sempre, em prantos e soluços. Em vez disso, falando a Balli de sua grande dor, ela permaneceu calma e sorridente.

Balli, que via na dor de Amália apenas um aliado na sua discussão com Emílio, acompanhava suas palavras com gestos de reprovação dirigidos ao amigo. Mas as palavras de Amália já não vinham acompanhadas daqueles gestos. Rindo alegremente, ela contou: dias antes havia saído para passear com Emílio e pôde observar que ele ficava inquieto ao ver ao longe figuras femininas de certa altura e cor, altas, bem altas e bem loiras.

– Será que vi bem? – e riu, feliz por ver Balli concordando. – Muito alta, muito loira?

Não havia nada de ofensivo para Emílio nessa zombaria. Ela havia se aproximado e se apoiava nele, mantendo a mão branca fraternalmente em sua cabeça.

Balli confirmou:

– Alta como um soldado do rei da Prússia, tão loira que se pode dizer que é incolor.

Emílio riu, mas ainda estava com o pensamento em seu ciúme:

– Bastaria ter certeza de que você não gosta dela.

– Tem ciúme de mim, entende, do melhor amigo dele! – gritou Balli, indignado.

– Compreende-se – disse Amália mansamente e quase pedindo a Balli mostrar indulgência para com o amigo.

– Não há como compreender! – disse Stefano, protestando. – Como pode dizer que se tenha de compreender semelhante infâmia?

Ela não respondeu, mas manteve sua opinião com o olhar confiante de quem sabe o que diz. Acreditava ter pensado intensamente a respeito e, portanto, ter intuído o estado de espírito do infeliz irmão; em vez disso, ela o tinha percebido em seus sentimentos. Ela estava totalmente enrubescida. Certos tons daquele colóquio ecoaram em sua alma como o som de sinos no deserto; longe, muito longe, percorreram enormes espaços vazios, mediram-nos, preenchendo-os subitamente todos, tornando-os sensíveis, distribuindo abundantemente alegria e dor. Ela ficou em silêncio por longo tempo. Esqueceu que haviam falado do irmão e pensou em si mesma. Oh, coisa estranha, maravilhosa! Ela já havia falado de amor em outras ocasiões, mas de maneira bem diferente, sem indulgência, como de algo que não se devia tolerar. Como havia levado a sério aquele imperativo que lhe gritavam nos ouvidos desde a infância. Tinha odiado, desprezado aqueles que não queriam obedecer, e dentro de si havia sufocado qualquer tentativa de rebeldia. Tinha sido enganada! Balli era a virtude e a força, Balli, que falava com tanta serenidade de amor, do amor que para ele nunca fora pecado. Quanto devia ter amado! Com a voz doce e com aqueles olhos azuis sorridentes, ele sempre amava tudo e todos, até mesmo ela.

Stefano ficou para almoçar. Um pouco chateada, Amália tinha anunciado que haveria pouco para comer, mas Balli ficou surpreso ao descobrir que naquela casa se comia muito bem. Fazia anos que Amália passava boa parte de seus dias junto ao fogão e se havia tornado uma boa cozinheira, como deveria para atender ao delicado paladar de Emílio.

Stefano ficou de bom grado. Parecia-lhe que tinha sucumbido na discussão com Emílio e ficava à espera da desforra, satisfeito por ter Amália inteiramente de seu lado, que lhe dava razão, o desculpava e o apoiava.

Para ele e Amália, aquele almoço foi muito alegre. Ele se mostrou falante. Contou sobre sua juventude cheia de aventuras surpreendentes. Quando a penúria, que o obrigava a servir-se de expedientes mais ou menos delicados, mas sempre alegres, ameaçava transformar-se em miséria, a ajuda sempre chegava.

Contou com todos os detalhes uma aventura que o salvou da fome ao lhe render uma gorjeta por ter encontrado um cachorro perdido.

E sempre assim: depois de terminar os estudos, perambulava por Milão, onde estava prestes a aceitar o cargo de inspetor que lhe fora oferecido numa empresa comercial. Como escultor, era difícil começar uma carreira; logo no início, teria morrido de fome. Passando um dia na frente de um prédio, onde estavam expostas as obras de um artista recentemente falecido, entrou para dar o último adeus à escultura. Lá encontrou um amigo e os dois começaram a demolir impiedosamente as obras expostas. Com a amargura que derivava de sua situação desesperadora, Balli achava tudo medíocre, insignificante. Falava alto, estava exaltado; essa crítica devia ser sua última obra como artista. Na última sala, diante da obra que o falecido artista não conseguira terminar por causa da doença que o acometera, Balli parou maravilhado por não poder terminar sua crítica no tom com que a mantivera até então. Aquele gesso representava uma cabeça de mulher, de perfil enérgico, com linhas decisivas rudemente esboçadas, mas com forte expressão de dor e pensamento. Balli se comoveu ruidosamente. Descobria que, no falecido escultor, o artista tinha existido até o esboço e que o acadêmico interviera depois para destruir o artista, esquecendo as primeiras impressões, o primeiro sentimento para se recordar apenas de dogmas impessoais: os preconceitos da arte.

– Sim, é verdade! – disse um velhinho de óculos que estava ao lado dele, quase encostando a ponta do nariz no esboço.

Balli se tornou cada vez mais eloquente em sua admiração e dirigiu palavras comoventes àquele artista que morrera velho, levando seu segredo para o túmulo, exceto apenas uma única vez em que precisamente a morte não lhe permitira ocultar.

O velho deixou de olhar o gesso para considerar o crítico. Foi por acaso que Stefano se apresentou como escultor e não como inspetor comercial. O velho, um desses ricos totalmente originais, como personagens de conto de fadas, primeiro lhe encomendou um busto dele próprio, depois um monumento fúnebre e, finalmente, lembrou-se dele em seu testamento.

Balli teve, portanto, trabalho por dois anos e dinheiro por dez.

Amália disse:

– Como deve ser prazeroso conhecer pessoas tão inteligentes e tão boas.

Balli protestou. Descreveu o velho com sentida antipatia. Aquele pretensioso mecenas ficava eternamente a seu lado, exigindo que executasse determinada quantidade de trabalho todos os dias. Verdadeiro burguês, privado de bom gosto próprio, só apreciava na arte o que lhe era explicado e demonstrado. Todas as noites, Balli se sentia extremamente cansado de tanto trabalhar e falar, e às vezes tinha a impressão de ter assumido aquele posto de inspetor comercial que só havia perdido por acaso. Ele havia ficado de luto quando o velho morreu, mas, para pranteá-lo mais alegremente, passou muitos meses sem tocar na argila.

Como era lindo o destino de Balli: nem sequer era obrigado a agradecer pelos benefícios que lhe caíam do céu. Riqueza e felicidade eram frutos de seu destino; por que deveria ter ficado surpreso por isso ou ter ficado grato àqueles que eram enviados pela Providência para lhe trazer seus presentes? Amália, encantada, ouvia aquela história que confirmava que a vida era bem diferente daquela que conhecera. Era natural que tivesse sido tão dura para ela e para o irmão e era de muito natural que a Balli tivesse sido tão alegre. Ela admirou a felicidade de Balli e amou nele a força e a serenidade, que eram suas primeiras grandes fortunas.

Brentani, ao contrário, ficava escutando com amargura e inveja. Parecia que Balli se vangloriava da sorte como se fosse uma virtude sua. Emílio nunca tinha recebido nada que fosse interessante, nem mesmo nada de inesperado. Até mesmo a desventura se havia anunciado de longe, viera se delineando à medida que se aproximava; tivera tempo de encará-la longamente; e quando era atingido por ela – a morte de seus entes queridos mais próximos ou a pobreza –, ele já estava preparado para isso. Por essa razão, sofrera por mais tempo, mas com menos intensidade, e as muitas desventuras nunca o haviam abalado em sua triste inércia, que atribuía a esse destino desesperadamente incolor e uniforme. Nunca tinha inspirado nada de forte, nem amor nem ódio; o velho tão injustamente odiado por Balli não interviera em sua vida. O ciúme, em seu espírito, cresceu tanto que o provou até mesmo pela admiração que Amália demonstrava por Balli. O almoço transcorreu muito animado porque ele também colaborou. Lutou para conquistar a atenção de Amália.

Mas não conseguiu. O que poderia ter dito que fosse digno de figurar ao lado da bizarra autobiografia de Balli? Nada além de sua paixão atual, e, não podendo falar dela, ficou imediatamente confinado ao segundo lugar que lhe cabia por destino. O esforço de Emílio não produziu mais do que algumas ideias que embelezaram o relato do amigo. Este, sem se dar conta, pressentiu a luta e tornou-se cada vez mais variado, colorido, animado. Amália nunca tinha sido alvo de tanta atenção. Estava escutando as confidências que o escultor lhe fazia, e não se enganava: eram feitas justamente para conquistá-la, e ela, na verdade, sentia que era toda dele. Pela mente dessa moça opaca nunca passara esperança de futuro. Era precisamente do presente que ela desfrutava, daquela hora em que se sentia desejada, importante.

Saíram juntos. Emílio gostaria de ter ido embora com Balli, mas ela lhe recordou a promessa feita no dia anterior de levá-la consigo. Aquela festa não deveria terminar ainda. Stefano a apoiou. Parecia-lhe que esse apego a Amália teria podido combater a influência de Angiolina em Brentani e não se lembrava mais de que poucos minutos antes tinha lutado para se colocar entre o irmão e a irmã.

Ela se aprontou num piscar de olhos e até encontrou tempo para alisar na testa os cachos de seus cabelos finos, mas sarapintados, em vez de inteiramente coloridos. Quando, calçando as luvas, convidou Balli para sair, lhe dirigiu um sorriso com o qual pedia seu agrado.

Na rua ela estava mais insignificante do que nunca, toda vestida de preto, com uma pequena pena branca no chapéu. Balli se divertiu com a pena. Disse, porém, que gostava e soube esconder o mau humor que se apoderou dele diante da ideia de ter de atravessar a cidade ao lado daquela mulherzinha com um gosto tão perverso a ponto de colocar um sinal branco a uma distância tão pequena do chão.

O ar estava tépido, mas coberto por uma espessa neblina branca, toda uma manta da mesma cor, o céu era verdadeiramente invernal, e Sant'Andrea, com aquelas árvores de longos ramos desnudos, secos, ainda não podados, e o chão branco pela luz bloqueada e difusa, parecia uma paisagem de neve. Reproduzindo-a e não podendo dar-lhe a suavidade do ar, um pintor teria estampado aquela ilusão errônea.

– Nós três conhecemos a cidade inteira – murmurou Balli.

Na calçada, tiveram de diminuir o passo. Tão festiva, barulhenta e oficial, na grande paisagem triste e próximo do vasto mar branco, aquela multidão era pouco séria; parecia um formigueiro.

– É o senhor que conhece todo o mundo, não nós – disse Amália, lembrando-se de ter vindo ali muitas vezes a passeio, sem ter de se cansar detendo-se para intermináveis cumprimentos.

Todas as pessoas que passavam faziam uma saudação amigável ou respeitosa a Balli, e as saudações vinham também das carruagens. Ela se sentia bem ao lado dele e desfrutava daquele passeio triunfal, como se parte da reverência demonstrada ao escultor fosse destinada a ela.

– Ai de mim se não tivesse vindo! – disse Balli, respondendo com uma simpática e comedida saudação a uma senhora idosa que se debruçou para fora da carruagem para vê-lo. – As pessoas teriam voltado para casa decepcionadas.

Tinham certeza de encontrá-lo no passeio dos domingos, que ele festejava como um operário ao lado de Brentani, que nos outros dias ficava trancado no escritório.

– *Ange*! –murmurou Amália, rindo discretamente.

Ela a tinha reconhecido graças à descrição que lhe tinha sido feita e pela perturbação de Emílio.

– Não ria! – pediu Emílio, calorosamente e confirmando a descoberta de Amália.

Ele também via algo de novo: o alfaiate Volpini, um homenzinho esguio ainda mais insignificante por causa da esplêndida figura feminina ao lado da qual marchava com um passo alongado pelo esforço e pelo orgulho. Os dois homens o cumprimentaram, e Volpini respondeu com exagerada gentileza.

– Tem a cor de Angiolina – riu Balli.

Emílio protestou: como comparar a cor de palha seca de Volpini com o ouro de Angiolina? Voltou-se e viu Angiolina curvada, falando com o companheiro, que olhava para cima, disfarçando finalmente a corcunda. Certamente falavam deles.

Só mais tarde, quando se encontraram de novo na cidade e prestes a se separar, Amália, que repentinamente se calara, sentindo-se novamente próxima da solidão habitual, querendo dizer alguma coisa só para quebrar o silêncio que se abatia sobre ela, perguntou quem era o homem que acompanhava Angiolina.

– O tio dela – respondeu Brentani, muito sério, após uma leve

leve hesitação, enquanto Stefano o observava com olhar irônico, vendo-o enrubescer.

O olhar inocente da irmã o fazia envergonhar-se. Como Amália teria ficado surpresa se soubesse que o grande amor do irmão, aquele amor pelo qual ela já tinha sofrido tanto, fosse assim daquele jeito.

– Obrigada. – disse Amália, despedindo-se de Stefano.

Oh, que doce lembrança daquelas horas haveriam de ficar se, por desventura, não tivesse percebido que naquele momento Balli não conseguia falar porque estava lutando contra um bocejo que paralisava sua boca.

– O senhor ficou entediado. Tanto mais me sinto obrigada a lhe agradecer.

Humilde e tão boa, isso comoveu Stefano, que logo se sentiu propenso a lhe querer bem. Explicou que o bocejo era para ele uma questão de nervos. Poderia provar que não se entediava na companhia deles, se decidissem convidá-lo com mais frequência à casa deles.

De fato, manteve sua palavra. Teria sido difícil dizer por que ele subia aquelas escadas todos os dias para tomar café com os Brentani. Provavelmente, era por ciúme; lutava para conservar a amizade de Emílio. Mas Amália não podia adivinhar tudo isso; acreditava que ele vinha até a casa deles com mais frequência por simples afeto por seu irmão, afeto que ela mesma desfrutava, porque parte dele reverberava sobre ela.

Não houve mais discussões entre irmão e irmã. Emílio – cego como era, não teve surpresa alguma – sentiu que a irmã o tolerava, o compreendia melhor; na verdade, sentiu que a nova benevolência se estendia até mesmo a seu amor. Quando lhe falava desse amor, o rosto de Amália se iluminava, resplandecia. Ela procurava fazê-lo falar de amor e nunca lhe dizia que deveria cuidar de si mesmo ou que deveria deixar Angiolina. Porque deveria deixar Angiolina, uma vez que ela era a felicidade? Um dia pediu para conhecê-la e depois manifestou esse desejo diversas vezes; mas Emílio teve o cuidado de não satisfazê-la. Tudo o que sabia dessa mulher se resumia nisso: que era um ser muito diferente dela, mais forte, mais vital; e Emílio se sentiu realizado por ter criado em sua mente uma Angiolina muito diferente da real. Quando estava com a irmã, adorava aquela imagem, a embelezava, lhe acrescentava todas as qualidades que gostaria de encontrar na Angiolina, e quando compreendeu que Amália também colaborava naquela construção artificial, se alegrou vivamente.

Ouvindo falar de uma mulher que, para pertencer a um homem que amava, tinha superado todos os obstáculos, preconceitos de casta e interesses, ela disse no ouvido de Emílio:

– Ela se parece com a Angiolina.

"Oh, se fosse parecida com ela!", pensou Emílio, enquanto forçava seu semblante a expressar concordância. Depois se convenceu de que realmente se parecia com ela ou, pelo menos que, crescida em outro ambiente, teria se parecido com ela, e acabou sorrindo. Por que deveria supor que Angiolina deveria se deixar dominar pelo preconceito? Por meio do pensamento enobrecedor de Amália, seu amor por Angiolina era adornado, às vezes, de todo tipo de ilusões.

Na verdade, porém, aquela mulher que superava todos os obstáculos se parecia muito mais com a própria Amália. Em suas mãos longas e brancas, ela sentiu uma força enorme, suficiente para arrebentar as correntes mais fortes. Em sua vida, porém, não havia correntes; ela era completamente livre, e ninguém lhe pedia nem resoluções, nem força, nem amor. Como é que aquela grande força encerrada naquele organismo tão fraco acabaria ao se expandir?

Enquanto isso, Balli bebericava o café, estirado na velha poltrona, com todo o conforto, recordando que naquela hora ele tinha o péssimo hábito de discutir com os artistas no café. Como se sentia bem melhor ali, entre aquelas pessoas meigas que o admiravam e amavam!

Igualmente infeliz foi a intervenção de Balli com os dois amantes. Em seu breve relacionamento com Angiolina, ele havia conquistado o direito de lhe dizer um mundo de insolências, que ela aturava sorridente, nem um pouco ofendida. De início, ele se contentava em dizê-las em toscano, aspirando e amaciando letras e palavras, de tal modo que para ela pareciam carícias; mas mesmo quando lhe vinham à cabeça em bom dialeto triestino, duras e desbocadas, ela não se melindrava. Ela sabia – e Emílio também – que eram ditas sem qualquer maldade, que refletiam apenas um modo de moldar a boca, um hábito inofensivo de movê-la. E isso era o pior. Uma noite, Emílio, não aguentando mais, finalmente implorou a Balli para que os deixasse viver em paz.

– Sofro demais ao vê-la vilipendiada dessa maneira.

– Verdade? – perguntou Balli, arregalando os olhos.

Ele, como sempre esquecido, mais uma vez julgara que deveria se comportar assim para curar Emílio. Ele se deixou convencer e por algum tempo não voltou a perturbar seus momentos de amor.

– Não sei como me comportar de outra forma com uma mulher assim.

Mas então Emílio ficou com vergonha e, em vez de se confessar tão fraco, se resignou a tolerar o comportamento do amigo.

– Venha de vez em quando com Margherita.

O chamado *jantar de vitela* se repetiu com frequência, com episódios muito parecidos com o primeiro; Emílio condenado ao silêncio, Margherita e Angiolina de joelhos diante do Balli.

Uma noite, porém, Balli não gritou, não comandou, não se fez adorar e foi, pela primeira vez, o companheiro que Emílio podia tolerar.

– Como você deve se sentir amado por Margherita! – disse-lhe esse último, ao retornar, só para lhe confidenciar algo agradável.

As duas mulheres estavam caminhando a poucos passos deles.

– Infelizmente – disse Balli, com toda a calma –, creio que ela ama também muitos outros, além de mim. É uma alma muito gentil.

Emílio caiu das nuvens.

– Cale a boca, agora! – disse Balli, vendo que as duas mulheres haviam parado para esperá-los.

No dia seguinte, num momento em que Amália teve de ir à cozinha, Balli lhe contou que, por acaso, por erro de um entregador, havia descoberto que Margherita estava se encontrando com outro – precisamente um artista – disse ele com raiva.

– Isso me entristeceu profundamente. É uma infâmia ser tratado assim. Comecei a fazer algumas investigações e, quando pensei ter descoberto meu rival, notei que, nesse meio-tempo, já eram dois. A coisa se tornava muito mais complicada. Então, pela primeira vez, me dignei a investigar a família de Margherita e descobri que era composta por sua mãe e de uma caterva de irmãs muito jovens. Está entendendo? Ela deve providenciar a educação de todas essas meninas. – Então Balli, com voz cheia de emoção, concluiu: – Imagine que ela de mim jamais quis aceitar um centavo. Quero que confesse, me conte tudo. Vou beijá-la uma última vez, vou lhe dizer que não guardo rancor e vou deixá-la, guardando a mais pura recordação que possa ter dela.

Logo depois, fumando, se acalmou, e quando Amália voltou, ele cantarolava a meia voz:

*Pria confessi il delitto e poscia muoia!*[19]

(Primeiro confesse o crime e depois morra!)

Naquela mesma noite, Emílio contou a Angiolina a história de Margherita. Ela teve um ímpeto de alegria impossível de disfarçar. Depois compreendeu que devia pedir desculpas a Emílio por semelhante atitude. Mas foi difícil. Como era doloroso para ele ver o escultor conquistar, brincando e rindo, o que ele não conseguia obter senão à custa de muito sofrimento!

De resto, ele passava então por um período de estranha ilusão com Angiolina. Um sonho, desses a que ele estava frequentemente exposto mesmo estando acordado, o levava a acreditar que tinha sido ele o corruptor da moça. Na verdade, logo nas primeiras noites em que se aproximara dela, se predispusera a lhe fazer aqueles magníficos discursos sobre mulheres honestas e seus interesses. Não podia saber

---

19 Verso do libreto *Otello* (Ato III, Cena IV), de Arrigo Boito (1842-1918), poeta, escritor, libretista e compositor italiano. (N.T.)

como ela era antes de vir para sua escola. Como é que não havia compreendido que uma Angiolina honesta significava uma Angiolina sua? Retomou o sermão que havia interrompido, mas num tom completamente diferente. Bem cedo percebeu que as teorias frias e complexas não funcionavam com Angiolina. Pensou longamente no método a seguir para reeducá-la. No sonho, ele a acariciava como se já a tivesse tornado digna dele. Tentou fazer o mesmo na realidade. Na verdade, o melhor método deveria consistir em fazê-la sentir como é doce o respeito, para lhe dar o desejo de conquistá-lo. Por isso se encontrava agora eternamente de joelhos diante dela, na mesma posição em que teria sido abatido com mais facilidade no dia em que Angiolina julgasse oportuno dar-lhe um pontapé.

# CAPÍTULO VI

Uma noite, no início de janeiro, Balli, com um mau humor infinito, caminhava sozinho ao longo do aqueduto. Sentia falta da companhia de Emílio, que acompanhava a irmã numa visita, e Margherita ainda não havia sido substituída.

O céu estava claro, apesar do siroco, que desde a manhã já castigava a cidade. Parecia impossível que o tísico Carnaval iniciado naquela noite por um primeiro baile de máscaras pudesse resistir àquela temperatura fria e úmida.

– Ah, ter um cachorro aqui para morder aquelas belas panturrilhas! – pensou Balli ao ver passar duas *pierrettes* de pernas nuas.

Aquele Carnaval, por ser mesquinho, lhe dava a ira de um moralista; mais tarde, muito mais tarde, também participaria dele, completamente esquecido daquela ira, apaixonado pelo luxo e pelas cores. Mas por ora lhe parecia estar assistindo ao prelúdio de uma triste comédia. Começava a formar-se o torvelinho que por um instante arrancaria o operário, a costureira, o pobre burguês do tédio da vida comum para conduzi-los depois à dor. Machucados, perdidos, alguns haveriam de retornar à antiga vida que, no entanto, se tornara mais pesada; os outros nunca mais encontrariam a quaresma. Bocejou de novo; até seus pensamentos o aborreciam.

– Está com cara de siroco – pensou e olhou novamente para a lua brilhante que pousava sobre a montanha como se estivesse num pedestal.

Mas seu olhar se deteve sobre três figuras que desciam ao longo do aqueduto. Elas o impressionaram porque logo percebeu que as três estavam de mãos dadas. Um homem baixo e atarracado, no meio, duas mulheres, duas figuras esguias, nos lados; parecia uma ironia que ele se propôs esculpir. Teria vestido as duas mulheres em estilo grego, o homem com uma jaqueta moderna; teria dado às mulheres o riso aberto das bacantes e, no rosto do homem, teria estampado o cansaço e o tédio.

Mas ao se aproximarem as figuras, esqueceu completamente aquela visão. Uma das mulheres era Angiolina, a outra era Giulia, uma moça nada bonita que Angiolina havia apresentado a Balli e a Emílio. Não conhecia o homem, que passou a poucos passos dele, de cabeça erguida e sorridente, veneranda pela grande barba castanha que ostentava. Não era Volpini, que era aloirado.

Giolona ria de bom grado com sua risada sonora e doce; certamente o homem estava ali por ela e só segurava a mão de Giulia por sua causa. Balli acreditava firmemente nisso sem, no entanto, saber dizer por quê. Sua capacidade de observação o divertiu tanto que acabou esquecendo do tédio de toda aquela noite.

— Aqui está uma ocupação original; vou espionar!

Ele os seguiu, mantendo-se na sombra, sob as árvores. Giolona ria muito, quase ininterruptamente, enquanto Giulia, para participar da conversa, se inclinava para frente, porque os dois à sua direita muitas vezes se esqueciam dela. Logo não havia mais necessidade de grande poder de observação. A poucos passos do Café do Aqueduto pararam. O homem largou a mão de Giulia, que discretamente se afastou e tomou, entre as suas, ambas as mãos de Angiolina. Procurava obter alguma coisa dela e de vez em quando aproximava a barba eriçada do rosto de Angiolina; de longe pareciam beijos. Depois os três se reuniram de novo e entraram no Café.

Sentaram-se na primeira sala ao lado da porta de entrada, mas de tal forma que Balli só conseguia ver a cabeça do homem, que estava em plena luz. Um rosto negro emoldurado por uma barba abundante que chegava quase até os olhos, mas uma cabeça calva, luzidia e amarelada.

— O vendedor de guarda-chuvas da rua Barriera! – riu Balli.

Um vendedor de guarda-chuvas, rival de Emílio Brentani. Mas tanto melhor, porque esse guarda-chuva poderia curar Emílio. Acho que Balli teria conseguido tornar a aventura tão ridícula que Emílio acabaria rindo e não sofrendo. Balli não duvidava do próprio espírito.

O vendedor de guarda-chuvas olhava apenas para um dos lados e, com a consciência de um espião honesto, Balli queria ter certeza de que Angiolina estava daquele lado; por isso entrou. Era exatamente ela que estava sentada contra a parede; Giulia, sentada em frente, perfeitamente isolada, bebericava numa pequena taça um licor transparente e denso. Mas, mesmo assim, apesar da grande atenção que dedicava a isso, ela estava menos distraída que os outros dois. Foi ela que notou Balli e deu o alarme. Tarde demais. Ele tinha conseguido perceber que as duas mãos estavam juntas novamente por debaixo da mesa e ficou impressionado com a expressão afetuosa com que Angiolina olhava para o vendedor de guarda-chuvas. Emílio tinha razão; aqueles olhos crepitavam como se algo estivesse queimando em sua chama. Balli invejou o vendedor de guarda-chuvas. Como se sentiria melhor no lugar dele do que no seu!

Giulia o cumprimentou:

– Boa noite!

Ele ficou indignado ao perceber que ela esperava ser abordada por ele. Para poder ficar em companhia de Emílio e Angiolina, ele a tinha suportado uma noite inteira. Foi saindo lentamente, cumprimentando Angiolina com um breve aceno de cabeça. Ela se havia encolhido em seu lugar para dar a impressão de estar longe do homem que a acompanhava e olhava para Balli com seus grandes olhos expressivos, pronta para sorrir para ele, se ele lhe tivesse dado o exemplo. Mas ele não sorriu e, desviando o olhar, sem responder à saudação do vendedor de guarda-chuvas, seguiu em frente.

"Como fomos expressivos!", pensou ele. "Ela me pedia para não falar com Emílio sobre esse encontro, e eu respondi que lhe teria falado assim que o visse."

Olhou novamente para o vendedor de guarda-chuvas, entre aquela calvície e aquela barba toda, um semblante que espelhava um coração contente.

– Oh, se Emílio a tivesse visto!

– Boa noite, sr. Balli – ouviu atrás de si uma saudação reverente.

Voltou-se. Era Michele. Chegava em boa hora.

Com súbita decisão, Balli lhe pediu que fosse até a casa de Emílio Brentani; se estivesse lá, que o trouxesse imediatamente para aquele local e, se não estivesse, esperá-lo até que chegasse. Michele mal teve tempo de ouvir a ordem e se pôs a correr.

Impaciente, Balli encostou-se numa árvore em frente ao Café. Daria um jeito de impedir que Emílio se enfurecesse com o vendedor de guarda-chuvas ou com Angiolina. Esperava poder acalmá-lo e livrá-lo desse vínculo para sempre. Giulia apareceu na porta e olhou atentamente em volta; mas, encontrando-se em plena luz, e Balli na sombra, não o viu. Balli permaneceu imóvel, sem se importar em se esconder. Giulia voltou e saiu acompanhada de Angiolina e do vendedor de guarda-chuvas, que já não ousava mais segurar a mão da amada. Seguiram com passo mais acelerado em direção do Café Chiozza. Estavam fugindo! Até o Café Chiozza, a tarefa de Balli não oferecia dificuldades, porque Emílio tinha de vir por ali; mas quando viraram à direita, em direção à estação, Balli se viu em grande embaraço. A impaciência o deixou com raiva.

– Se o Emílio não chegar a tempo, dispenso Michele.

Até certo ponto, sua excelente vista o ajudou.

– Ah, canalhas! – murmurou irritado, percebendo que o vendedor de guarda-chuvas se sentia confiante novamente, a ponto de tomar a mão de Angiolina de novo.

Pouco depois, ele os perdeu de vista na sombra projetada pelas casas altas, e quando finalmente Emílio chegou, sabendo que não poderia mais alcançá-los, acolheu-o com as palavras:

– Que pena! Você perdeu um espetáculo que teria sido salutar para você.

Depois se pôs a cantarolar.

– *Sì, vendetta, tremenda vendetta...*[20]

(– *Sim, vingança, tremenda vingança...*)

E talvez esperando que parassem para esperá-los, arrastou Emílio consigo até a estação.

Emílio havia compreendido que se tratava de Angiolina. Concordou em caminhar ao lado de Balli, fazendo perguntas como se não tivesse a menor suspeita da verdade. Depois compreendeu: o nó que lhe apertava a garganta era produto do duro ridículo que o atingia. Oh, antes de mais nada, livrar-se disso! Parou, obstinado. Queria saber do que se tratava, caso contrário não se moveria dali. Que lhe dissesse tudo com franqueza. Tratava-se de Angiolina, não é verdade?

– Tudo o que você pode me dizer certamente não chega nem perto do que eu sei – e riu. – Que se acabe, pois, com essa comédia.

Ficou satisfeito consigo mesmo, especialmente quando percebeu que havia obtido imediatamente o que queria de Balli. Falando sério, este lhe contou o caso em que se deparou com Angiolina e a apanhou em flagrante. Numa alcova, não poderia ter sido mais claro.

– Aquele homem estava lá pela Angiolina e não pela Giulia; na verdade, Angiolina estava lá por causa dele. Como lhe acariciava as mãos e como a olhava! Não era Volpini, claro.

Parou de falar para olhar para Emílio e examinar se talvez a calma que o outro mostrava não derivava da presunção de que fosse Volpini o homem com quem estava sendo traído.

Emílio continuava escutando, fingindo estar surpreso com as informações.

– Você tem certeza disso? – perguntou ele, conscientemente.

Ele sabia que Volpini não estava em Trieste e, portanto, nem sequer havia pensado nele.

---

20 Verso da ópera *Rigoletto*, de Giuseppe Verdi (1813-1901), compositor italiano. (N.T.)

– Oh, sim! Conheço Volpini e conheço também esse outro. O vendedor de guarda-chuvas da Barriera Vecchia. Aquele dos guarda-chuvas comuns, coloridos.

Seguiu-se uma descrição detalhada do vendedor de guarda-chuvas à dupla luz amarela do gás e dos olhos de Angiolina. Calvo e também muito escuro!

– É um monstro *in natura*, porque permanece negro sob qualquer luz que o veja.

Balli terminou seu relato:

– Como não há razão para ter pena de você, a tenho unicamente por aquela pobre Giulia. O vendedor de guarda-chuvas não tem um amigo como eu para amenizar as terríveis consequências de suas belas aventuras. Foi ela que foi maltratada! Teve de se contentar com um copinho de rosolio, enquanto Angiolina com grande desenvoltura pediu um chocolate e uma grande quantidade de *focaccia*.

E Emílio parecia interessar-se por todas as observações espirituosas do amigo. Nem precisava mais de esforço para fingir indiferença; quase se cristalizou no primeiro esforço e poderia ter dormido mantendo aquele sorriso estereotipado e calmo. Tal era a simulação que penetrava muito além da epiderme. Em vão procurava outra coisa fora disso, e não encontrava nada além de um grande cansaço. Nada mais! Talvez o tédio de si mesmo, de Balli e de Angiolina. E pensou: "Quando estiver sozinho, certamente estarei melhor do que estou".

Balli disse:

– Agora vamos dormir. Você já sabe onde poderá encontrar a Angiolina amanhã. Chegue e lhe diga algumas palavras de despedida e dê um fim nisso, como eu fiz com Margherita.

A sugestão era boa; mas talvez não fosse o caso de dá-la.

– Sim, farei isso – disse Emílio.

Com sinceridade acrescentou:

– Talvez não amanhã, porém.

Queria dormir até tarde no dia seguinte.

– Vamos lá, que você é digno de ser meu amigo – disse Balli com profunda admiração. – Numa única noite você recuperou toda a estima que havia perdido com as tolices cometidas ao longo de vários meses. Você pode me acompanhar até minha casa?

– Um pequeno trecho – disse Emílio, bocejando. – Já é tarde e eu já ia dormir quando fui chamado por Michele.

Evidentemente deplorava aquela chamada intempestiva.

Não se reencontrou nem mesmo depois de ficar sozinho. O que lhe restava fazer naquela noite? Foi para casa para dormir.

Mas, ao chegar ao Chiozza, parou para olhar para a estação, local onde Angiolina deveria estar namorando com o vendedor de guarda-chuvas.

"E, no entanto", pensou ele, e pensou tanto a ideia como as palavras, "seria bom se ela passasse por aqui e eu pudesse lhe dizer imediatamente que entre nós tudo estava acabado. Aí sim, tudo acabaria e eu poderia ir dormir tranquilo. Por aqui, ela deve passar!"

Ele se apoiou num marco de pedra e, quanto mais esperava, mais forte se tornava a esperança de vê-la nessa mesma noite.

Para estar preparado, pensou também palavras que haveria de lhe dirigir. Meigas. Por que não?

"Adeus, Angiolina. Eu queria salvá-la e você riu de mim. Zombado por você, zombado por Balli!"

Uma raiva impotente lhe inflou o peito. Finalmente despertava, e toda a raiva e emoção não o magoavam tanto quanto a indiferença de pouco tempo antes, uma prisão do próprio ser, que lhe era imposta por Balli. Palavras meigas para Angiolina? Não mesmo! Poucas, duríssimas e frias.

"Eu já sabia que você era assim. Não me surpreendeu em nada. Pergunte a Balli. Adeus."

Caminhou para se acalmar porque, ao pensar naquelas palavras frias, o fez sentir-se queimando por dentro. Não eram suficientemente ofensivas! Com essas palavras ele se ofendia apenas a si mesmo; sentia vertigens.

"Esse é um caso em que se mata", pensou ele, "não se fala."

Um grande medo de si mesmo o acalmou. Teria sido igualmente ridículo matá-la, disse para si, como se tivesse tido uma ideia de assassino. Não a tivera; mas, tranquilizado, divertiu-se ao imaginar-se vingado com a morte de Angiolina. Essa teria sido a vingança que teria feito esquecer todo o mal do qual ela fora a origem. Depois, poderia franteá-la, e uma emoção tomou conta dele que fez brotar lágrimas de seus olhos.

Pensou que com Angiolina deveria seguir o mesmo sistema adotado com Balli. Esses dois inimigos dele tinham que ser tratados da mesma maneira. Haveria de dizer a ela que a estava abandonando não pela traição, visto que já a esperava, mas por causa do indivíduo imundo que ela escolhera como seu rival. Não queria mais beijá-la onde o vendedor de guarda-chuvas beijara. Se se tratasse de Balli, de Leardi e talvez também de Sorniani, até que teria fechado um olho, mas o vendedor de guarda-chuvas! Na obscuridade testou a careta de nojo com que haveria de dizer essas palavras.

Quaisquer que fossem as palavras que imaginasse lhe dirigir, sempre era atacado por um riso convulsivo. Continuaria a falar assim a noite toda? Era necessário, portanto, falar com ela imediatamente. Lembrou-se de que era provável que Angiolina voltasse para casa pelo lado da rua Romagna. Com seu passo rápido, ainda poderia alcançá-la. Não havia terminado de pensar em tudo isso e, já, contente por tomar uma decisão que acabaria com as dúvidas que turvavam sua mente, começou a correr. O movimento lhe deu algum alívio no início. Depois diminuiu o ritmo, tornado hesitante por uma nova ideia. Se eles voltassem para casa por ali, não teria sido mais seguro, para encontrá-los, subir pela rua Fábio Severo, pelos lados do Jardim Público, e descer andando ao encontro deles pela rua Romagna? Correr não o assustava, e ele teria feito aquela volta enorme; mas então pareceu-lhe ter visto Angiolina passando diante do Café Fabris, acompanhada por Giulia e por um homem que devia ser o vendedor de guarda-chuvas. De tão longe, conseguiu reconhecer a moça saltitando graciosamente como fazia quando queria lhe agradar. Parou de correr, porque tinha muito tempo para alcançá-los. Pôde também pensar, sem exasperar-se, nas palavras que logo lhe dirigiria. Por que circundar essa aventura com tantos detalhes e pensamentos estranhos? Era uma aventura normal e dali a poucos minutos estaria liquidada da maneira mais simples.

Chegando no início da subida da rua Romagna, não viu mais as pessoas que já deviam ter passado por ali. Caminhou mais rápido, dominado por uma dúvida que o inquietou tanto quanto a subida. E se não fosse Angiolina? Como poderia lutar contra a própria agitação sempre renascente, por uma noite inteira?

Embora estivessem agora a apenas alguns passos dele, na escuridão continuou a acreditar que essas três pessoas fossem as que procurava. Por isso teve um momento de calma. Era tão fácil se acalmar quando se podia entrar em ação logo em seguida!

Esse grupo recordava o outro que Balli lhe havia descrito. Entre duas mulheres caminhava um homem gordo e atarracado que deu o braço àquela que pensava ser Angiolina, mas que agora, porém, nada tinha de característico em seu modo de andar. Olhou-a no rosto com o olhar calmo e irônico preparado com tanto esforço. Teve uma grande surpresa ao ver um rosto desconhecido, de velha, seca de tão magra.

Uma dolorosa decepção. No desejo de não abandonar aquele grupo ao qual tanta esperança o prendia, teve a ideia de perguntar àquelas pessoas se por acaso não tinham visto Angiolina, e já pensava na forma como a descreveria. Ficou com vergonha! Uma só palavra que dissesse, e logo adivinhariam tudo. Continuou andando em ritmo acelerado, que logo degenerou em corrida. Via um longo trecho de rua deserta à sua frente e lembrou-se de que, ao dobrar a esquina, veria outro trecho igualmente longo e depois outro. Interminável! Mas era preciso superar a dúvida e, no momento, a dúvida era se Angiolina estava naquela rua ou em outro lugar.

Mais uma vez pensou nas frases que haveria de lhe dizer naquela mesma noite ou na manhã seguinte. Com toda a dignidade (quanto mais aumentava sua agitação, mais calmo se imaginava), com toda a dignidade lhe haveria de dizer que, para se livrar dele, bastaria dizer-lhe uma palavra, uma única palavra. Não seria o caso de ridicularizá-lo.

– Eu teria me retirado imediatamente. Não chegava nem sequer a pensar em ser expulso de meu lugar por um vendedor de guarda-chuvas.

Repetiu diversas vezes essa frase, modificando-lhe algumas palavras e também tentando aperfeiçoar o som de sua voz que ia se tornando cada vez mais irônica e mordaz. Parou ao perceber que, no esforço de encontrar a expressão, estava gritando.

Para evitar a lama espessa no centro da rua, ele se afastou para onde havia cascalho, mas no terreno irregular deu um passo em falso e, para se salvar da queda, machucou as mãos no muro áspero. A dor física o agitou, aumentando seu desejo de vingança. Sentia-se mais ridículo do que nunca, como se o acidente tivesse sido uma nova culpa de Angiolina. Ao longe, mais uma vez, pensou tê-la visto caminhando. Um reflexo, uma sombra, um movimento, tudo ganhava a forma, a expressão do fantasma que dele fugia. Começou a correr para alcançá-la, não calmo e preparado para a ironia como estava na subida da rua Romagna, mas com a firme intenção de tratá-la com brutalidade. Felizmente, não era ela, e pareceu ao infeliz que toda a violência que estava prestes a cometer era agora dirigida contra si mesmo, dificultando-lhe a respiração e tolhendo-lhe a possibilidade de pensar e de refrear-se. Mordeu a mão como um tresloucado.

Chegou ao fim da longa corrida. A casa de Angiolina, grande e solitária, um quartel, a fachada branca iluminada pela lua, estava completamente fechada, envolta no silêncio; parecia abandonada.

Sentou-se sobre um muro baixo e deliberadamente procurou motivos para se acalmar. Ao vê-lo naquele estado, poderíamos acreditar que naquela noite havia sido avisado da traição de uma mulher fiel. Olhou para as próprias mãos feridas: "Essas feridas não existiam antes", pensou.

Ela ainda não o havia tratado daquela maneira. Talvez toda essa agitação e essa dor fossem um prelúdio da cura. Mas ele pensou, com dor: "Se a tivesse possuído, não sofreria tanto".

Se tivesse querido, querido energeticamente, teria sido sua. Em vez disso, só havia pretendido introduzir naquele relacionamento um idealismo que acabou por torná-lo ridículo até a seus olhos.

Levantou-se daquela mureta mais calmo, mais abatido, porém, do que quando se havia sentado. Toda a culpa era dele. Era ele o indivíduo estranho, o doente, não Angiolina. E essa conclusão aviltante o acompanhou até em casa.

Depois de parar mais uma vez para examinar uma mulher que se parecia com Angiolina, encontrou forças para fechar a porta da casa atrás de si. Estava tudo acabado por essa noite. O caso, em que tanto havia esperado até então, não poderia mais se verificar.

Acendeu a vela, com movimentos lentos para retardar ao máximo o momento em que haveria de estirar na cama sem mais nada a fazer e sem poder dormir.

Pareceu-lhe que conversavam no quarto de Amália. De início, pensou que fosse uma alucinação. Não eram gritos estridentes; pareciam palavras calmas de conversa. Entreabriu cautelosamente a porta do quarto e não teve mais dúvidas. Amália falava com alguém:

– Sim, sim, é exatamente isso que eu quero – dissera ela com voz muito clara e calma.

Ele correu para apanhar a vela e voltou. Amália estava sozinha. Sonhava. Estava deitada de costas, com um dos braços esguios e nus dobrado sob a cabeça, o outro estendido sobre o cobertor cinza ao longo do corpo. A mão branca era encantadora, pousada sobre o cobertor cinza. Assim que seu rosto foi tocado pela luz, ela ficou em silêncio, sua respiração se tornou mais difícil; fez várias tentativas para mudar de posição que se tornara incômoda.

Ele voltou com a vela para seu quarto e se preparou para deitar. Seus pensamentos haviam finalmente tomado uma nova direção. Pobre Amália! A vida, também para ela, não deveria ser muito alegre.

O sonho que, pelo que se podia deduzir da voz, devia ser alegre, nada mais era do que a reação natural à triste realidade.

Pouco depois, essas mesmas palavras, calmas, quase pronunciadas silabicamente, voltaram a ecoar no quarto ao lado. Seminu, ele voltou para junto da porta. Não havia muito nexo entre as palavras isoladas, mas (como duvidar disso?) ela estava falando com alguém que amava muito. No som e no sentido havia uma grande doçura, uma grande condescendência. Pela segunda vez, ela disse que a outra pessoa – aquela com quem imaginava estar conversando – havia adivinhado seus desejos:

– É exatamente assim que vamos fazer? Não esperava!

Depois um intervalo, interrompido, porém, por sons indistintos, pelos quais se entendia que o sonho continuava, e novamente outras palavras que expressavam sempre o mesmo conceito. Ele ficou ali ouvindo por longo tempo. Quando estava prestes a se retirar, uma frase completa o deteve:

– Na lua de mel tudo é permitido.

Pobre coitada! Ela sonhava com casamento. Ele ficou com vergonha de ter surpreendido dessa forma os segredos da irmã e fechou a porta. Daria um jeito de esquecer de ter ouvido aquelas palavras. Sua irmã nunca haveria de suspeitar que ele soubesse alguma coisa relacionada àqueles sonhos.

Uma vez deitado, não voltou a pensar em Angiolina. Durante muito tempo ficou ouvindo as palavras que lhe chegavam abafadas, calmas e doces do outro quarto. Cansado, com a mente fechada a qualquer emoção, sentia-se quase feliz. Rompido seu relacionamento com Angiolina, ele haveria de se dedicar inteiramente à irmã. Viveria conscienciosamente a vida de família.

# CAPÍTULO VII

Acordou algumas horas depois, em pleno dia, e teve imediata consciência dos acontecimentos da noite anterior. Mas não de toda a dor, e se gabou de que a impossibilidade de poder se vingar imediatamente lhe tivesse causado tanta preocupação, mais do que a própria traição daquela mulher. Logo, logo ela haveria de conhecer sua ira e depois seu abandono. Uma vez que tivesse desabafado seu rancor, desapareceria aquele que era agora o maior vínculo existente entre eles.

Saiu sem se despedir da irmã. Logo estaria de volta para curá-la dos sonhos que havia espionado. Soprava um pouco de vento e, ao lado do Jardim Público, teve de lutar contra esse vento na subida; mas esse esforço não tinha nada a ver com aquela noite exaustiva e dolorosa. Na manhã clara e fresca, ele parecia feliz em fazer alguns exercícios musculares ao ar livre.

Não pensava nas palavras que dirigiria a Angiolina. Estava muito seguro de si para precisar de preparação, muito seguro de que sabia como feri-la e abandoná-la.

A mãe de Angiolina veio abrir a porta. Conduziu-o até o quarto da filha, que estava se vestindo naquele ao lado e, depois, como de costume, se ofereceu para lhe fazer companhia.

Esse novo atraso, mesmo que tenha sido de apenas alguns minutos, o fez sofrer.

– Angiolina chegou em casa tarde ontem à noite? – perguntou com o vago propósito de realizar algumas investigações.

– Esteve num café com Volpini até meia-noite – respondeu a velha de um só fôlego, e a frase parecia congelada naquela voz anasalada.

– Mas Volpini não foi embora ontem? – perguntou Emílio, surpreso com o entendimento entre mãe e filha.

– Tinha de partir, mas perdeu o trem e deve ter partido agora mesmo.

Ele não queria dar a entender à velha que não acreditava nela e ficou quieto. A coisa se havia tornado muito clara e não havia possibilidade de enganá-lo ou de deixá-lo em dúvida. A mentira que haviam inventado fora prevista por Balli.

Diante da mãe lhe foi até fácil receber Angiolina com a expressão do amante satisfeito. Sentia uma verdadeira satisfação. Finalmente a havia agarrado e agora não queria ceder a seu impulso habitual de esclarecer e simplificar imediatamente as coisas. Era ela que tinha de falar. Haveria de deixá-la desfiar suas mentiras para que pudesse apanhá-la em flagrante.

Quando ficaram a sós, ela se pôs diante do espelho para arrumar os cabelos e, sem olhar para ele, contou-lhe sobre a noite passada no café e sobre a espionagem de Balli. Ria alegremente e estava tão rosada, animada e serena, que Emílio ficou mais indignado por isso do que pelas mentiras.

Contou-lhe que o retorno repentino de Volpini a havia aborrecido muito. A frase com que o cumprimentara ao revê-lo teria sido formulada assim:

– Então você ainda não está cansado de me incomodar?

Ela falava dessa maneira para agradá-lo. Em vez disso, Emílio sentia que, entre ele e Volpini, o mais ridicularizado era ele. Para enganá-lo teria sido necessário esforço bem maior: truques e enganos que ele provavelmente apenas em parte havia descoberto. O outro se deixara enganar de maneira ingênua e não fora preciso muito para defraudá-lo. Se a pompa de Angiolina, ao que parecia, servia também para divertir a mãe, era muito provável que ele fosse motivo de riso, ao passo que Volpini devia ser temido.

Foi acometido por uma daquelas violentas crises que o faziam empalidecer e tremer. Mas ela falava e falava, como se quisesse atordoá-lo, e deu-lhe tempo para se recuperar.

Por que se desesperar, por que indignar-se diante das leis da natureza? Angiolina já estava perdida desde o ventre da mãe. Nela, a combinação com a mãe era a coisa mais odiosa. Por isso ela não merecia recriminações, sendo ela própria vítima de uma lei universal. Renascia nele, finalmente, o antigo naturalista convicto. Não soube, porém, renunciar à vingança.

Angiolina finalmente percebeu seu estranho comportamento. Voltou-se para ele e lhe disse, com ar de reprovação:

– Você nem me deu um beijo.

– Nunca mais vou beijá-la! – respondeu ele com calma, olhando para aqueles lábios vermelhos, aos quais renunciava.

Não encontrava mais nada para dizer e se levantou. Não tinha, no entanto, nem a mais remota ideia de ir embora, porque aquela breve frase não poderia ser tudo, ainda não era uma justa compensação para tanto sofrimento. Queria, porém, dar a entender com aquela frase que haveria de abandoná-la. Na verdade, teria sido um ato extremamente digno, que dava por encerrada aquela relação mesquinha.

Ela adivinhou tudo e, acreditando que ele não queria lhe dar tempo para se defender, acrescentou secamente:

– Na verdade, errei ao lhe dizer que aquele homem era Volpini. Não era ele! Foi Giulia quem me pediu para agir assim. Aquele homem estava em nossa companhia por ela. Ela fez companhia a nós dois e, portanto, era justo que, por uma vez, eu não me recusasse a acompanhá-la. Você não vai acreditar. Ele está tão apaixonado! Mais ainda do que você por mim.

Parou de falar. Havia compreendido, pela expressão do rosto dele, como estava longe de acreditar nela e permaneceu em silêncio, mortificada por ter contado duas mentiras óbvias. Apoiou as mãos no espaldar de uma cadeira próxima e as acalcou com um esforço violento. Havia uma absoluta falta de expressão em seu rosto e olhava obstinadamente para uma mancha cinzenta na parede. Devia ser esse seu aspecto quando sofria.

Então sentiu uma estranha complacência em provar-lhe que sabia de tudo e que a seus olhos ela estava definitivamente perdida. Pouco antes teria ficado contente com algumas poucas palavras: o triste embaraço de Angiolina o tornou loquaz. Teve plena consciência de uma grande satisfação. Do lado sentimental, era a primeira vez que Angiolina o satisfazia perfeitamente. Assim, sem palavras, ela era verdadeiramente uma amante convicta de traição.

Pouco depois, porém, houve um momento em que a conversa ameaçou tornar-se muito alegre.

Para magoá-la, ele se lembrou das coisas que ela havia tomado no café à custa do vendedor de guarda-chuvas.

– Giulia, uma pequena taça de licor transparente e, para você, uma xícara de chocolate com uma grande porção de *focaccia*.

Então – ora essa! – ela se defendeu energicamente e seu rosto se tingiu de algo que deveria parecer com a virtude caluniada. Por fim, era-lhe atribuída uma falha que ela não tinha, e Emílio compreendeu que Balli devia ter-se enganado nesse ponto.

– Chocolate! Eu que não o suporto! Chocolate para mim! Pedi um copinho de não sei o quê e nem bebi.

Ela punha tanta energia nessa declaração que não tivesse empregado para afirmar a própria e perfeita inocência. Mas era visível certo tom de pesar, como se tivesse deplorasse não ter comido mais, visto que aquela renúncia não havia sido suficiente para salvá-la aos olhos de Emílio. Era precisamente por ele que tinha feito aquele sacrifício.

Ele fez um tremendo esforço para anular aquela nota falsa que lhe prejudicava as últimas despedidas.

– Basta! Basta! – disse ele, com desprezo. – Não vou dizer nada à senhorita, além disso: – ele a tratava de "senhorita" para conferir solenidade àquele momento – eu a amava e só por isso tinha o direito de ser tratado de forma diferente. Quando uma moça permite que um jovem lhe diga que a ama, ela já é dele e não está mais inteiramente livre.

Essa frase era um tanto fraca, mas exata; numa recriminação amorosa, exata até demais. Na verdade, ele não tinha outro direito a que apelar, senão o fato de ter dito que a amava.

Sentindo que a palavra, por causa de seu espírito analítico, o traía naquela situação, recorreu imediatamente ao que sabia ser sua principal força: o abandono. Até recentemente, em vista da tristeza de Angiolina, tinha pensado em deixá-la só muito mais tarde. Esperava por uma cena bem diversa. Agora sentia uma ameaça. Ele próprio havia aludido à sua falta de direitos e era bem possível que ela, desprovida de bons argumentos, aceitasse a sugestão e lhe perguntasse:

– E você, o que fez por mim para exigir que eu me conforme com sua vontade?

Escapou desse perigo:

– Eu me despeço – disse ele, gravemente. – Quando eu recuperar a calma, poderemos até nos ver novamente. Mas por um bom tempo é melhor que permaneçamos separados.

Saiu, mas não sem tê-la admirado pela última vez, pálida como estava, os olhos arregalados quase de susto, e talvez indecisa se deveria contar-lhe mais algumas mentiras para tentar detê-lo. A determinação com que saiu daquela casa o levou longe. Mas, sempre caminhando com o mesmo aspecto resoluto, lamentava amargamente não poder mais vê-la por mais tempo sofrendo. O som de angústia que ela emitira ao vê-lo partir ecoava em seus ouvidos, e ele o escutava para gravá-lo ainda melhor em sua memória. Tinha de ser preservado. Tinha sido o maior presente que ela lhe poderia dar.

O ridículo não podia mais atingi-lo. Não na frente da própria Angiolina, pelo menos. Ela poda ser o que quisesse, mas por muitos anos haveria de se lembrar de um homem que a amou não com o único objetivo de beijá-la, mas com toda a alma, tanto que uma primeira ofensa feita a seu amor o ferira a ponto de desistir dela. Quem sabe? Bastaria talvez uma lembrança semelhante para enobrecê-la. A angústia na voz de Angiolina o levara a se esquecer totalmente de qualquer conclusão científica.

Oh, era difícil para ele ir trancar-se ao escritório por causa da agitação que sentia. Voltou para casa com a intenção de deitar-se. No repouso da cama e no silêncio do quarto, poderia continuar a desfrutar da cena que tivera com Angiolina. Talvez, na excitação daquele dia, trocasse confidências com a irmã; mas se lembrou do que havia descoberto naquela noite e, sentindo-a distante dele, totalmente ocupada com os próprios desejos, não lhe disse nada. Certamente haveria de chegar o momento em que ele cercaria sua irmã mais uma vez de cuidados, mas queria ainda reservar alguns dias de vida para si mesmo, para sua paixão. Trancar-se em casa, expor-se às perguntas de Amália parecia-lhe intolerável. Mudou de propósito.

Estava indisposto, disse à irmã, mas iria procurar alívio ao ar livre.

Ela não acreditava nos males que ele se atribuía. Até então sempre adivinhara as fases pelas quais passavam os casos amorosos de Emílio; naquele dia, pela primeira vez, ela se enganou e pensou que ele havia fugido do escritório para passar o dia inteiro com Angiolina. Porque tinha estampado no rosto sério um ar de satisfação, que ela não via há muito tempo. Ele não perguntou nada. Muitas vezes havia tentado obter dele confidências e jamais lhe guardava rancor unicamente porque ele as recusara.

Quando Emílio se encontrou novamente na rua, sozinho, com o gemido de angústia de Angiolina ainda em seus ouvidos, esteve a ponto de ir imediatamente à casa dela. O que ele teria feito o dia todo, ocioso, com aquela agitação que, embora não fosse dolorosa, era um desejo agudo, uma expectativa impaciente, como se cada instante devesse trazer novidades, uma nova esperança, como Angiolina jamais lhe dera antes?

Teria sido impossível para ele ir ter com Balli e não desejava topar com ele na rua. Temia-o e, na verdade, a única sensação dolorosa nele era esse temor. Admitiu que esse temor derivava de saber que ele não havia conseguido imitar a calma de Balli quando este teve de deixar Margherita.

Seguiu em direção ao Corso. Era possível que Angiolina passasse por lá a caminho do trabalho na casa dos Deluigi. Não teve tempo de perguntar para onde ela ia; mas certamente não ficara em casa. Na rua, lhe faria um cumprimento comedido, mas gentil. Não lhe tinha dito que, assim que se acalmasse, queria se tornar seu bom amigo? Oh, que essa calma chegasse logo e o momento em que ele pudesse se aproximar dela novamente! Olhava em torno para vê-la a tempo, se acaso esbarrasse nela.

– Olá, Brentani! Como vai? Ainda está vivo e não se vê mais por aí?

Era Sorniani, animado como sempre, mas sempre pálido, um rosto de doente, menos os olhos cheios de vida, não se sabia se era por vivacidade ou inquietação.

Quando Brentani se voltou para ele, Sorniani o olhou demoradamente, um tanto surpreso.

– Está indisposto? Está com uma fisionomia curiosa.

Não era a primeira vez que Sorniani lhe dizia que tinha o aspecto de doente; certamente via um pouco da própria cor amarelada reverberando no rosto de outras pessoas.

Emílio ficou contente por parecer doente; podia queixar-se de qualquer coisa que não fosse sua desventura, porque dessa não podia falar.

– Acho que estou sofrendo de estômago – disse ele, animado. – Não estou reclamando disso, mas da tristeza que daí decorre.

Ele se lembrava de ter ouvido dizer que dor de estômago causava tristeza. Depois se satisfez em descrever essa tristeza, porque em voz alta a analisava melhor.

– Estranho! – Nunca poderia imaginar que uma indisposição física pudesse se transformar, sem que eu tivesse consciência disso, numa sensação moral. A indiferença que sinto por tudo me entristece. Acho que, se todas essas casas do Corso começassem a dançar, eu nem olharia para elas. E se ameaçassem cair sobre mim, eu as deixaria cair.

Parou de falar, ao ver que uma mulher um pouco parecida com Angiolina se aproximava.

– Hoje o tempo está ótimo, não é? O céu deve estar azul, o ar suave, o sol esplêndido. Eu acho que deve ser, mas não o sinto. Vejo-o cinza e me sinto cinza.

– Eu nunca estive muito doente – disse Sorniani com uma satisfação que não conseguiu esconder. – Na verdade, acredito que agora estou definitivamente curado.

Falou então de vários medicamentos dos quais se dizia que operavam milagres.

Emílio de repente teve uma grande vontade de se libertar daquele importuno que não sabia ficar calado e escutar. Estendeu-lhe a mão sem dizer nada e já dando o primeiro passo para ir embora. O outro também o cumprimentou, mas, estendendo-lhe a mão, perguntou-lhe:

– Como vão seus amores?

Emílio fingiu não compreender:

– Que amores?

– Aquela garota. A loira. Angiolina.

– Ah, sim – disse Emílio com olhar indiferente. – Nunca mais a vi.

– Fez muito bem – exclamou Sorniani, com grande entusiasmo e aproximando-se. – Não é uma mulher para jovens como você e que, além disso, não têm uma saúde mais sólida. Ela deixou Merighi meio louco e depois, claro, se deixou beijocar por meia cidade.

O verbo "beijocar" magoou Brentani. Se esse homenzinho amarelo não tivesse acertado em cheio, qualificando a expansividade amorosa de Angiolina, não teria prestado a menor atenção aos seus mexericos, mas assim, tudo teve logo o aspecto de uma grande verdade. Protestou, disse que, embora a conhecesse pouco, achava-a muito séria, e conseguiu o seu objetivo de instigar Sorniani que, ficando mais pálido – o estômago também devia ter feito sua parte – fez com que o imprudente ouvisse poucas e boas por tê-lo provocado.

Angiolina séria? Mesmo antes de Merighi entrar em cena, ela devia ter começado a fazer suas experiências com homens. Quando ainda muito menina podia ser vista andando pelas ruas da cidade velha na companhia de rapazes – ela gostava dos imberbes – em horários pouco recomendáveis. Merighi chegou a tempo de levá-la para a cidade nova que, depois, se tornou o campo de sua atividade. Andou de braços dados com todos os jovens mais ricos, sempre com o mesmo doce abandono de uma esposa nova. E desafiou a lista de nomes que Brentani já conhecia: de Giustini a Leardi, todos os fotografados que compunham a bela exposição nas paredes do quarto de Angiolina.

Nenhum nome novo. Era impossível para Sorniani inventar com tanta precisão. Uma dúvida angustiante o deixou de faces vermelhas; continuando a falar com tanto entusiasmo, será que Sorniani não acabaria por mencionar a si próprio? Continuou a ouvi-lo com grande ansiedade, enquanto sua mão direita se fechava em punho, pronta para esmurrar.

Mas o outro parou para lhe perguntar:

– Você não está se sentindo bem?

– Não, – respondeu Emílio – estou muitíssimo bem.

Deteve-se e pensou se lhe convinha instigá-lo a falar mais ainda.

– Mas é evidente que você não deve estar se sentindo muito bem. Você mudou de cor duas ou três vezes.

Emílio reabriu o punho. Não fazia sentido partir para a agressão.

– Sim, na verdade não estou bem.

Agredir Sorniani! Bela vingança! Deveria antes agredir a si mesmo. Oh, como a amava! Confessou-o a si mesmo com uma angústia que nunca havia sentido. Covardemente, disse a si mesmo que haveria de voltar para ela. O mais breve possível. Naquela manhã, partira resoluta e energicamente em direção à vingança. Ele a tinha repreendido e depois a deixara. Oh, que ação inteligente! Havia punido a si mesmo. Todos a tinham possuído, menos ele. Por isso, o ridicularizado entre todos aqueles homens não era outro senão ele. Lembrou-se de que, dentro de poucos dias, Volpini viria cobrar dela a antecipação acordada; justamente na hora em que ele tinha pensado em revoltar-se com coisas das quais sempre suspeitara. Que teria feito Angiolina depois de se entregar ao alfaiate? Era muito natural que, tendo se entregado a ele para traí-lo mais facilmente, ela haveria de traí-lo com outros, visto que Emílio a havia abandonado exatamente naquele momento. Estava perdida para ele. Via todo o futuro diante de seus olhos, como se acontecesse a poucos passos dele, no Corso. Ele a via deixar os braços de Volpini farta dele e imediatamente procurar um lugar para compensar tamanha infâmia em outro lugar. Ela o trairia e, dessa vez, com razão.

E não era apenas a falta de posse a razão de seu desespero. Até então ele tinha estado feliz com a lembrança daquele som de angústia que havia extraído dela. Mas o que isso poderia significar na vida de uma mulher que teria desfrutado e sofrido de maneira muito diferente nos braços de outros? Não havia possibilidade de refazer os próprios passos. Para rejeitar essa tentação, bastava-lhe recordar o que Balli lhe dissera a respeito.

Pensou que, se não tivesse aquele juiz severo a seu lado, não teria se importado com sua dignidade agora que compreendia que, com aquela tentativa de reerguê-la, havia amarrado cada pensamento seu, cada desejo a Angiolina mais abjetamente do que nunca.

Já havia passado muito tempo desde que falara com Sorniani, e o tumulto que suas palavras despertaram em seu peito ainda não havia diminuído.

Talvez ela tivesse feito alguma tentativa de se aproximar dele. A dignidade não o teria impedido de recebê-la de braços abertos. Mas não como costumava ser. Teria corrido imediatamente para a verdade, isto é, para a posse.

– Acabe com esse fingimento! Sei que você foi amante de todos esses – lhe teria gritado – e eu a amo assim mesmo. Seja minha e me diga a verdade para que eu não tenha mais dúvidas.

A verdade? Mesmo sonhando com a mais rude franqueza, ele idealizava Angiolina. A verdade? Ela poderia dizê-la, saberia dizê-la? Se Sorniani tinha dito apenas parte da verdade, a mentira devia ser tão congênita àquela mulher, que Angiolina nunca se livraria dela. Esqueceu-se do que percebera tão claramente em outros momentos, ou seja, o fato de ter estranhamente colaborado para ver em Angiolina o que ela não era, que tinha sido ele a criar a mentira.

— Como não reconheci — andava dizendo a si mesmo — que o único motivo do ridículo era a mentira! Sabendo de tudo, dizendo-lhe na cara, o ridículo desaparecia. Cada um pode amar quem quiser e quem lhe agradar.

Parecia-lhe que estava dizendo tudo isso a Balli.

O vento havia cessado totalmente, e o dia havia tomado um verdadeiro aspecto primaveril. Com outro estado de espírito, um dia semelhante de liberdade teria sido uma alegria para ele; mas será que era liberdade essa que não lhe permitia ir até a casa de Angiolina?

Assim mesmo, haveria pretextos para ir procurá-la imediatamente. Se não por outras razões, podia se aproximar dela para lhe dirigir novas recriminações. Na verdade, nunca tinha chegado a suspeitar da existência daqueles imberbes que haviam precedido Merighi e sobre os quais Sorniani lhe falara naquele dia.

— Não! — disse ele, em voz alta. — Tal fraqueza me deixaria à mercê dela. Paciência; Dez ou quinze dias. Será que ela virá me procurar primeiro?

Mas por ora, o que iria fazer nessa primeira manhã?

Leardi! O belo rapaz, louro e robusto, com tez de menina num corpo viril, passava pelo Corso, sério como sempre, vestido com um sobretudo claro, perfeito para aquele dia tépido de inverno. Brentani e Leardi mal se cumprimentaram, ambos muito soberbos, embora por motivos muito diferentes. Diante daquele jovem elegante, Emílio recordava que era um homem de letras de certa reputação; o outro, por sua vez, acreditava que poderia tratá-lo de cima para baixo, porque o via vestido com menos cuidado e nunca o encontrara em nenhuma das grandes casas da cidade, onde era recebido de braços abertos. Teria adorado, porém, que essa sua superioridade fosse reconhecida também por Brentani, e respondeu cortesmente à saudação que lhe fora dirigida. Então o recebeu com mais gentileza do que surpresa, ao vê-lo aproximar-se de mão estendida.

Brentani havia cedido a um instinto imperioso. Como não lhe era permitido procurar Angiolina, o melhor que lhe restava era agarrar-se a quem, segundo pensava ele, estava perenemente ligado a ela.

– O senhor também aproveita o bom tempo para dar um passeio?

– Faço uma caminhada antes do café da manhã – disse Leardi, aceitando assim a companhia de Brentani.

Emílio falou, então, do bom tempo, de sua indisposição e da doença de Sorniani. Disse depois que não gostava desse último, porque parecia se gabar demais com sua sorte com as mulheres. Falava com abundância de palavras. Tinha o estranho pressentimento de estar ao lado de uma pessoa muito importante em sua vida e desejava que cada palavra sua contribuísse para conquistar-lhe a amizade. Olhou-o com ansiedade quando percebeu que havia falado da boa sorte de Sorniani. Leardi não moveu uma pálpebra, enquanto Emílio esperava um sorriso superior. Para ele, tal sorriso nesse sentido equivaleria a confessar um vínculo com Angiolina.

Mas Leardi também era loquaz. Certamente queria demonstrar sua cultura a Brentani.

Queixou-se de que sempre se viam os mesmos rostos no Corso e, a esse propósito, achava também deplorável que a vida em Trieste fosse pouco agitada e de pouca atividade artística. Aquela cidade não combinava com ele.

Brentani, entretanto, foi tomado por um desejo violento de fazê-lo falar de Angiolina. De tudo o que o outro lhe dizia, escutava apenas palavras isoladas, quase mecanicamente, em busca de um som que nelas lhe relembrasse o nome de Angiolina, e lhe desse a oportunidade de agarrar-se a isso para falar sobre ela. Para sua sorte não o encontrou, mas de repente, indignado por ter de ouvir tantas bobagens que o outro desfiava lentamente para fazê-las apreciar melhor, interrompeu-o rudemente:

– Olhe, olhe – disse ele, com ar de surpresa, acompanhando com o olhar uma elegante figura de mulher que não se parecia em nada com Angiolina – a srta. Angiolina Zarri.

– Nada disso! – protestou Leardi, irritado por ter sido interrompido. – Eu a vi de frente, não é ela.

Recomeçava já a falar de teatros pouco frequentados e de mulheres da sociedade pouco espirituosas, mas Brentani já havia decidido não aturar mais aqueles ensinamentos:

– Conhece a srta. Zarri?

– Você também a conhece? – perguntou o outro, com sincera surpresa.

Para Brentani foi um momento de angustiante dúvida. Certamente não era com astúcia que ele esperava levar um homem como Leardi a falar do que ele queria. Como se preocupava tanto em desfazer todas as mentiras que o impediam de ver Angiolina como ela era, não poderia se dirigir a Leardi com toda a sinceridade, implorando que lhe contasse toda a verdade? Foi induzido a ser reservado apenas pela antipatia que nutria por Leardi.

– Sim, um amigo me apresentou a ela há alguns dias.

– Eu era amigo de Merighi. Anos atrás eu a conhecia muito bem.

Imediatamente calmo e senhor da expressão do próprio rosto, Brentani piscou:

– Muito bem, mesmo?

– Oh, não – disse Leardi com muita seriedade. – Como pode acreditar em semelhante coisa?

Ele representou muito bem seu papel, contentando-se com essa expressão de surpresa.

Brentani entendeu a posição de Leardi e não insistiu. Agiu como se tivesse esquecido a pergunta indiscreta, feita pouco antes e, muito sério, disse:

– Conte-me um pouco sobre essa história do Merighi. Por que ele a abandonou?

– Depois de problemas financeiros. Ele me escreveu dizendo como dera um fim ao compromisso com Angiolina. De resto, há poucos dias fiquei sabendo que ela está noiva de novo, de um alfaiate, me parece.

Parecia-lhe? Oh, não se podia representar melhor uma comédia! Mas, para agir assim, para se prestar a um fingimento tão cuidadosamente calculado, que devia lhe custar fadiga e desprazer (porque é que só falava de Angiolina quando era obrigado a fazê-lo?), ele devia ter ainda bons motivos, laços muito recentes com aquela mulher.

Leardi já falava de outro assunto e pouco depois Emílio o deixou. Para se afastar, mais uma vez alegou uma súbita indisposição, e Leardi o viu tão transtornado que acreditou nele e até lhe mostrou amigável simpatia, que obrigou Brentani a dizer-lhe uma palavra de gratidão. Ao contrário, como o odiava! Gostaria de poder espioná-lo pelo menos nesse dia; certamente acabaria por descobri-lo ao lado de Angiolina. Uma raiva insensata o fez ranger os dentes e logo depois se repreendeu por essa raiva com amargura e ironia. Quem sabe com quem Angiolina o teria traído naquele dia, talvez com alguém que ele nem mesmo conhecia. Como Leardi era superior a ele, esse imbecil desprovido de ideias! Aquela calma era a verdadeira ciência da vida.

"Sim", pensou Brentani, e sentiu como se estivesse dizendo uma palavra que deveria ter envergonhado com ele até os indivíduos mais seletos da humanidade, "a abundância de imagens em meu cérebro é que forma minha inferioridade."

Na verdade, se Leardi tivesse pensado que Angiolina o estava traindo, não teria sabido representá-la numa imagem tão cheia de relevo, cor e movimento, como ele fazia, ao imaginá-la ao lado de Leardi.

Então, apenas descoberta a nudez que ele mal havia vislumbrado e o carregador mais comum encontrava imediata satisfação e paz. Um ato breve e brutal, o escárnio de todos os sonhos, de todos os desejos. Quando a raiva obscureceu a vista ao sonhador, a visão desapareceu, deixando-lhe nos ouvidos o longo eco de uma sonora risada.

No almoço, Amália deve ter percebido que a novidade que agitava Emílio não era agradável. Ele a repreendeu com violência porque o almoço não estava pronto: estava com fome e com pressa. Enfrentou então a tortura de ter de comer, comprometido com essa declaração. Mas, depois de comer, permaneceu imóvel, indeciso diante do prato vazio. Decidiu-se, enfim. Naquele dia não iria até a casa de Angiolina, melhor, nunca mais haveria de se aproximar dela. A maior mágoa que sentiu naquele momento era a de ter ofendido a irmã. Ele a via triste e pálida. Queria lhe pedir desculpas. Mas não ousou. Percebeu que, se falasse com palavras meigas, choraria como uma criança. Acabou dizendo-lhe asperamente, com a evidente intenção de acalmá-la:

– Você deveria sair, o tempo está lindo.

Ela não respondeu e saiu da sala.

Então ele ficou e se irritou:

– Já não sou bastante infeliz? Ela já deve ter compreendido o estado de ânimo em que me encontro. Aquele meu amoroso convite deveria ter sido suficiente para que voltasse a ser gentil e não me aborrecesse com seu rancor.

Sentia-se cansado. Deitou-se vestido e caiu imediatamente num torpor que não o impediu de recordar sua desventura. Uma vez levantou a cabeça para enxugar os olhos cheios de lágrimas e pensou com amargura que essas lágrimas lhe eram provocadas por Amália. Depois esqueceu tudo.

Quando despertou, viu que caía a noite, um daqueles tristes ocasos de um lindo dia de inverno. Ficou novamente indeciso, sentado na cama. Outrora, a essas horas, já havia estudado. Seus livros da estante se lhe ofereciam em vão. Todos aqueles títulos anunciavam coisa morta, que não bastava para fazê-lo esquecer, mesmo que por um instante, a vida, a dor que sentia remoendo em seu peito.

Olhou para a sala de jantar próxima e viu Amália sentada ali perto da janela, curvada sobre o bordado. Fingiu estar alegre e lhe disse afetuosamente:

– Já me perdoou por minhas impertinências de hoje?

Ela ergueu os olhos um só instante:

– Não se fale mais nisso – disse ela, com doçura, e continuou trabalhando.

Ele estava preparado para sofrer repreensões e ficou desiludido ao vê-la tão calma. Tudo, portanto, a seu redor estava calmo, menos ele? Sentou-se ao lado dela e admirou por muito tempo como a seda se ajustava exatamente ao desenho. Procurava em vão outras palavras.

Mas ela não perguntava nada. Ela não sofria mais com aquele amor que tinha destroçado sua existência e do qual, de início, tanto se queixava. Emílio perguntou-se mais uma vez:

"Verdadeiramente, por que abandonei Angiolina?"

# CAPÍTULO VIII

Balli se havia proposto a curar definitivamente o amigo. Naquela mesma noite, compareceu ao jantar de Emílio. Começou por não mostrar pressa alguma em saber o que tinha acontecido e só depois de Amália se ter se afastado é que perguntou, ainda fumando e olhando para o teto:

– Você lhe deu a entender com quem estava lidando?

Emílio disse que sim com alguma ostentação, mas logo ficaria embaraçado em dizer mais uma palavra naquele tom.

Amália regressou logo depois. Contou a discussão que tivera com seu irmão ao meio-dia. Disse que era uma grave injustiça culpar uma mulher por não ter o almoço pronto na hora aprazada. Dependia da força do fogo e o termômetro ainda não tinha sido introduzido nas cozinhas.

– De resto, – acrescentou ela, sorrindo afetuosamente para o irmão – não era o caso de acusá-lo. Havia chegado em casa com tal humor que, se não tivesse desabafado, acabaria por sentir-se mal.

Não pareceu que Balli quisesse relacionar o mau humor de que lhe falavam com os acontecimentos da noite anterior.

– Eu também estava de péssimo humor hoje – disse ele, para manter a conversa em tom leve.

Emílio protestou, dizendo que estava de ótimo humor.

– Não se lembra de minha alegria desta manhã?

Amália havia contado a história da discussão com muita graça; ficou claro que, ao falar disso, só queria divertir Balli. Ela havia esquecido todo o ressentimento e nem se lembrava de que ele lhe havia pedido desculpas. Ele se sentia profundamente ofendido por isso.

Quando os dois homens se viram sozinhos na rua, Balli disse:

– Veja como nós dois estamos livres agora, não é melhor assim? – e apoiou-se afetuosamente no braço do amigo.

Mas o outro não o entendia bem assim. Compreendeu que era seu dever mostrar-se igualmente afetuoso e disse:

– Certamente. É melhor assim, mas só poderei apreciar esse novo estado daqui a muito tempo. Por enquanto me sinto muito sozinho, mesmo a seu lado.

Sem que o outro lhe pedisse, contou a visita que havia feito naquela manhã à rua Fábio Severo. Não disse que voltara lá à noite. Falou do som de angústia percebido na voz de Angiolina.

– Essa foi a única coisa que me comoveu. Era difícil deixá-la no exato momento em que me sentia amado.

– Guarde essa lembrança – disse-lhe Balli, com uma seriedade incomum – e nunca mais torne a vê-la. Ao lado desse som de angústia, recorde sempre também o estado em que você se encontrava por causa do ciúme e nunca mais terá o desejo de se aproximar dela.

– Contudo – confessou Emílio, sinceramente emocionado pelo afeto de Balli – nunca sofri tanto de ciúme como agora.

Parando na frente de Stefano, disse-lhe com voz profunda:

– Você me promete que sempre vai me contar tudo quanto souber a respeito dela? Mas você não deve se aproximar dela nunca, jamais, e se chegar a vê-la na rua, venha logo me contar. Prometa-o formalmente.

Balli hesitou apenas porque lhe parecia estranho ter de fazer uma promessa desse tipo.

– Sofro de ciúme, só de ciúme. Tenho ciúmes dos outros também, mas principalmente de você. Já me acostumei com o vendedor de guarda-chuvas, nunca me haveria de me acostumar com você.

Não havia qualquer tom de brincadeira em sua voz; procurava

despertar compaixão para obter mais facilmente aquela promessa. Se Balli a recusasse, já estava determinado a correr imediatamente para Angiolina. Não queria que o amigo pudesse tirar proveito daquele estado de coisas, que era, em grande parte, obra dele. Olhou para Stefano com um brilho de ameaça nos olhos.

Balli adivinhou facilmente o que se passava na mente de Emílio e sentiu forte compaixão por ele. Por isso fez solenemente a promessa solicitada. Depois disse – com o único propósito de distrair Brentani – que lamentava não poder mais se aproximar de Angiolina.

– Acreditando que iria lhe agradar, há muito tinha pensado em retratá-la.

Por um instante teve um olhar de sonhador, como se delineasse na mente a figura imaginada.

Emílio ficou com medo. Puerilmente, recordou a Balli a promessa feita alguns minutos antes:

– Você já fez a promessa. Procure agora inspirar-se em outra.

Balli riu com gosto. Mas depois, comovido – tinha tido mais uma prova da violência da paixão em Emílio – disse:

– Quem poderia prever que semelhante aventura pudesse adquirir tamanha importância em sua vida! Se não fosse tão doloroso, seria ridículo.

Então Emílio lamentou seu triste destino com uma ironia de si mesmo que retirava dele qualquer ridículo. Disse que todos que o conheciam deviam saber o que ele pensava da vida. Em teoria, ele a considerava desprovida de qualquer conteúdo sério e, na verdade, não acreditava em nenhuma das formas de felicidade que lhe haviam sido oferecidas; nunca tinha acreditado na felicidade e verdadeiramente nunca a tinha procurado.

Mas como era bem mais difícil escapar da dor! Numa vida desprovida de qualquer conteúdo sério, até Angiolina se tornava séria e importante.

Naquela primeira noite, a amizade de Balli foi utilíssima a Emílio. A compaixão que Brentani sentia no amigo o tranquilizava muito.

Em primeiro lugar, ele podia ficar seguro de que, por ora, Stefano e Angiolina não se encontrariam; além do mais, tinha uma natureza delicada que precisava de carícias. Desde a noite anterior procurara em vão onde se apoiar. A falta de apoio talvez tenha sido a razão pela qual a agitação tantas vezes o havia dominado de forma despótica. Poderia resistir a ela, se tivesse a oportunidade de explicar e raciocinar, e se fosse forçado a ouvir.

Voltou para casa muito mais tranquilo do que quando saíra. Havia surgido nele a obstinação da qual estava disposto a se orgulhar como se fosse uma força. Só se aproximaria novamente de Angiolina, se ela pedisse. Poderia até aceitar, mas esse relacionamento não poderia e não deveria ser retomado por ele com um ato de submissão.

Mas o sono não queria vir. Nas vãs tentativas de conciliá-lo, sua agitação aumentou como na corrida da noite anterior. Sua imaginação agitada arquitetou todo um sonho de traição de Balli. Sim, Balli o traía. Stefano havia confessado pouco antes que sonhava em fazer Angiolina posar para um retrato. Agora, flagrado com ela em seu ateliê por Emílio, enquanto ela posava seminua, pedia desculpas, recordando aquela confissão. E Emílio, para puni-lo, encontrava frases candentes de ódio e de desprezo. Eram bem diferentes daquelas que havia dirigido a Angiolina, porque aqui ele tinha todos os direitos: antes de tudo, a longa amizade e depois, a promessa formal. E como eram complexas aquelas frases! Eram dirigidas finalmente a uma pessoa que podia compreender tão bem quanto a pessoa que as dizia.

Foi arrancado desses sonhos pela voz de Amália que ecoava tranquila e sonora no quarto vizinho.

Sentiu alívio ao ser resgatado de seu pesadelo e pulou da cama. Posicionou-se para escutar. Durante muito tempo ouviu palavras nas quais não descobria outra conexão senão uma grande doçura; nada mais! A sonhadora queria novamente algo que outro queria; a Emílio pareceu que ela quisesse dar ainda mais do que lhe era pedido: queria que o outro exigisse. Era realmente um sonho de submissão. Talvez o mesmo da noite anterior? A infeliz mulher construía uma segunda vida para si mesma; a noite lhe concedia o pouco de felicidade que o dia lhe recusava.

Stefano! Ela havia pronunciado o nome de batismo de Balli.

"Até ela!", pensou Emílio amargamente.

Como não havia percebido antes? Amália só se animava quando Balli chegava. Na verdade, agora se dava conta de que sempre tinha pelo escultor a mesma submissão que agora lhe tributava em sonho. Uma nova luz brilhava em seus olhos cinzentos quando os pousava no escultor. Não havia a menor dúvida. Também Amália amava Balli.

Infelizmente, Emílio, ao deitar-se, não conseguia pregar no sono. Relembrava com amargura como Balli se vangloriava dos amores que despertava e como, com um sorriso de satisfação, dizia que o único sucesso que lhe faltava na vida era o sucesso artístico. Depois, na longa sonolência em que tombou, só teve sonhos absurdos. Balli abusava da submissão de Amália e recusava, rindo, qualquer reparação. O sonhador, voltando a si, não achou graça alguma nesses sonhos. Entre um homem tão corrupto como Balli e uma mulher tão ingênua como Amália, tudo era possível. Resolveu empreender a cura de Amália. Haveria de começar por afastar de casa o escultor que, havia algum tempo, embora sem culpa sua, se tornara portador de desventura. Se não fosse ele, seu relacionamento com Angiolina teria sido mais suave, não complicado por tantos ciúmes amargos. Até a separação teria sido agora mais fácil.

A vida de Emílio no escritório chegava a ser dolorosa. Custava-lhe um grande esforço dedicar atenção ao trabalho. Qualquer pretexto lhe bastava para sair da mesa e dedicar alguns momentos a acariciar e a embalar a própria dor. Sua mente parecia destinada a isso; e quando conseguia interromper o esforço de atender outras coisas, ela voltava por si mesma a suas ideias prediletas, enchia-se delas como um recipiente vazio, e ele sentia precisamente a sensação de alguém que foi capaz de tirar dos ombros um peso insuportável. Os músculos se recuperam, se distendem, voltam à sua posição natural. Quando finalmente chegava a hora em que podia deixar o escritório, se sentia realmente feliz, embora por pouquíssimo tempo. A princípio, mergulhava com volúpia em seus lamentos e desejos, que se tornavam cada vez mais evidentes e justificados; desfrutava-os até esbarrar em algum pensamento qualquer de ciúme, que o fazia tremer dolorosamente.

Balli esperava por ele na rua.

– Então, como vai?

– Mais ou menos – respondeu Emílio, dando de ombros. – Tive uma manhã terrivelmente chata.

Stefano achou-o pálido e abatido e julgou compreender o tipo de aborrecimento que Emílio teria provado. Havia decidido ser muito gentil com o amigo. Ofereceu-se como companheiro no almoço; à tarde poderiam sair juntos para passear.

Com uma hesitação que passou despercebida a Balli, Emílio aceitou. Por um instante, havia ponderado a possibilidade de rejeitar a proposta de Balli e dizer-lhe logo o que agora sentia que deveria lhe dizer. Na verdade, seria covardia não salvar a irmã por medo de perder o amigo; na ação que premeditava não via mais do que um exercício de coragem. Não o fez, apenas por dúvida de que ainda poderia estar enganado quanto aos sentimentos de Amália.

– Sim, sim, venha! – repetiu a Balli, ao passo que Stefano atribuía a repetição do convite à gratidão, Emílio tinha consciência de que a fez pelo prazer de ter imediatamente a ocasião de dissipar qualquer dúvida.

Durante o almoço, pode ter, de fato, toda a certeza de que precisava. Como Amália se parecia com ele! Teve a impressão de estar vendo-se a si mesmo jantando com Angiolina. O desejo de agradar a deixava num embaraço que lhe tolhia toda a naturalidade. Viu-a até abrir a boca para falar e depois se arrepender e calar. Como ficava presa aos lábios de Balli! Talvez nem ouvisse o que ele dizia. Ria e ficava séria por uma involuntária sujeição.

Emílio tentou distraí-la; mas não foi ouvido. Nem mesmo Balli o ouviu e, embora não tivesse percebido o sentimento inspirado à moça, tinha por ela uma espécie de fascínio que se revelava na excitação cerebral em que sempre caía quando se sentia dono absoluto de alguém. Com grande frieza, Emílio estudava e media o amigo. Balli havia esquecido completamente o objetivo de sua vinda. Contava histórias que Emílio já conhecia; estava claro que falava apenas para Amália. Eram histórias de um gênero que ele já sabia que caíam no gosto da pobre mulher. Falava daquela triste e feliz boemia, de que Amália apreciava tanto a alegria desordenada e a despreocupação.

Quando Stefano e Emílio saíram juntos, no espírito deste último crescera de modo desmesurado o amargo rancor pelo amigo, que há muito tempo morava em seu peito; uma frase incauta de Balli o fez transbordar:

– Veja, passamos uma hora muito agradável.

Emílio gostaria de lhe ter dito algumas insolências. Uma hora agradável? Para ele, certamente que não. Haveria de recordar aquela hora com o mesmo arrepio que sentia pelas horas passadas com Balli e Angiolina. Na verdade, naquele almoço havia sentido o mesmo conhecido e doloroso ciúme. Antes de mais nada, recriminava o amigo por não ter notado seu silêncio, por tê-lo ignorado a ponto de acreditar que ele estivera se divertindo. Mais ainda: como é que não percebia que Amália, em sua presença, era acometida precisamente por uma mórbida confusão e por uma agitação que, por vezes, a faziam gaguejar? Ele, no entanto, estava tão lúcido naquele momento com relação a seus sentimentos que temeu que nem mesmo Balli percebesse que ele lhe falava de Amália para se vingar do comportamento que este tivera para com Angiolina. Antes de tudo, era necessário evitar trair o ressentimento; devia parecer um bom pai de família, que é levado a agir com o único objetivo de proteger seus entes queridos.

Começou contando uma mentira e com ar de quem dizia algo indiferente. Disse que, naquela manhã, uma velha parenta o detivera para lhe perguntar se era verdade que Balli estava noivo de Amália. Não era tudo, mas Emílio sentiu certo alívio por ter dito tanto. Estava agora mesmo prestes a dizer a Balli que ele não era nem a pessoa superior nem o melhor dos amigos que acreditava ser.

— Ah! Verdade? — exclamou Balli, muito surpreso e rindo com toda ingenuidade.

— De fato — disse Emílio, fazendo um trejeito que pretendia ser um sorriso — essa gente é tão maliciosa que chega até a causar riso.

Pretendia dizer com isso que a hilaridade de Balli era ofensiva.

— Deve compreender, contudo, que precisamos ter um pouco de consideração, porque nós não podemos tolerar que se diga isso da pobre Amália.

Esse plural *nós* representava uma tentativa de reduzir a própria responsabilidade pelas palavras que ele dizia. Ao mesmo tempo, porém, elevara a voz com grande veemência: não podia permitir que Balli não levasse a sério aquele argumento que lhe queimava os lábios.

Stefano não sabia mais que atitude assumir. Não devia ter acontecido muitas vezes em sua vida ser acusado injustamente. Sentia-se tão inocente como um recém-nascido. O respeito que tinha e que sempre havia demonstrado pela família Brentani e a feiura de Amália deveriam salvá-lo de qualquer suspeita. Conhecia muito bem Emílio e não achava que seria capaz de se indispor por algumas palavras proferidas por uma velha parenta; mas havia sentido na voz de Emílio uma violência, talvez mais, ódio, um tom que o tinha feito estremecer. Seus pensamentos logo buscaram a verdade. Recordou como fazia tempo que todos os pensamentos, ou melhor, toda a vida de Emílio estava concentrada em torno de Angiolina. Será que aquela violência e aquele ódio na voz de Emílio deveriam ser atribuídos a seu ciúme de Angiolina, embora ele só falasse a respeito de Amália?

— Não acreditava que em nossa idade, isto é, na minha e na da senhorita, pudéssemos ser julgados capazes de cometer tolices.

Falava com embaraço. O assunto transtornava também a ele.

— O que é que você quer? É o mundo...

Mas Balli, que não acreditava naquele mundo, gritou com raiva:

— Deixe disso; já entendi do que se trata. Vamos falar de outra coisa.

Ficaram em silêncio por um tempo. Emílio hesitava em falar,

justamente por medo de se comprometer. O que Balli já havia percebido? Seu segredo, isto é, seu ressentimento, ou o segredo de Amália? Olhou para o amigo e o viu ainda mais exaltado do que suas palavras poderiam sugerir. Estava muito vermelho, e seus olhos azuis fitavam turvos o vazio. Parecia que de repente tivesse ficado com calor, porque sentiu a necessidade de descobrir a testa, empurrando o chapéu para a nuca. Evidentemente estava zangado com ele; as artes usadas para esconder o próprio rancor por trás das supremas razões familiares não haviam sido suficientes.

Então ele foi tomado por um medo pueril de perder o amigo. Separando-se de Angiolina e de Balli, não teria mais condições de supervisioná-los, e estes, certamente, mais cedo ou mais tarde acabariam por se encontrar. Resoluto, agarrou-se afetuosamente ao braço de Balli:

– Escute, Stefano. Haverá de compreender que, se lhe falei dessa maneira, devo ter sido levado a fazê-lo por razões muito fortes. Para mim, é um grande sacrifício deixar de vê-lo com mais frequência em minha casa.

Comoveu-se com receio de não conseguir comover o amigo.

Balli se acalmou imediatamente:

– Acredito em você – disse-lhe ele –, mas por favor nunca mais mencione aquela sua velha parente para mim. Estranho que, tendo coisas tão sérias a me dizer, tenha sentido a necessidade de me contar mentiras. Fale com franqueza, agora.

Readquirida a calma, voltou a mostrar todo o amigável interesse que sempre dedicava aos problemas de Emílio. O que mais estava acontecendo com aquele infeliz?

Como Balli valorizava a amizade! Emílio corou. Tinha sido injusto em duvidar. Quis apagar qualquer sombra que suas palavras pudessem ter provocado no espírito do amigo e, para o segredo de Amália, já não havia salvação.

– Sou mesmo um pobre coitado – declarou, com pena de si mesmo para aumentar a compaixão que já havia percebido nas palavras de Balli.

Não contou que tinha descoberto que a irmã sonhava em voz alta com Stefano; só falou das mudanças que ocorriam em Amália quando Balli cruzava a soleira da porta da casa deles. Quando ele não estava presente, ela parecia adoentada, cansada, distraída. Era preciso tomar uma resolução que a curasse.

Foi suficiente para Balli ouvir semelhante confissão da boca de Emílio para acreditar nela totalmente. Suspeitou até que Amália tivesse feito confidências ao irmão. Ele nunca a tinha visto tão feia como naquele momento. Desaparecia o encanto que havia recoberto o rosto cinzento de Amália por sua suposta mansidão. Agora a via como agressiva, esquecida de sua aparência e de sua idade. Como o amor devia destoar naquele rosto! Era uma segunda Angiolina que o vinha perturbar em seus hábitos, mas uma Angiolina que lhe causava arrepios. A afetuosa compaixão que sentia por Emílio aumentou como este último queria. Pobre infeliz! Tinha também de cuidar de uma irmã histérica.

Foi ele que pediu desculpas pelo acesso de raiva que tivera. Foi sincero como sempre:

– Se não tivesse sido por semelhante novidade, que eu nem podia supor, essa seria a última vez que nos veríamos. Imagine: pensei que, em sua loucura por Angiolina, você não fosse capaz de me perdoar a simpatia que inspirei nela e procurasse um pretexto para litigar comigo.

Emílio foi acometido por um profundo mal-estar. Balli lhe havia explicado os íntimos motivos de sua má ação. Protestou energicamente, tanto que Balli teve de lhe pedir desculpas por essa suspeita, mas, a seu ver, essa enérgica reação carecia de fundamento. Por um instante Emília ficou com o pensamento voltado para Amália: "Estranho! Angiolina fazia parte do destino da irmã".

Acalmou-se, dizendo a si mesmo que com o tempo tudo poderia ser reparado, antes de tudo, dando a entender a Balli o ser estimável que Amália era, e, depois, dedicando a esta última todo o seu afeto.

Mas como poderia dar-lhe provas de tamanho afeto no estado em que se encontrava? Também naquela noite ficou muito tempo imóvel diante da mesa onde esperava encontrar uma carta de Angiolina.

Olhava para aquela mesa como se quisesse fazer brotar nela uma carta dela. O desejo por Angiolina aumentava nele. Por que realmente? Ainda mais do que no dia anterior ele sentia o quanto era vão e triste o jogo de se manter longe dela. Oh, jovial Angiolina! Ela não causava remorsos a ninguém.

Depois, quando no quarto ao lado ouviu a voz clara e sonora da outra sonhadora, seu remorso foi ardente. Que mal haveria em deixar continuar aqueles sonhos inocentes, nos quais se concentrava toda a vida de Amália? É verdade que esse remorso acabou se transformando numa grande compaixão por si mesmo, que o fez chorar e encontrar grande alívio naquele desabafo. Naquela noite, portanto, o remorso o fez dormir.

# CAPÍTULO IX

Como Amália era superior a ele! Ela revelou surpresa no dia seguinte por não ver Balli aparecer, mas com tal indiferença que seria difícil detectar o menor desagrado.

– Será que está indisposto? – perguntou ela a Emílio, e este se relembrou que ela sempre tivera grande desenvoltura ao falar com ele de Stefano.

Ele, no entanto, não tinha dúvidas de que se havia enganado.

– Não – respondeu ele, e não teve coragem de dizer mais nada.

Uma intensa compaixão tomou conta dele, ao pensar que aquela pequena criatura fraca estava enfrentando, sem que ela suspeitasse, uma iminente e semelhante dor à que ele sofria. Era ele mesmo que estava prestes a bater nela. O golpe já tinha partido de sua mão, mas ainda estava suspenso no ar e logo se abateria sobre aquela cabecinha grisalha e a curvaria; e o manso rosto perderia aquela serenidade demonstrada com sabe-se lá que esforço heroico. Teria gostado de tomar a irmã nos braços e começar a consolá-la antes que a dor a atingisse. Mas não podia. Já não conseguia nem dizer o nome do amigo em sua presença sem corar. Havia agora uma barreira entre irmão e irmã: culpa do Emílio. Ele não percebia e prometia a si mesmo que haveria de conseguir chegar à irmã quando, é claro, ela procurasse algum apoio. Então nada mais teria a fazer do que abrir os braços. Estava certo disso. Amália era feita como ele, que, quando sofria, se apoiava em todas as pessoas que estivessem ao lado dela. Por isso ele a deixava esperar por Balli.

Devia ser uma expectativa que Emílio não teria suportado; certamente exigiu um grande heroísmo para não fazer perguntar nada, a não ser a pergunta usual:

– Balli não vem?

Havia um copo a mais em cima da mesa, preparado para Balli; era lentamente recolocado num cantinho do armário que Amália usava como guarda-louça. Esse copo era sempre acompanhado de uma xícara de café destinada a Balli, recolocada também ela no armário que Amália trancava a chave. Ela era muito calma e fazia tudo muito lentamente. Quando estava de costas, ele ousava olhá-la atentamente, e então sua imaginação lhe fazia ver sinais de sofrimento em cada sinal de fraqueza física. Aqueles ombros caídos tinham sido sempre assim? Aquele pescoço magro não tinha emagrecido bem mais nos últimos dias?

Ela voltava para a mesa para sentar-se ao lado dele, e ele pensava: "Pronto! Com essa aparência calma, ela decidiu esperar mais vinte e quatro horas".

Era de admirar! Ele não teria conseguido esperar nem uma noite.

– Por que o sr. Balli não vem mais? – perguntou ela, no dia seguinte, guardando o copo.

– Creio que ele não se diverte muito conosco – disse Emílio, depois de breve hesitação, decidido a dizer algo que fizesse Amália compreender o estado de espírito de Balli

Ela não pareceu dar muita importância a essa observação e colocou o copo com muito cuidado no recanto habitual.

Ele, no entanto, tinha resolvido não deixá-la mais com essas dúvidas. Ao ver três xícaras em vez de duas na bandeja, disse a ela:

– Você poderia se poupar o trabalho de preparar café para Stefano. É provável que por muito tempo não venha mais.

– Por quê? – perguntou ela, com a xícara na mão, muito pálida.

Faltou-lhe coragem para dizer as palavras que já tinha preparado:

– Porque não quer.

– Não era melhor ajudá-la em seu fingimento e permitir-lhe que domasse lentamente sua dor sem obrigá-la a trair-se, com uma revelação para a qual ainda não estava preparada? Disse-lhe que achava que Balli não poderia mais vir naquela hora porque havia começado a trabalhar incansavelmente.

– Incansavelmente? – repetiu ela, voltando-se para o armário.

A xícara escorregou de sua mão, mas não se quebrou. Ela a recolheu, limpou-a com cuidado e a repôs em seu lugar. Sentou-se, então, ao lado de Emílio. "Mais vinte e quatro horas", pensou ele.

No dia seguinte, Emílio não conseguiu impedir que Balli o acompanhasse até a porta de casa. Stefano olhou para as janelas do primeiro andar por um momento, distraído, mas imediatamente baixou os olhos de novo. Claro que numa das janelas devia ter visto Amália e se absteve de cumprimentá-la! Pouco depois, Emílio ousou olhar também, mas se ela estivesse ali já devia ter se retirado. Pretendia recriminar Stefano por não ter cumprimentado Amália, mas não lhe era mais possível verificar o fato.

Muito oprimido, subiu até em casa, onde estava Amália. Ela devia ter compreendido.

Não a encontrou na sala de jantar. Logo depois ela veio, com passos rápidos; parou ao lado da porta que não havia jeito de se fechar. Devia ter chorado. Tinha as maçãs do rosto vermelhas e os cabelos molhados; certamente havia lavado o rosto para apagar qualquer vestígio de lágrimas. Ela não perguntou nada, embora durante o almoço ele se sentisse continuamente ameaçado por uma pergunta. Evidentemente agitada, ela não encontrava coragem para falar. Quis explicar a própria agitação e disse que havia dormido pouco. O copo e a xícara de Balli não compareceram à mesa. Amália não esperava mais.

Mas Emílio esperava. Teria sido um grande alívio para ele vê-la chorar, ouvir algum som de dor. Mas durante muito tempo ele não teve essa satisfação. Voltava para casa todos os dias preparado para a dor de vê-la chorar, confessar seu desespero e, em vez disso, a encontrava calma, abatida, sempre com os mesmos movimentos lentos de uma pessoa cansada. Ela cuidava das tarefas domésticas com o cuidado aparente de sempre e voltava a falar disso com Emílio, como nos velhos tempos, quando os dois, ainda jovens, vendo-se sozinhos, tinham tentado embelezar sua pequena casa.

Era um pesadelo estar rodeado de tanta tristeza sem palavras. E como devia ser forte essa dor, certamente recrudescida pelas mais diversas dúvidas. Para Emílio parecia até que ela podia duvidar da verdade, e ele se sentia em perigo se tivesse de explicar o ato que havia cometido, o que para ele mesmo já parecia incrível. Às vezes ela pousava nele seus olhos cinzentos, desconfiados e indagadores. Oh, aqueles olhos não crepitavam. Graves e fixos, contemplavam as coisas à procura da causa de tanta dor. Ele não aguentava mais.

Numa noite em que Balli tinha um compromisso – provavelmente com alguma mulher – Emílio resolveu ficar em casa com a irmã. Mas depois achou penoso ficar ao lado dela, no silêncio que tantas vezes reinava entre eles, condenados como estavam a permanecer calados com relação ao que dominava seus pensamentos. Tomou o chapéu para sair.

– Aonde vai? – perguntou ela, que se distraía batendo no prato com o garfo, a cabeça apoiada num dos braços.

Foi o suficiente para ele perder a coragem de sair. Estava sendo chamado. Se, em dois, aquelas horas eram tão dolorosas, o que haveriam de ser para Amália sozinha?

Jogou o chapéu de lado e disse:

– Queria levar meu desespero a passeio.

O pesadelo desapareceu. Tinha sido uma bela saída. Se ele não pudesse falar sobre suas dores, podia pelo menos distraí-la contando-lhe as suas. Ela tinha parado de bater no prato e se voltara inteiramente para ele, fitando-o no rosto, para ver que aspecto assumia nos outros a própria dor.

– Pobrezinho – murmurou ela, descobrindo-o pálido, sofredor, inquieto até pelas razões que ela não podia saber.

Depois quis confidências:

– Depois daquele dia, não a viu mais?

Com uma expansividade quase alegre ele contou. Nunca mais a tinha visto. Quando estava fora, na rua, sem querer aparecer, ou seja, sem parar nos lugares onde sabia que ela teria de passar em determinados horários, nada mais fazia do que esperá-la. Mas nunca mais a tinha visto. Até parecia que, desde que abandonada por ele, ela evitava se mostrar pelas ruas.

– Poderia ser isso mesmo – disse Amália, que se dedicava com devoção a estudar os infortúnios do irmão.

Emílio riu com gosto. Disse que Amália não podia imaginar de que massa era feita Angiolina. Já haviam passado oito dias desde que a deixara, e ele devia ter certeza de que ela já o havia esquecido totalmente.

– Por favor, não ria de mim – implorou ele, embora percebesse que ela estava bem longe de rir dele. – Ela é assim mesmo.

E então se dispôs até a esboçar uma biografia da Angiolina. Falou de sua leviandade, de sua vaidade, de tudo o que constituía sua desventura, e Amália ficou ouvindo em silêncio e sem revelar a menor estupefação. Emílio pensou que ela estava estudando seu amor para descobrir analogias com o dela.

Assim tinham passado um quarto de hora delicioso. Parecia que tudo quanto os dividia havia desaparecido, ou melhor, vinha uni-los, tanto assim que ele falou a respeito de Angiolina não pela necessidade de se aliviar do peso do amor e do desejo que até então o havia feito falar tanto, mas unicamente para agradar à irmã. Sentia grande ternura por Amália; parecia-lhe que, ao escutá-lo, ela lhe concedera formalmente seu perdão.

Foi essa ternura que o levou a dizer palavras que terminaram aquela noite de uma forma completamente diferente. Ele mal havia acabado de contar e, sem hesitar, perguntou:

– E você? – Não hesitara e tampouco refletira.

Depois de ter resistido durante muitos dias ao desejo de pedir confidências à irmã, naquela hora de abandono cedeu. Tendo sentido tanto alívio ao fazer confidências, pareceu-lhe natural induzir Amália a fazer outro tanto.

Mas Amália não entendia assim. Fitou-o com os olhos arregalados de pavor:

– Eu? Não o compreendo!

Mesmo que não tivesse realmente compreendido, poderia ter adivinhado tudo perante o embaraço em que ele mergulhou ao vê-la transtornada.

– Acho que você está louco.

Tinha compreendido, mas evidentemente ainda não sabia explicar como Emílio tinha conseguido adivinhar um segredo tão zelosamente guardado.

– Perguntava se você... – gaguejou Emílio, igualmente transtornado.

Procurava uma mentira, mas nesse interim Amália encontrou a explicação mais óbvia e a disse com todas as letras:

– O sr. Balli lhe falou de mim.

Ela gritava. Sua dor tinha encontrado a palavra. Seu rosto estava colorido do sangue borbulhante por violento desdém, e seus lábios se arquearam. Ela se tornava novamente forte por instantes. Nisso, se parecia perfeitamente com Emílio. Percebia-se que ela revivia, podendo converter sua dor em raiva. Não estava mais abandonada sem palavras; estava vilipendiada. Mas a força não era feita para ela e não durou muito. Emílio jurou: Balli nunca lhe falara de Amália dando a entender que ela o amava. Ela não acreditou, mas a tênue dúvida que ele havia colocado em seu espírito lhe tirou as forças e ela se pôs a chorar:

– Por que ele não vem mais em nossa casa?

– É por acaso – disse Emílio. – Dentro de alguns dias vai aparecer.

– Não virá! – gritou Amália e readquiriu a violência na discussão. – Ele nem me cumprimenta mais.

Os soluços a impediram de pronunciar frases mais longas. Emílio correu para abraçá-la, mas a compaixão lhe fez mal. Ela se levantou violentamente, desvencilhou-se dele e correu para o quarto para se acalmar. Os soluços se transformaram em gritos. Pouco depois cessaram completamente, e ela voltou e conseguiu falar, interrompida apenas por algum estremecimento reprimido. Tinha parado na porta:

– Nem eu mesma sei por que choro tanto assim. Uma fraqueza qualquer me provoca toda essa inquietação. Claro que estou doente. Não fiz nada que desse a esse senhor o direito de comportar-se desse modo. Você está convencido disso, não é verdade? Pois bem, para mim é o suficiente! De resto, o que mais eu poderia dizer ou fazer?

Voltou a sentar-se e continuou a chorar mais suavemente. Era evidente que Emílio devia, antes de mais nada, livrar o amigo de culpa; e o fez, mas não lhe era possível conseguir o intento, pois não fez outra coisa senão agitar Amália ainda mais.

– Que venha! – gritou ela. – Se é o que quer, nem vai me ver, não vou deixar que me veja.

Emílio achou que tinha encontrado uma boa ideia:

– Sabe o motivo da mudança no comportamento de Balli? Diante de mim, alguém lhe perguntou se ele estava prestes a ficar noivo de você.

Ela o olhava, perguntando-se se poderia confiar nele; não estava compreendendo muito bem, e para analisar com mais facilidade aquelas palavras, repetiu-as:

– Alguém lhe disse que ele está prestes a ficar noivo de mim? – Riu alto, mas apenas com a voz.

Ele estava, portanto, com medo de comprometer-se e ter de se casar com ela? Mas quem lhe havia colocado naquela cabeça semelhante ideia, que até não parecia uma das mais estúpidas? E ela seria talvez uma mocinha que poderia se apaixonar perdidamente por duas palavras e um olhar?

Claro, sua admirável força de vontade permitiu-lhe até de encontrar um tom de verdadeira indiferença; claro, a companhia de Balli não tinha sido desagradável, mas ela não sabia que era tão perigosa.

Quis rir de novo, mas dessa vez sua voz se rompeu em prantos.

– Não vejo, portanto, que haja motivo para chorar – disse Emílio timidamente.

Queria agora parar com essas confidências que ele tão levianamente havia provocado. A palavra não curava Amália; exacerbava-lhe a dor. Nisso, ela não se parecia com ele.

– Não tenho motivos para chorar quando sou tratada dessa maneira? Ele foge como se eu estivesse correndo atrás dele.

Havia gritado de novo, mas logo ficou prostrada pelo esforço. As palavras de Emílio tinham sido realmente inesperadas porque, depois de tanto tempo, ela ainda não havia encontrado um ponto de autocontrole. Outra vez tentou atenuar a impressão que toda aquela cena devia ter causado em Emílio.

– Minha fraqueza é a principal causa de minha agitação – disse ela, apoiando a cabeça nas duas mãos. – Você já não me viu chorar por coisas muito menos importantes?

Sem dizê-lo um ao outro, ambos se lembraram daquela noite em que ela tinha caído em prantos só porque Angiolina lhe levava embora o irmão. Eles se entreolharam muito sérios. Então, pensou ela, tinha chorado realmente por nada, e precisamente porque ainda não havia experimentado o desalento sem remédio em que agora se encontrava. Ele, pelo contrário, lembrou-se do quanto aquela cena se assemelhava a essa e sentiu um novo peso recair sobre a consciência. Essa cena era evidentemente a continuação da outra.

Mas Amália já estava decidida.

– Acho que cabe a você me defender, não é verdade? Ora, não me parece que você possa continuar sendo amigo de alguém que me ofende sem motivo.

– Ele não a ofende – protestou Emílio.

– Pense como quiser! Mas ele deve voltar para esta casa ou você será forçado a virar as costas para ele. De minha parte, prometo-lhe que ele não verá nada mudado em meu comportamento; farei um esforço e tratá-lo-ei de forma diferente da que ele merece.

Emílio teve de reconhecer que ela tinha razão e disse que, embora não desse tanta importância ao assunto que o induzisse a romper relações com Balli, lhe teria dado a entender que ela pretendia vê-lo frequentar sua casa novamente.

Nem essa promessa foi suficiente para a meiga Amália.

– Então, para você, o insulto feito à sua irmã parece uma insignificância? Pois bem, proceda como quiser, mas eu também farei do meu jeito.

Ameaçava fria e desdenhosamente.

– Amanhã vou procurar essa agência aí do outro lado da rua para arranjar um emprego de governanta ou de criada.

Havia tanta frieza em suas palavras que era de acreditar na seriedade de sua intenção.

– Eu disse, por acaso, que não queria fazer o que você deseja? – disse Emílio, assustado. – Amanhã vou falar com Balli e, se ele não vier amanhã mesmo, saberei como esfriar meu relacionamento com ele.

Esse *esfriar* soou mal para Amália.

– Esfriar? Faça o que bem quiser.

Levantou-se e, sem dizer nada, foi para seu quarto, onde ainda ardia a vela que tinha levado para lá da primeira vez que nele se havia refugiado.

Emílio pensou que ela continuava ressentida porque era mais fácil para ela se controlar: no exato momento em que ela se acalmasse, a ponto de dizer uma palavra de agradecimento ou mesmo apenas consentimento, haveria de ser dominada novamente pela emoção. Quis segui-la, mas percebeu que ela estava se despindo e, do lado de fora, desejou-lhe boa noite. Ela respondeu à meia-voz e com severa indiferença.

De resto, Amália tinha razão. Balli devia visitá-los pelo menos algumas vezes. Aquela súbita interrupção das visitas era ofensiva e compreendia-se que, para curar Amália, era necessário, antes de mais nada, eliminar qualquer sombra de ofensa. Ele saiu, na esperança de encontrar Balli.

Lá fora, bem na porta de casa, encontrou a mais poderosa das distrações. Por um estranho acaso, viu-se frente a frente com Angiolina. Como se esqueceu imediatamente da irmã, de Balli e do próprio remorso! Foi uma surpresa para ele. Naqueles poucos dias, havia esquecido a cor daqueles cabelos que tornavam sua figura tão loira, os olhos azuis que agora olhavam verdadeiramente para indagar. Ele lhe dirigiu uma breve saudação que, numa tentativa de ser frio, foi violento. Ao mesmo tempo, lhe dirigiu um olhar tão penetrante que, se ela não tivesse ficado surpresa e agitada, poderia ter sentido medo.

Sim! Ela estava agitada. Respondeu à sua saudação, confusa e corando. Estava acompanhada da mãe e, depois de poucos passos, ela se voltou para sua acompanhante, de modo que podia ver também atrás de si. Pareceu-lhe entender pelos olhos dela que ela esperava ser abordada, e foi justamente isso que lhe deu forças para passar adiante, acelerando o passo.

Caminhou sem rumo por algum tempo, para se acalmar. Talvez Amália tivesse acertado e o abandono tivesse sido para Angiolina a mais enérgica das lições. Talvez ela o amasse agora! Enquanto caminhava, teve um sonho delicioso. Ela o amava, o seguia, agarrava-se a ele, e ele continuava a fugir dela, a rejeitá-la. Qual satisfação sentimental!

Quando ele voltou a si, a lembrança da irmã pesou novamente em seu coração. Naqueles poucos dias, seu destino tinha se tornado mais doloroso, tanto é verdade que o pensamento de Angiolina, que até então tinha sido tão doloroso para ele, parecia-lhe um refúgio, embora não inteiramente agradável, do pensamento de ter exasperado a sorte da irmã.

Naquela noite não encontrou Balli. Bem mais tarde, foi abordado por Sorniani, que voltava do teatro. Logo depois de cumprimentá-lo, este lhe contou que tinha visto Angiolina com a mãe, no teatro, sentada na primeira galeria; estava linda, com um cinto de seda amarela e um chapeuzinho do qual só se viam duas ou três grandes rosas sobre o dourado dos cabelos. Era a primeira apresentação de *A Valquíria*[21] e Sorniani ficou maravilhado que Emílio, conhecido em outras épocas

---

21 *A Valquíria* é uma ópera de Richard Wagner (1813-1873), maestro e compositor alemão. (N.T.)

por ter feito crítica musical de vanguarda – o que não tinha feito em sua vida? – não tivesse ido ao teatro.

Confusa e agitada quando a tinha visto, ela então tinha ido ao teatro, onde ocupou um lugar de um preço bastante elevado. Quem sabe quem lhe havia pago o lugar! Ele tivera, portanto, outro sonho totalmente inútil.

Disse a Sorniani que também iria ao Teatro Comunale na noite seguinte; mas não tinha essa intenção. Havia perdido a única apresentação em que o teatro lhe teria agradado. Na noite seguinte, Angiolina não teria ido, mesmo que lhe pagassem o lugar novamente. Wagner e Angiolina! Já era muito que se tivessem encontrado uma só vez.

Passou uma noite insone. Estava inquieto e não conseguia encontrar uma posição bastante confortável na cama para ficar parado. Levantou-se para se acalmar e se lembrou que talvez uma distração pudesse vir do quarto da irmã. Mas Amália já não sonhava mais; ela havia perdido também seus alegres sonhos. Ele a ouviu revirar-se várias vezes na cama, que nem para ela parecia macia.

Pela manhã, ela o ouviu à porta e perguntou o que queria.

Ele havia voltado ali na esperança de ouvi-la falar, de saber que ela tinha estado feliz pelo menos uma vez nessas vinte e quatro horas.

– Nada – respondeu ele, profundamente triste ao ouvi-la acordada. – Parecia-me que você se mexia e queria ver se estava precisando de alguma coisa.

– Não preciso de nada – respondeu ela, meigamente. – Obrigada, Emílio.

Sentiu que havia sido perdoado e teve uma satisfação tão viva e doce que seus olhos se umedeceram.

– Mas por que não dorme?

O instante era tão feliz que ele queria saboreá-lo; prolongava-o e tornava mais intenso, fazendo com que sua irmã sentisse o próprio afeto comovido.

– Acabei de acordar agora mesmo; mas e você?

– Faz muito tempo que durmo pouquíssimo – respondeu ele; acreditava sempre que Amália deveria sentir certo alívio ao saber de que dores ele padecia.

Depois, lembrando-se das palavras trocadas com Sorniani, anunciou-lhe que havia decidido ver *A Valquíria* para se distrair.

– Quer ir também?

– De bom grado – respondeu ela. – Desde que não lhe custe muito.

Emílio protestou.

– Por uma só vez.

Batia os dentes de frio, mas havia encontrado uma emoção tão doce naquele lugar que hesitava em abandoná-lo.

– Você está de pijama? – perguntou ela, e ao ouvir que sim, mandou que fosse se deitar.

Ele foi para a cama com relutância, mas, quando estava nela, encontrou imediatamente a posição que havia procurado em vão durante toda a noite e dormiu ininterruptamente por algumas horas.

Não foi difícil chegar a um entendimento com Balli. Encontrou-o pela manhã, enquanto andava atrás da carroça que recolhia os cães, profundamente comovido com o destino de tantos pobres animais. Estava realmente aflito, mas buscava essa emoção para se sentir, dizia ele, mais artista no afeto para com os animais. Prestou pouca atenção às palavras de Emílio, tendo os ouvidos aturdidos pelos latidos dos cães, o som mais doloroso que existe na natureza, quando é causado por uma dor tão inesperada como a do repentino e violento aperto no pescoço.

– Há ali dentro o medo da morte – dizia Balli – e ao mesmo tempo uma enorme e impotente indignação.

Brentani lembrou-se com amargura de que até no lamento de Amália se podia detectar uma surpresa e uma enorme e impotente indignação. A presença da carroça dos cães, porém, lhe facilitou a tarefa. Balli ouviu-o distraidamente e declarou que não tinha nada contra ir até a casa dele naquele mesmo dia.

Só teve alguma dúvida ao meio-dia quando foi buscar Emílio no escritório. Já estava convencido de que Amália, apaixonada por ele, tivesse feito confidências ao irmão e que este julgara oportuno afastá-lo de casa; agora, porém, Emílio queria que ele voltasse, porque Amália não compreendia a razão pela qual ele não aparecia mais.

"Eles me querem por conveniência", pensou Balli com sua habitual facilidade de explicar tudo.

Já se encaminhavam para casa quando Stefano teve outra dúvida:

– Espero que a senhorita não me guarde rancor.

Emílio, graças à garantia recebida da irmã, o tranquilizou.

– Será recebido como sempre no passado.

Balli se calou. Ele teria pensado em comparecer diferente de como se apresentava outrora, para não encorajá-la e não ser acometido uma segunda vez por aquele amor pouco desejável.

Amália estava preparada para tudo menos para isso. Pretendia tratá-lo gentilmente, mas com frieza, e agora era ele que dava essa entonação ao relacionamento deles. A ela não restou senão aceitar e seguir passivamente o modo imposto por ele, sem poder sequer trair o ressentimento. Ele a tratava como uma jovem que conhecera recentemente, com toda a consideração e com o mais indiferente respeito. Não eram mais aquelas conversas alegres em que Balli se abandonava totalmente, revelando o quanto se mantinha acima de todas as pessoas que o cercavam, com uma imodéstia tão despudorada que só podia mostrar ao lado de pessoas muito íntimas; porque qualquer ironia nesses momentos lhe teria tirado a voz e o fôlego. Naquele dia não falou nada de si, mas sim, e brevemente, de coisas que Amália nem sequer ouvia, espantada com tamanha indiferença. Disse que ficou muito entediado em *A Valquíria*, em que metade da plateia estava ocupada fingindo para a outra que estava se divertindo; depois falou também de outro aborrecimento, o do longo Carnaval, que ainda tinha um mês de agonia pela frente. Diante de tanto tédio foi levado a bocejar longamente. Oh, tão mudado, até ele era chato. Para onde tinha ido aquela bela vivacidade que Amália tanto amava, porque parecia nascida para lhe agradar?

Emílio sentiu que a irmã devia estar sofrendo e tentou provocar algum sinal de maior interesse por parte de Stefano. Falou da má aparência de Amália e a ameaçou de chamar o dr. Carini, caso ela não melhorasse de aspecto. O dr. Carini, amigo de Balli, foi citado justamente para induzir este último a também ele falar sobre a saúde de Amália. Mas Stefano, com obstinação pueril, teve o cuidado de não participar de semelhante conversa, e Amália respondeu às palavras afetuosas do irmão com uma frase áspera. Tinha de ser brusca com alguém, visto que não podia sê-lo com Balli. Pouco depois, retirou-se para o quarto, deixando-os sozinhos.

Na rua, Emílio voltou àquelas palavras infelizes dele e tentou explicá-las e tirar de Amália qualquer culpa. Confessou ter sido leviano. Devia ter-se enganado quanto aos sentimentos de Amália, que (jurou solenemente) nunca lhe dissera uma palavra sequer a respeito. Balli fingiu acreditar. Declarou que era, no entanto, inútil falar novamente daquele assunto que há muito havia esquecido. Como sempre, estava muito contente consigo mesmo. Comportara-se como devia para devolver a tranquilidade a Amália, e evitar aborrecimentos ao amigo. O outro ficou calado, compreendendo que jogaria palavras ao vento.

Naquela mesma noite, irmão e irmã foram ao teatro, e Emílio esperava que a insólita diversão alegrasse muito mais a irmã.

Mas não! Durante todo o espetáculo, a diversão não lhe animou os olhos nem uma vez sequer. Mal e mal viu o público. Com o pensamento sempre voltado para a injustiça que lhe fora feita, não conseguia sequer reparar naquelas mulheres mais felizes e elegantes que ela e que em outras ocasiões ela havia seguido com tanto interesse, só pelo prazer de falar delas depois. Quando tinha a oportunidade, pedia para que lhe descrevessem aqueles figurinos, e agora que estava presente, nem os via.

Certa Birlini, uma rica senhora, amiga da mãe dos Brentani, avistou Amália de seu camarote próximo e a cumprimentou. No passado, Amália se orgulharia pelo carinho de algumas senhoras ricas. Agora, porém, foi com esforço que encontrou um sorriso que respondesse à gentileza que lhe fora demonstrada, e já não via a loura e boa senhora que evidentemente ficara satisfeita por encontrar também Amália naquele teatro.

Mas Amália realmente não estava lá. Deixava-se embalar em seus pensamentos por aquela estranha música, cujos detalhes não percebia, mas somente o conjunto ousado e granítico que lhe parecia uma ameaça. Emílio arrancou-a de seus pensamentos por um instante para lhe perguntar se gostava daquele motivo que continuava a ressoar na orquestra.

– Não compreendo – respondeu ela.

Na verdade, nem o ouvira. Mas, absorvida por aquela música, sua grande dor ganhava cor, tornava-se ainda mais importante, embora se fazendo de simples, pura, porque expurgada de todo aviltamento. Pequena e fraca, tinha sido abatida; quem poderia esperar que ela reagisse? Nunca se sentira tão meiga, livre de toda a raiva e disposta a chorar longamente, sem soluços. Não podia fazê-lo, e era isso que lhe faltava para sentir alívio. Fizera mal ao afirmar que não compreendia aquela música. A magnífica onda sonora representava o destino de todos. Ele a via descendo uma encosta guiada pela conformação irregular do terreno. Ora uma única cachoeira, ora dividida em mil outras pequenas, todas coloridas pelas mais variadas luzes e pelos reflexos das coisas. Um acordo de cores e sons no qual estava o destino épico de Sieglinda[22], mas também, por mais mísero que fosse, o seu, o fim de uma parte da vida, o murchar de um rebento. E o seu não pedia mais lágrimas que os demais, mas as mesmas, e o ridículo que a oprimia não encontrava lugar naquela expressão que, no entanto, era tão completa.

O outro conhecia intimamente a gênese daqueles sons, mas não conseguia aproximar-se deles como Amália. Ele acreditava que seu amor e sua dor logo estariam disfarçados nos pensamentos do gênio. Não. Para ele se moviam em cena heróis e deuses e o arrastavam para longe do mundo onde havia sofrido. Nos intervalos, procurava em vão

---

22 Sieglinda ou Sieglinde, personagem da ópera *A Valquíria*. Ver nota 21 deste capítulo. (N.T.)

na memória algum acento que merecesse semelhante disfarce. Será que a arte o estava curando?

Quando, ao término do espetáculo, abandonou o teatro, estava tão animado por aquela esperança que não percebeu que a irmã estava mais abatida do que de costume. Respirando a plenos pulmões o ar frio da noite, disse que aquela noitada lhe fizera muito bem. Mas enquanto, prolixo e falante como sempre, contava a estranha calma de que se sentia permeado, uma grande tristeza invadiu seu coração. A arte apenas lhe dera um intervalo de paz e não poderia tornar a dá-lo, porque agora certas lembranças truncadas da música se ajustavam perfeitamente a algumas de suas sensações, ou pelo menos à compaixão por si mesmo, por Angiolina e por Amália.

Na excitação em que se encontrava, gostaria de se acalmar, suscitando novas confidências em Amália. Devia entender que tinham tentado se explicar mutuamente em vão. Ela continuou a sofrer silenciosamente, nem mesmo admitindo que alguma vez lhe dera a entender alguma coisa. Certamente sua dor, de origem tão semelhante, não os havia aproximado.

Um dia, ele a surpreendeu no Corso enquanto caminhava lentamente no meio da tarde, a passeio. Estava com um vestido que não devia usar há muito tempo, porque Emílio nunca o tinha visto. Cores azuis claras sobre um tecido áspero que vestia desajeitadamente seu pobre corpo emagrecido.

Ficou confusa ao vê-lo e imediatamente se dispôs a segui-lo para casa. Quem sabe que tristeza a tinha levado a dar aquele passeio em busca de distração! Ele poderia entender isso facilmente, lembrando-se de quantas vezes seus desejos também o expulsavam de casa. Mas que esperança maluca a fez usar aquelas roupas? Acreditava firmemente que, vestida assim, ela esperava agradar a Balli. Oh, uma coisa incrível em Amália, semelhante pensamento! De resto, se ela realmente o tivesse tido, foi essa a primeira e a última vez, porque voltou a usar seu vestido habitual, cinza como sua figura e seu destino.

# CAPÍTULO X

Tanto sua dor quanto seu remorso se tornaram muito leves. Os elementos que constituíam sua vida eram os mesmos, mas atenuados, como se fossem vistos através de uma lente escura que os privava de luz e violência. Uma grande calma e um grande tédio pairavam sobre ele. Havia percebido claramente como havia sido estranho nele o exagero sentimental, e ao ver Balli, que o estudava com certa ansiedade, disse, acreditando ser sincero:

– Estou curado.

Podia acreditar nisso porque não se podia esperar que ele se lembrasse exatamente do estado de espírito em que se encontrava antes de conhecer Angiolina. A diferença era tão pequena! Tinha bocejado menos e não tinha experimentado o doloroso embaraço que o colhia quando se via ao lado de Amália.

A estação também era muito sombria. Há semanas que não aparecia um raio de sol e, por isso, quando pensava em Angiolina, associava em seu pensamento o doce rosto, a ardente cor dos cabelos loiros, o azul do céu, a luz do sol, todas as coisas que haviam desaparecido ao mesmo tempo de sua vida. Chegou à conclusão, porém, de que o abandono de Angiolina lhe tinha sido muito salutar.

– É preferível ser livre – dizia com convicção.

Tentou também aproveitar de sua liberdade reconquistada. Sentia e se arrependia de estar inerte e recordava que, anos antes, a arte havia colorido sua vida, afastando-o da inércia em que havia caído depois da morte do pai. Havia escrito seu romance, a história de um jovem artista cuja inteligência e saúde haviam sido arruinadas por uma mulher. Nesse jovem, representava-se a si mesmo, sua ingenuidade e sua meiguice. Tinha imaginado a heroína de acordo com a moda da época: um misto de mulher e tigre. Tinha os movimentos, os olhos e o caráter sanguinário de um felino. Não tinha conhecido ainda uma mulher e a tinha imaginado assim, um animal que, na verdade, dificilmente poderia ter nascido e prosperado. Mas com que convicção a descreveu! Com ela havia sofrido e desfrutado, sentindo, às vezes, viver também em si aquela híbrida mistura de tigre e mulher.

Retomou então a caneta e escreveu, numa única noite, o primeiro capítulo de um romance. Encontrava uma nova direção artística à qual queria se conformar e escreveu a verdade. Contou seu encontro com Angiolina, descreveu os próprios sentimentos – logo, porém, aqueles dos últimos dias – violentos e raivosos, o aspecto de Angiolina, como a havia visto no primeiro encontro, conspurcado por seu espírito pequeno e perverso e, finalmente, a magnífica paisagem que havia contornado, de início, o idílio deles. Cansado e aborrecido, abandonou o trabalho, contente por ter escrito um capítulo inteiro numa única noite.

Na noite seguinte, voltou ao trabalho, com duas ou três ideias na cabeça, que deveriam ser suficientes para uma série de páginas. Mas antes releu o trabalho já feito:

– Incrível! – murmurou ele.

O homem não se parecia em nada com ele, a mulher conservava algo da mulher-tigre do primeiro romance, mas não tinha vida, sangue. Pensou que aquela verdade que queria contar era menos verossímil do que os sonhos que conseguira fazer passar por verdadeiros anos antes. Naquele momento sentiu-se desconsoladamente inerte e uma angústia dolorosa. Largou a caneta, trancou tudo numa gaveta, prometendo que voltaria a ele mais tarde, talvez já no dia seguinte. Essa resolução foi suficiente para tranquilizá-lo; mas nunca mais voltou a esse trabalho. Queria poupar-se de qualquer dor e não se sentia bastante forte para estudar a própria inépcia e vencê-la. Não sabia mais pensar com uma caneta na mão. Quando queria escrever, sentia o cérebro se enferrujar e ficou parado diante do papel branco, enquanto a tinta secava na caneta.

Sentiu o desejo de rever Angiolina. Não tomou a decisão de ir procurá-la; apenas disse para si mesmo que agora realmente não haveria perigo em revê-la. Na verdade, se quisesse manter exatamente as palavras que dissera ao deixá-la, deveria ir a ela imediatamente. Não era talvez bastante sereno para lhe apertar a mão como amigo?

Comunicou esse propósito a Balli, e dessa forma:

– Gostaria apenas de ver se, ao me reaproximar dela, conseguiria me conter como pessoa precavida.

Não poucas vezes Balli tinha rido do amor de Emílio para não acreditar agora em sua cura perfeita. Além disso, já fazia alguns dias, ele próprio tinha o mais profundo desejo de rever Angiolina. Havia imaginado uma figura com aquelas feições e aquelas roupas. Contou-o a Emílio. Este lhe prometeu que nas primeiras palavras que dissesse à moça, pediria para que posasse para Balli. Não havia por que duvidar de sua cura. A essa altura nem sentia mais ciúme de Balli.

Parecia, pois, que Balli pensava em Angiolina não menos que o próprio Emílio. Teve de destruir um esboço que lhe havia custado seis meses de trabalho. Ele também estava num período de esgotamento e não conseguia encontrar dentro de si outra ideia senão aquela que nascera na primeira noite em que Emílio lhe havia apresentado Angiolina.

Uma noite, deixando Emílio, perguntou-lhe:

– Você não a procurou mais?

Não queria ser ele a reaproximá-los, mas queria saber se Emílio não se havia reconciliado com Angiolina sem seu conhecimento. Teria sido uma traição!

A calma de Emílio tinha aumentado ainda mais. Todos lhe permitiam que fizesse o que quisesse e, no fim das contas, ele não queria nada. Nada mesmo. Tentaria rever Angiolina porque queria ver como ele se comportaria ao falar e pensar com calor. O calor que não encontrava dentro de si devia vir de fora, e ele esperava viver o romance que não conseguia escrever.

Somente a inércia o impediu de ir procurar a moça.

Gostaria que outra pessoa assumisse a responsabilidade de reuni-los e até pensou que poderia ter convidado Balli a fazê-lo. Na verdade, tudo ficaria bem mais fácil e simples se Balli fosse sozinho procurar a modelo e depois a entregasse a ele como amante. Pensaria nisso. Hesitava apenas porque não queria dar a Balli um papel importante em seu destino.

Importante? Oh, Angiolina permanecia sempre uma pessoa muito importante para ele. Pelo menos em comparação com o resto. Tudo era tão insignificante, que ela dominava tudo. Pensava nela continuamente como um velho na própria juventude. Como se havia sentido jovem naquela noite, em que queria matar para se acalmar! Se tivesse escrito em vez de encolerizar-se, primeiro na rua e depois ansiosamente na cama solitária, certamente teria encontrado o caminho para a arte que mais tarde procuraria em vão. Mas tudo havia passado para sempre. Angiolina vivia, mas não podia mais dar-lhe juventude.

Uma noite, ao lado do Jardim Público, ele a viu caminhando à sua frente. Reconheceu-a pelo modo de andar. Mantinha a saia soerguida para protegê-la da lama e, à luz fraca de um lampião, viu reluzir os sapatos pretos de Angiolina. Ficou imediatamente perturbado. Lembrou-se de que, no auge de sua angústia amorosa, pensara que possuir aquela mulher lhe traria a cura. Agora, em vez disso, pensou:

– Ela me animaria!

– Boa noite, senhorita – disse ele, com toda a calma que pôde encontrar na ânsia do desejo que o colheu diante daquele rosto rosado de criança, com seus grandes olhos de contornos precisos, que pareciam ter sido modelados naquele instante.

Ela parou, apertou a mão que lhe fora oferecida e respondeu alegre e serena à saudação:

– Como vai? Há tanto tempo que não nos vemos!

Ele respondeu, mas estava distraído pelo próprio desejo. Talvez tivesse cometido um erro ao demonstrar tal serenidade e, pior ainda, ao não ter pensado no comportamento a manter para chegar logo aonde queria, à verdade, à posse. Caminhou ao lado dela tomando-a pela mão, mas, depois de trocar aquelas primeiras frases como pessoas contentes por se reencontrar, ele se calou, hesitante. O tom elegíaco usado outras vezes com total sinceridade teria sido inadequado, mas mesmo uma indiferença muito grande não o haveria levado ao objetivo.

– Já me perdoou, sr. Emílio? – disse ela, parando e estendendo-lhe também a outra mão.

A intenção fora ótima, e o gesto surpreendentemente original para Angiolina.

Ele se saiu com essa:

– Sabe o que nunca vou lhe perdoar? De não ter feito nenhuma tentativa de se reaproximar de mim. Importava-se assim tão pouco comigo?

Era sincero e percebeu que tentava em vão representar uma comédia. Talvez a sinceridade lhe servisse melhor do que qualquer fingimento.

Ela se confundiu um pouco e, gaguejando, garantiu que se ele não a tivesse procurado, no dia seguinte lhe teria escrito.

– Sim, e o que eu fiz, afinal? – e não se lembrava de ter se desculpado pouco antes.

Emílio achou apropriado mostrar-se duvidoso. Devo acreditar nela? Então fez uma recriminação:

– Com um vendedor de guarda-chuvas!

A palavra fez com que os dois rissem com gosto.

– Ciumento! – exclamou ela, apertando a mão que continuava segurando – com ciúme daquele homem sujo!

Na verdade, se ele tinha acertado em romper o relacionamento com Angiolina, certamente tinha errado ao usar aquela história idiota do vendedor de guarda-chuvas como pretexto. O vendedor de guarda-chuvas não era o mais temível de seus rivais. E por isso teve a estranha sensação de que devia culpar-se por todos os males que lhe haviam acontecido desde que abandonara Angiolina.

Ela ficou em silêncio por um longo tempo. Não podia ser de propósito, porque para Angiolina teria sido uma arte muito sutil. Ficou em silêncio provavelmente porque não encontrava outras palavras para se desculpar, e caminharam calados lado a lado na noite estranha e opaca, o céu completamente coberto de nuvens, esbranquiçadas num único ponto pelo luar.

Chegaram diante da casa de Angiolina e ela parou, talvez para se despedir. Mas ele a forçou a prosseguir:

– Vamos caminhar mais um pouco, assim mudos!

Então, naturalmente, ela o satisfez e continuou a caminhar calada ao lado dele. E ele voltou a amá-la a partir daquele instante, ou a partir daquele instante teve consciência disso.

Caminhava ao lado dele a mulher enobrecida por seu sonho ininterrupto, por aquele último grito de angústia que ele lhe arrancara ao abandoná-la e que durante muito tempo a havia personificado por inteiro; enobrecida até pela arte, porque agora o desejo fez Emílio sentir que tinha a seu lado a deusa capaz de qualquer nobreza de som ou de palavra.

Ultrapassada a casa de Angiolina, encontraram-se numa rua deserta e escura, fechada de um lado pela colina e, do outro, por um muro baixo que a separava dos campos. Ela sentou-se, e ele se encostou nela, procurando a posição preferida no passado, nos primeiros tempos de seu namoro. Sentia falta do mar. Na paisagem úmida e cinzenta imperou o louro de Angiolina, única nota ardente e luminosa.

Fazia tanto tempo que não sentia aqueles lábios nos seus, que ficou violentamente comovido.

– Oh, querida! – murmurou ele, beijando-lhe os olhos, o pescoço e depois a mão e as vestes.

Ela docemente o deixou fazer, e essa doçura foi tão inesperada que ele se comoveu e chorou, de início apenas com lágrimas e depois com soluços. Parecia-lhe que cabia apenas a ele prorrogar essa felicidade por toda a vida. Tudo se resolvia, tudo se explicava. Sua vida não poderia mais consistir senão nesse único desejo.

– Você gosta de mim tanto assim? –murmurou ela, emocionada e maravilhada.

Também ela tinha lágrimas nos olhos. Contou-lhe que o tinha visto na rua, pálido e abatido, estampados no rosto os sinais evidentes de seu sofrimento, e ela tinha ficado com o coração cheio de compaixão.

– Por que não veio antes? – perguntou ela, repreendendo-o.

Apoiou-se nele para descer do murinho. Ele não entendia por que ela interrompera aquela doce explicação que ele teria gostado que continuasse para sempre.

– Vamos para minha casa – disse ela, decidida.

Teve vertigens e a abraçou e beijou, sem saber como demonstrar sua gratidão. Mas a casa de Angiolina ficava longe e, enquanto caminhavam, Emílio se viu cheio de dúvidas e desconfiança. E se aquele instante o tivesse ligado àquela mulher para sempre? Subiu as escadas lentamente e, de repente, lhe perguntou:

– E Volpini?

Ela hesitou e parou:

– Volpini?

Depois, decidida, superou os poucos degraus que a separavam de Emílio. Apoiou-se nele, escondeu o rosto em seu ombro com uma afetação de modéstia que lhe recordou a antiga Angiolina e sua seriedade melodramática e lhe disse:

– Ninguém sabe, nem minha mãe.

Aos poucos iam reaparecendo todos os velhos expedientes, até a doce mãe. Ela se entregara a Volpini; este o quisera, na verdade, o tinha exigido como condição para continuar o relacionamento.

– Sentia que não era amado – murmurava Angiolina – e quis uma prova de amor.

Em contrapartida, ela não obtivera nenhuma outra garantia além da promessa de casamento. Mencionou, com a habitual desconsideração, o nome de um jovem advogado que a aconselhou a contentar-se com aquela promessa, porque a lei punia a sedução nessas condições.

Assim enlaçados, aquela escada não terminava nunca. Cada degrau tornava Angiolina mais parecida com a mulher de quem ele havia fugido. Porque agora tagarelava, começando já a se abandonar. Agora poderia finalmente ser sua porque – isso foi dito repetidas vezes – foi por ele que ela se entregara ao alfaiate. Já não havia como escapar dessa responsabilidade, nem mesmo renunciando a ela.

Ela abriu a porta e, pelo corredor escuro, conduziu-o até seu quarto. De outro, se ouvia a voz anasalada da mãe:

– Angiolina! É você?

– Sim – respondeu Angiolina, contendo uma risada. – Já vou deitar. Boa noite, mãe.

Acendeu uma vela e tirou a capa e o chapéu. Depois abandonou-se a ele, ou melhor, abraçou-o contra o peito.

Emílio pôde experimentar como era importante a posse de uma mulher longamente desejada. Nessa noite memorável, podia acreditar que havia mudado duas vezes em sua natureza íntima. A inércia desconsolada que o levara a procurar Angiolina desaparecera, mas também desaparecera o entusiasmo que o fizera soluçar de felicidade e de tristeza. O macho agora estava satisfeito, mas, além dessa satisfação, ele realmente não sentia mais nada. Havia possuído a mulher que odiava, não a que amava. Oh, enganadora! Não era a primeira nem – como ela queria dar-lhe a entender – a segunda vez que ela passava por um leito de amor. Não valia a pena ficar com raiva porque ele já sabia disso há muito tempo. Mas a posse lhe dera grande liberdade de julgamento sobre a mulher que se submetia a ele.

"Nunca mais vou sonhar", pensou ao sair daquela casa.

E pouco depois, olhando-a, iluminada pelos pálidos reflexos lunares: "Talvez eu nunca mais volte aqui."

Não era uma decisão. Por que deveria tomá-la? O todo carecia de importância.

Ela o havia acompanhado até a porta da casa. Não havia notado sua frieza porque ele teria tido vergonha de demonstrá-la. Na verdade, ele havia solicitado cuidadosamente outro encontro para a noite seguinte, o que ela teve de recusar, pois estaria ocupada o dia todo, até tarde da noite, com a sra. Deluigi, que havia encomendado um vestido de baile. Combinaram que se veriam dois dias depois:

— Mas não nessa casa — disse logo Angiolina, vermelha de raiva. — Como pode imaginar uma coisa dessas? Não quero me expor ao risco de ser morta por meu pai.

Emílio garantiu que haveria de providenciar um local para o próximo encontro. Haveria de dizer-lhe onde por meio de um bilhete que lhe mandaria no dia seguinte.

A posse, a verdade? A mentira continuava tão despudorada como antes, e ele não via maneira de se livrar dela. No último beijo, docemente, ela lhe recomendou discrição, principalmente com Balli. Ela fazia questão de manter sua reputação.

Emílio foi logo indiscreto com Balli, na mesma noite. Falou de propósito, com a intenção de reagir às mentiras de Angiolina, sem levar em conta as recomendações dela, certamente com o objetivo de enganar a ele e não do de manter os outros no escuro. Mas sentiu grande satisfação em poder contar a Balli que possuíra aquela mulher. Foi uma satisfação intensa e importante que afastou todas as nuvens de sua mente.

Balli o ouviu como um médico que quer fazer um diagnóstico:

— Parece-me que posso ter certeza de que você está curado.

Mas então Emílio sentiu necessidade de fazer confidências e contou a indignação que lhe provocava o comportamento de Angiolina, que ainda queria fazê-lo acreditar que ela se entregara a Volpini para poder pertencer a ele. Suas palavras foram contundentes:

— Mesmo agora ela quer me ludibriar. A dor que me causa vê-la sempre igual a si mesma é tanta, que me tira até o desejo de revê-la.

Balli adivinhou tudo e lhe disse:

— Você também continua igual. Nem uma única palavra sua denota indiferença.

Emílio protestou acaloradamente, mas Balli não se deixou convencer.

– Você fez mal, muito mal ao se reaproximar dela.

Durante a noite, Emílio conseguiu se convencer de que Balli estava certo. A indignação, uma raiva inquieta que teria exigido um desabafo imediato, o mantinha acordado. Já não conseguia iludir-se de que se tratava da indignação de um homem honesto ferido por uma obscenidade. Conhecia bem demais esse estado de espírito. Tivera uma recaída e era muito semelhante à que sentira antes do incidente do vendedor de guarda-chuvas e antes da posse. A juventude estava voltando! Não desejava mais matar, mas gostaria de se aniquilar pela vergonha e pela dor.

À antiga dor somava-se um peso na consciência, o remorso de ter se apegado mais àquela mulher e o medo de ver a própria vida ainda mais comprometida. Na verdade, como poderia explicar a tenacidade com que ela colocava nele a culpa do relacionamento com Volpini, se não com a intenção de se apegar a ele, comprometê-lo, sugar o pouco sangue que ainda tinha nas veias? Estava para sempre ligado a Angiolina por uma estranha anomalia de seu coração, de seus sentidos – o desejo renascera no leito solitário – e pela mesma indignação que ele atribuía ao ódio.

Essa indignação era a mãe dos mais doces sonhos. Pela manhã, sua profunda perturbação se mitigara na intensa emoção por seu destino. Não adormeceu, mas caiu num estado singular de abatimento que lhe tirou a noção de tempo e de lugar. Parecia-lhe que estava doente, gravemente, sem remédio, e que Angiolina se apressara a assisti-lo. Via nela a compostura e a seriedade da boa enfermeira, meiga e desinteressada. Podia ouvi-la mover-se pelo quarto, e toda vez que se aproximava, trazia-lhe alívio, tocando com a mão fria a testa ardente, ou beijando-o, com beijos leves, que não queriam ser percebidos, nos olhos ou na testa. Angiolina sabia beijar assim? Virou-se pesadamente na cama e voltou a si. A realização desse sonho teria sido a verdadeira posse. E dizer que algumas horas antes ele pensara que havia perdido a capacidade de sonhar. Oh, a juventude havia retornado! Corria em suas veias, prepotente como nunca antes, e anulava qualquer resolução que sua mente senil tivesse tomado.

Levantou- se de manhã cedo e saiu. Não podia esperar; queria rever Angiolina imediatamente. Corria na impaciência de abraçá-la novamente, mas pretendia não falar muito. Não queria se rebaixar com declarações que distorcessem o relacionamento deles. A posse não concedia a verdade, mas ela mesma, não embelezada por sonhos ou mesmo por palavras, era a própria verdade, pura e bestial.

Em vez disso, com admirável obstinação, Angiolina não quis saber disso. Já estava vestida para sair e já o havia avisado de que não pretendia desonrar a própria casa.

Ele, nesse meio-tempo, fizera uma observação com a qual acreditava que poderia desviar-se de seus planos. Percebeu que ela o examinava com curiosidade para entender se seu amor havia diminuído ou aumentado pela posse. Ela se traiu com uma comovente ingenuidade; devia ter conhecido homens que sentiam repulsa pela mulher depois de possuída. Foi muito fácil para ele provar-lhe que não era um desses. Resignando-se ao jejum que ela lhe impunha, contentou-se com aqueles beijos de que vivera durante tanto tempo. Mas logo os beijos não bastavam, e ele se viu murmurando em seus ouvidos todas as palavras doces que aprendera em seu longo período de amor:

– *Ange! Ange!*

Balli lhe fornecera o endereço de uma casa que alugava quartos. Ele indicou a ela o local. Demoradamente, para não haver enganos, ela pediu que lhe descrevesse a casa e a posição do quarto, o que deixou Emílio muito embaraçado, porque não a tinha visto. Havia beijado demais para estar em condições de observar, mas quando ficou sozinho na rua percebeu, para seu grande espanto, que agora sabia exatamente onde deveria ir para procurar aquele quarto. Não havia dúvida! Fora direcionado por Angiolina.

Foi imediatamente para lá. A proprietária do quarto chamava-se Paracci e era uma velhinha nauseante, com roupas sujas sob as quais se adivinhava o formato de seu peito farto, um resquício de juventude em meio a uma velhice engelhada, a cabeça com alguns cabelos encaracolados sob os quais brilhava a pele porosa e vermelha. Acolheu-o com muita gentileza e, logo de acordo, lhe disse que só alugava para quem conhecia muito bem, portanto, para ele, com toda a certeza.

Ele quis ver o quarto e entrou, seguido pela velha, pela porta que dava para a escada. Outra porta – sempre fechada – disse Paracci com sotaque de quem jura – ligava-a ao resto da casa. Mais que mobiliado, o quarto estava entulhado por uma enorme cama de aparência limpa e por dois grandes armários; havia uma mesa no meio, um sofá e quatro cadeiras. Não haveria espaço para um único móvel a mais.

A viúva Paracci o olhava, com as mãos apoiadas nos quadris largos e salientes, com o olhar sorridente – fazendo uma careta que deixava à mostra a boca desdentada – de quem espera uma palavra de satisfação. Na verdade, havia no quarto até algumas tentativas de embelezamento. Na cabeceira da cama foi colocada uma sombrinha chinesa e, dependuradas na parede, havia várias fotografias.

Um grito de surpresa lhe escapou ao ver, ao lado da fotografia de uma mulher seminua, a de uma jovem que conhecera, amiga de Amália, falecida poucos anos antes. Perguntou à velha onde havia conseguido aquelas fotografias, e ela respondeu que as havia comprado para enfeitar a parede. Olhou longamente para o rosto daquela pobre moça que posara rigidamente diante da câmera do fotógrafo, talvez a única vez em sua vida, para servir de enfeite àquele quarto.

Mas, naquele quarto, na presença da velha indecorosa que o olhava feliz por ter conquistado um novo cliente, ele sonhava com o amor. Precisamente nessas condições, era emocionante imaginar Angiolina trazendo-lhe o amor desejado. Com um tremor de febre, pensou: "Amanhã terei a mulher que amo!"

Ele a teve, embora nunca a tivesse amado menos do que naquele dia. A espera o deixara infeliz; parecia estar impossibilitado de sentir prazer. Cerca de uma hora antes de ir ao encontro pensou que, se não encontrasse a satisfação que esperava, haveria de declarar a Angiolina que não queria mais vê-la, e precisamente com essas palavras:

– Você é tão desonesta que me repugna.

Tinha pensado nessas palavras ao lado de Amália, invejando-a porque a via exausta, mas tranquila. E havia pensado que o amor, para Amália, continuava a ser o puro grande desejo divino: era na realização que a pequena natureza humana se via embrutecida, aviltada.

Mas nessa noite se satisfez. Angiolina o fez esperar mais de meia hora, um século. Parecia-lhe sentir apenas raiva, uma raiva impotente que aumentava o ódio que dizia sentir por ela. Pensava em bater nela quando chegasse. Não havia desculpa possível, porque ela mesma havia dito que não iria trabalhar naquele dia e, portanto, haveria de ser pontual. Na verdade, não era exatamente pela certeza de não ter de se atrasar que ela havia recusado o compromisso para a noite anterior? E agora ela o fizera esperar, primeiro, um dia inteiro e, depois, muito, muito tempo.

Mas, quando chegou, ele, que já tinha perdido a esperança de vê-la, ficou surpreso com sua sorte. Murmurou palavras de recriminação em seus lábios e em seu pescoço, a que ela nem sequer respondeu, porque tinham o som de uma oração, de adoração. Na penumbra, o quarto da viúva Paracci tornou-se um templo. Por muito tempo nenhuma palavra perturbou o sonho. Angiolina certamente dava muito mais do que prometera. Havia soltado os abundantes cabelos, e ele se viu com a cabeça apoiada sobre um travesseiro dourado. Como uma criança, encostou neles o rosto para farejar-lhes a cor. Ela era uma amante complacente e – naquela cama ele não sabia lamentar-se – adivinhava seus desejos com uma inteligência apuradíssima. Ali tudo se transformava em satisfação e prazer.

Apenas mais tarde a lembrança dessa cena o fez ranger os dentes de raiva. A paixão o libertara por um instante do doloroso hábito do observador, mas não lhe impedira de imprimir na memória cada pormenor daquela cena. Só agora podia dizer que conhecia Angiolina. A paixão lhe dera recordações indeléveis e com essas conseguia reconstruir sentimentos que Angiolina não havia expresso, mas que ela, na verdade, havia cuidadosamente ocultado. Com a mente fria ele não teria conseguido tanto. Assim, ao contrário, ele sabia, sabia com certeza, como se ela o tivesse declarado com total clareza, que ela havia conhecido homens que a satisfizeram melhor. Já havia dito várias vezes:

– Mas agora chega. Não aguento mais.

Havia procurado um tom de admiração, que não encontrou. Poderia ter dividido a noite em duas partes. Na primeira, ela o amara; na segunda, fizera força para não repeli-lo. Ao sair da cama, revelou que estava cansada de estar nela. Então, naturalmente, para desvendá-la de todo, não era necessário grande poder de observação, porque, vendo-o hesitante, ela o empurrou para fora da cama, dizendo-lhe, brincando:

– Vamos, bonitão. Bonitão!

A palavra irônica devia estar em sua mente há cerca de meia hora. Ele a havia lido em seu rosto.

Como sempre, sentia necessidade de ficar sozinho para ter tempo de organizar as próprias observações. Por ora, percebeu confusamente que ela não lhe pertencia mais; a mesma sensação que tivera naquela noite, quando se havia encontrado com Angiolina no Jardim Público, à espera de Balli e Margherita. Era uma dor atroz de amor próprio ferido e de amargo ciúme. Quis livrar-se dela, mas não pôde deixá-la sem antes tentar reconquistá-la.

Acompanhou-a na rua e, embora ela declarasse que estava com pressa, convenceu-a a voltar para casa pelo caminho que ele havia feito naquela noite em que tinha sido vista com o vendedor de guarda-chuvas. A rua Romagna era precisamente a daquela noite memorável, com suas árvores nuas, que se projetavam contra o céu claro, e o terreno irregular coberto de espessa lama. Uma grande diferença era ter Angiolina a seu lado. Mas tão distante! Pela segunda vez, naquela mesma rua, ele a procurou.

Descreveu-lhe então o caminho feito naquela ocasião. Contou-lhe como o desejo de vê-la o fez vê-la várias vezes na sua frente, depois como um leve ferimento causado por uma queda o fez chorar, porque tinha sido a gota que fez transbordar o copo. Ela o ouviu, lisonjeada por ter inspirado tamanho amor, e quando ele se emocionou, reclamando que tanto sofrimento não lhe havia dado todo o amor a que ele acreditava ter direito, ela protestou energicamente:

– Como você pode dizer uma coisa dessas?

Ela o beijou para protestar com eficácia. Mas, então, depois de ter pensado bem, como de costume, cometeu o erro, ao dizer:

– Não me entreguei a Volpini para ser sua?

E Emílio baixou a cabeça convencido.

Esse Volpini, sem saber, lhe envenenava as alegrias que, segundo Angiolina, lhe havia proporcionado. Em vez de sofrer com a indiferença de Angiolina, ao ouvi-la mencionar Volpini, Emílio passou a temer a moça e os planos que suspeitava que ela estivesse tramando. No encontro seguinte, com as primeiras palavras lhe perguntou que garantias havia recebido de Volpini para se entregar a ele.

– Oh, Volpini não pode mais viver sem mim – disse ela, sorrindo.

No momento, Emílio também se tranquilizou e lhe pareceu que aquela garantia era suficiente. Ele próprio, muito mais jovem que Volpini, não pode prescindir de Angiolina.

Durante o segundo encontro, o observador não cochilou nele um só momento. Recebeu a recompensa numa descoberta muito dolorosa: no tempo em que com tanto esforço se manteve afastado de Angiolina, alguém devia ter ocupado seu lugar. Outro, que não devia se parecer com nenhum dos homens que conhecia e que temia. Nem Leardi, nem Giustini, nem Datti. Devia ter sido alguém a ensinar-lhe algumas expressões novas, rudes, não desprovidas de espírito, e trocadilhos de palavras grosseiras. Devia ser um estudante, pois ela utilizava com muita facilidade algumas palavras latinas de significado obsceno. Emergiu aquele infeliz Merighi, que certamente não poderia suspeitar que se continuasse a abusar do nome dele; fora ele também que lhe ensinara aquelas palavras latinas. Como se ela pudesse saber latim sem o exibir por tanto tempo! Mas podia ser também que a pessoa que lhe ensinou latim devia ser a mesma que também lhe ensinava algumas canções venezianas muito libertinas. Ao cantá-las, ela desafinava, mas, mesmo para conhecê-las assim, ela devia tê-las ouvido diversas vezes, tanto é verdade que não conseguia repetir uma única nota das músicas que tinha ouvido repetidas vezes de Balli. Devia ser um veneziano, porque muitas vezes ela tinha prazer em imitar a pronúncia veneziana, que antes provavelmente a ignorava. Emílio sentia esse sujeito a seu lado, zombeteiro, folgazão; chegava a reconstituí-lo até certo ponto, mas depois lhe escapava, e nunca chegou a saber seu nome. Na coleção de fotografias de Angiolina não havia rosto novo. O novo rival não devia ter o hábito de dar sua fotografia, ou talvez Angiolina pensasse que era melhor não expor mais as fotografias, a cuja coleção havia dedicado a própria vida. Tanto que também faltou a de Emílio.

Ele não tinha dúvidas de que, se tivesse encontrado aquele indivíduo, o teria reconhecido por certos gestos que ela lhe imitava. O pior é que, só por ter repetido a pergunta de quem havia aprendido aquele gesto ou aquela palavra, ela adivinhou o ciúme dele:

– Ciumento! – disse ela com uma intuição surpreendente, ao vê-lo sério e triste.

Sim; ele estava com ciúme. Sofria quando, por hesitação, ela colocava as mãos nos cabelos com um gesto masculino, ou gritava de surpresa;

– Oh, a baleia!

Ou, ao vê-lo triste, lhe perguntava:

– Você está envenenado hoje?

Ele sofria como se estivesse diante de seu inatingível rival. Além disso, com a imaginação excitada de um apaixonado, acreditou descobrir nos sons da voz de Angiolina imitação dos sons graves e um tanto imperiosos de Leardi. Até Sorniani devia ter lhe ensinado alguma coisa, e até Balli deixasse nela alguns vestígios, tendo sido cuidadosamente copiado por ela em certa afetação de desvairada surpresa ou admiração. O próprio Emílio não se reconhecia em nenhuma de suas palavras ou gestos. Com amarga ironia, certa vez pensou: "Talvez não haja mais lugar para mim".

O rival mais odiado para ele continuava sendo aquele desconhecido.

Era estranho como ela conseguia não mencionar aquele homem que devia ter passado recentemente em sua vida, visto que ela gostava tanto de se gabar de seus triunfos, até mesmo da admiração que via nos olhos dos homens com quem topava apenas uma vez na rua. Todos estavam loucamente apaixonados por ela.

– Tanto maior é meu mérito – afirmava ela – por ter permanecido sempre em casa durante sua ausência, e isso depois de ter sido tratada daquele modo por você.

Sim! Ela queria que ele acreditasse que durante sua ausência ela não fizera nada além de pensar nele. Todas as noites, em família, discutiam se ela deveria ou não escrever-lhe. Seu pai, que se preocupava muito com a dignidade da família, não queria saber disso. Visto que, ao mencionar aquele conselho de família, Emílio se pusera a rir, ela gritou:

– Pergunte à mamãe se não é verdade.

Era uma mentirosa obstinada, embora, na verdade, não conhecesse a arte de mentir. Era fácil fazê-la cair em contradição. Mas, quando essa contradição lhe era provada, ela voltava totalmente serena a suas primeiras afirmações, porque, no fundo, não acreditava em lógica. E talvez essa simplicidade fosse suficiente para salvá-la aos olhos de Emílio.

Não se podia dizer que ela fosse muito refinada no mal, e parecia a ele que, toda vez que ela o enganava, tinha o cuidado de avisá-lo.

Não havia, no entanto, possibilidade de descobrir as razões pelas quais ele estava tão indissoluvelmente ligado a Angiolina. Qualquer outra pequena dor que se abatesse sobre ele em sua vida insignificante, dividida entre sua casa e o escritório, era facilmente anulada ao lado dela. De todas as dores que ela lhe causava, a maior era não ser encontrada quando ele precisava estar perto dela. Muitas vezes, expulso da própria casa pelo semblante amuado da irmã, ele corria para os Zarri, mesmo sabendo que Angiolina não gostava de vê-lo tantas vezes naquela casa que tão energicamente defendia da desonra. Raramente a encontrava ali, e a mãe com grande gentileza o convidava a esperá--la, porque Angiolina devia chegar a qualquer momento. Havia sido chamada cinco minutos antes por algumas senhoras que moravam na vizinhança – um gesto vago apontava para leste ou oeste –, a fim de provar um vestido.

A espera era indizivelmente dolorosa, mas ele permanecia fascinado durante horas, examinando o rosto duro da velha, porque sabia que voltar para casa sem ter visto a amante, nunca mais haveria de se acalmar. Uma noite, impaciente, embora a mãe, cortês como sempre, quisesse retê-lo, ele acabou indo embora. Na escada passou por ele uma mulher, aparentemente uma empregada doméstica, com a cabeça coberta por um lenço, que também escondia parte do rosto. Ele lhe deu passagem, mas quando ela quis se esgueirar ainda mais, ele a reconheceu, desconfiando primeiro de sua intenção de escapar dele, depois de seus movimentos e de sua estatura. Era Angiolina. Ao reencontrá-la, sentiu-se logo melhor e não deu atenção ao fato de que, ao falar das vizinhas que a haviam chamado, ela apontasse numa direção totalmente diferente daquela indicada pela mãe, nem ao fato surpreendente de não lhe guardar rancor, porque, mais uma vez, ele tinha vindo procurá-la em casa, o que a comprometia. Nessa noite foi meiga, boa, como se tivesse alguma culpa a ser perdoada, mas ele, naquela meiguice em que se deleitava, não conseguiu suspeitar de culpa.

Só suspeitou quando apareceu vestida desse modo também em encontros com ele. Ela afirmou que, ao voltar tarde para casa, depois de ter estado com ele, tinha sido vista por conhecidos e teve medo de ser apanhada no momento em que saía daquela casa, que não gozava da melhor reputação; por isso se disfarçava desse jeito. Oh, ingenuidade! Não percebia que, com aquela conversa fiada, lhe confessava também que naquela noite quando ele a encontrou na escada de sua casa, ela tinha tido bons motivos para se disfarçar?

Certa noite, ela chegou ao local do encontro com mais de uma hora de atraso. Para que ela não precisasse bater à porta, arriscando chamar a atenção dos demais inquilinos, ele a esperava na escada, tortuosa e suja, apoiado no corrimão e até mesmo debruçado sobre ele para avistar o ponto mais distante onde ela deveria aparecer. Ao ver algum estranho chegando, refugiava-se no quarto e, devido a esse movimento contínuo, sua agitação aumentava enormemente. Além disso, teria sido impossível para ele permanecer parado. Naquela noite, quando teve de se manter trancado no quarto para deixar passar as pessoas pelas escadas, atirava-se na cama apenas para se levantar logo em seguida e perder tempo nos movimentos que ia inventando com habilidade. Mais tarde, pensando no estado em que se encontrara nessa espera, pareceu-lhe coisa incrível. Devia ter até mesmo gritado de angústia.

Quando ela finalmente chegou, vê-la não foi suficiente para acalmá-lo, e lhe fez violentas recriminações. Ela não reparou e pensou que poderia acalmá-lo com algumas carícias. Tirou o lenço e colocou os braços em volta do pescoço dele; as mangas largas deixavam os braços completamente nus, e ele os sentia ardendo em febre. Olhou-a melhor. Ela tinha os olhos luzidios e as bochechas avermelhadas. Uma suspeita horrível lhe passou pela cabeça:

–Você esteve com outro – gritou.

Ela o largou com um protesto relativamente fraco:

– Está louco! – disse ela, e não muito ofendida, começou a explicar-lhe os motivos de seu atraso.

A sra. Deluigi não a deixara sair, ela teve de correr para casa para se vestir daquele jeito e lá foi obrigada pela mãe a fazer uma tarefa antes de sair. Razões suficientes para explicar o atraso de dez horas.

Mas Emílio não tinha mais dúvidas: ela saía dos braços de outro, e em sua mente emergiu um ato de energia sobre-humana – única maneira de se salvar de tanta iniquidade. Ele não devia subir naquela cama; devia rejeitá-la imediatamente e nunca mais vê-la. Mas agora ele sabia o que significava esse *nunca mais*: uma dor, uma saudade contínua, horas intermináveis de agitação, outras de sonhos dolorosos e depois de inércia, de vazio, a morte da fantasia e do desejo, um estado mais doloroso que qualquer outro. Teve medo. Puxou-a para si e, como única vingança, lhe disse:

– Eu não valho muito mais que você.

Foi ela então que se rebelou e, desvencilhando-se, disse, decidida:

– Nunca permiti a ninguém que me tratasse assim. Vou embora.

Quis retomar o lenço, mas ele a impediu. Beijou-a e a abraçou, pedindo-lhe para que ficasse; não teve a covardia de negar suas palavras com uma declaração, mas, ao vê-la tão determinada, ele, que ainda estava transtornado só por ter pensado naquela resolução, admirou-a. Sentindo-se perfeitamente reabilitada, ela cedeu. Gradativamente, porém. Continuou dizendo que seria a última vez que se veriam e, somente na hora da separação, concordou em marcar dia e horário do próximo encontro, como de costume. Sentindo-se completamente vitoriosa, ela não se lembrava mais da origem da discussão e não tentou trazê-la à tona novamente.

Ele ainda esperava que a posse plena acabasse por eliminar a violência de seus sentimentos. Em vez disso, voltava aos encontros sempre com a mesma violência de desejo e em sua mente se aquietava a tendência de reconstruir a Ange que era destruída todos os dias. O descontentamento o levava a refugiar-se nos sonhos mais suaves. Angiolina, portanto, lhe dava tudo: a posse de sua carne e – sendo essa sua origem – também o sonho do poeta.

Ele a sonhava enfermeira com tanta frequência que tentava continuar o sonho ao lado dela. Apertando-a nos braços com o violento desejo do sonhador, disse-lhe:

– Gostaria de adoecer só para você cuidar de mim.

– Oh, seria maravilhoso! – disse ela, que em certas horas se prestava a todos os desejos dele.

Naturalmente, bastou essa frase para anular qualquer sonho.

Uma noite, estando com Angiolina, teve uma ideia que naquela hora aliviou fortemente seu estado de espírito. Era um sonho que teve e que se desenvolveu ao lado de Angiolina e apesar dessa proximidade dos dois. Eram infelizes por causa do vil estado social vigente. Ele estava tão convencido disso, que chegou a pensar que era capaz de uma ação heroica para o triunfo do socialismo. Toda a sua desventura tinha origem em sua pobreza. Seu discurso pressupunha que ela se vendia e que era impelida a fazê-lo pela pobreza de sua família. Mas ela não percebeu, e as palavras dele lhe pareciam uma carícia, e depois parecia que ele só quisesse recriminar a si mesmo.

Numa sociedade diferente, ele teria podido fazê-la sua, publicamente e logo, sem impor-lhe antes que se entregasse ao alfaiate. Fazia suas até as mentiras de Angiolina, a fim de torná-la meiga e induzi-la a acatar essas ideias, para sonharem juntos. Ela quis explicações, e ele as deu, feliz por poder dar voz ao sonho. Contou-lhe da enorme luta que se desencadeara entre pobres e ricos, grandes e pequenos. Não havia como duvidar do êxito dessa luta que traria liberdade a todos, inclusive a eles mesmos. Falou-lhe do aniquilamento do capital e do trabalho tranquilo e de poucas horas, que seria obrigação de todos. A mulher seria igual ao homem, e o amor, um dom recíproco.

Ela pediu outras explicações que já atrapalhavam o sonho, e então concluiu:

– Se tudo fosse dividido, não haveria nada para ninguém. Os operários são invejosos, preguiçosos e não conseguiriam nada.

Ele tentou discutir, mas desistiu. A filha do povo estava do lado dos ricos.

Parecia-lhe que ela nunca lhe havia pedido dinheiro. O que ele não podia negar nem a si mesmo era que, ciente das necessidades dela, a acostumou a receber dinheiro em lugar de objetos ou doces; ela se mostrava muito agradecida, embora sempre afetando uma grande vergonha. E essa gratidão se renovava de modo igualmente vivaz a cada presente que lhe dava; por isso, quando sentia necessidade de encontrá-la meiga e amorosa, sabia muito bem como se comportar. Essa necessidade se tornou tão frequente que sua bolsa logo se esgotou. Aceitando, ela nunca se esqueceu de protestar e como a aceitação nunca importou mais do que um simples ato, o de estender a mão, enquanto o protesto era feito com muitas palavras, estas permaneceram impressas em sua mente muito mais do que o ato de estender a mão; e ele continuou a acreditar que, mesmo sem esses presentes, o relacionamento deles teria permanecido o mesmo.

A penúria da família de Angiolina devia ser grande. Ela tinha feito todos os esforços para evitar que ele fosse surpreendê-la em casa. Não gostava nem um pouco daquelas visitas inesperadas. Mas as ameaças de que não a encontraria, de que a mãe, os irmãos ou o pai o jogassem escada abaixo, não deram em nada. Tinha certeza de que quando tivesse tempo, tarde da noite, iria visitá-la, embora muitas vezes viesse a fazer companhia à velha Zarri. Eram os sonhos que o arrastavam até lá. Esperava sempre encontrar Angiolina mudada, e vinha apressado para apagar a impressão – sempre triste – do último encontro.

Então ela fez uma última tentativa. Contou-lhe que o pai não lhe dava sossego e que havia conseguido com muita dificuldade impedi-lo de fazer um escândalo. Tudo o que ela pôde obter dele foi a promessa de que se absteria de usar de violência, mas o velho queria lhe dizer tudo o que tinha a dizer. Cinco minutos depois, o velho Zarri entrou. Emílio pensou que o velho, um homem alto, magro, vacilante, que sentiu necessidade de sentar-se assim que entrou, sabia que sua entrada havia sido anunciada. Suas primeiras palavras pareciam preparadas para impor-se. Falou devagar e desajeitadamente, mas imperioso. Disse que acreditava poder dirigir e proteger a filha que precisava, porque se ela não o tivesse, não teria ninguém, visto que os irmãos – não queria falar mal deles – não se interessavam pelos assuntos familiares. Angiolina se mostrou muito satisfeita com o longo preâmbulo; de repente, disse que ia se vestir no quarto ao lado e saiu.

O velho logo perdeu toda a imponência. Olhou para trás, em direção da filha, levando uma pitada de rapé ao nariz; fez uma longa pausa, durante a qual Emílio pensou nas palavras com que responderia às acusações que lhe seriam feitas. O pai de Angiolina olhou então para frente e, longamente, para os próprios sapatos. Foi precisamente por acaso que ergueu os olhos e viu Emílio novamente.

– Ah, sim – disse ele, como uma pessoa surpresa ao encontrar um objeto perdido.

Repetiu o preâmbulo, mas com menos força; estava muito distraído. Depois se concentrou, com evidente esforço, para continuar. Olhou várias vezes para Emílio, sempre evitando encará-lo e só falou quando decidiu olhar para a caixa de rapé desgastada que segurava nas mãos.

Havia gente má que perseguia a família Zarri. Angiolina não lhe havia contado? Tinha feito mal. Havia, portanto, gente que estava sempre atenta para apanhar a família Zarri em falso. Era preciso tomar cuidado! O sr. Brentani não conhecia *Tic*? Se o conhecesse, não teria ido àquela casa com tanta frequência.

Aqui o sermão degenerou numa advertência a Emílio, para não se expor – tão jovem – a tantos perigos. Quando o velho ergueu os olhos novamente para Emílio, este adivinhou. Naqueles olhos estranhamente azuis sob as pestanas prateadas, brilhava a loucura.

Dessa vez o louco conseguiu sustentar o olhar de Emílio. É sabido que o *Tic* mora lá em Opicina, mas de lá de cima ele manda golpes nas pernas e nas costas dos inimigos. Sombriamente acrescentou:

– Aqui em casa bate até na caçula.

A família tinha outro inimigo: *Toc*. Morava na cidade. Não batia, mas fazia coisas piores. Havia tirado da família todos os empregos, todo o dinheiro, todo o pão.

No auge do furor, o velho gritava. Angiolina veio e logo adivinhou do que se tratava.

– Vá embora daqui – disse ela ao pai, profundamente aborrecida e o empurrou para fora.

O velho Zarri parou na soleira, hesitante:

– Ele – disse, apontando para Emílio – não sabia nada, nem de *Tic* nem de *Toc*.

– Está bem, eu vou contar a ele – disse Angiolina, rindo agora com gosto.

Depois gritou:

– Mãe, vem buscar o pai.

Fechou a porta.

Emílio, aterrorizado com os olhos doidos que o haviam fitado por tanto tempo, perguntou:

– Ele está doente? – perguntou.

– Oh – disse Angiolina, com desdém – é um preguiçoso que não quer trabalhar. De um lado está o *Tic*, do outro o *Toc*, e assim ele não sai de casa e faz com que nós, mulheres, nos desdobremos no trabalho.

De repente, riu às gargalhadas e lhe contou que toda a família, para agradar ao velho, fingia ouvir as pancadas que chegavam à casa da parte de *Tic*. Anos antes, quando a fixação do velho acabara de surgir, eles moravam num quinto andar do Lazzaretto Vecchio. *Tic* morava em Campo Marzio, e *Toc* no Corso. Mudaram de casa na esperança de que, residindo numa região completamente diferente da cidade, o velho ousasse sair à rua, mas eis que logo *Tic* vai morar em Opicina, e *Toc* na via Stadion.

Deixando-se beijar, ela disse:

– Você escapou muito bem dessa. Ai de você se ele, exatamente naquele momento, não se tivesse lembrado de seus inimigos.

Assim se tornavam cada vez mais íntimos. Ele já havia descoberto todos os mistérios daquela casa. Ela também sentia que nada nela podia causar repugnância a Emílio e uma vez usou essa belíssima expressão:

– Conto-lhe tudo como se fosse a um irmão.

Ela o sentia todo seu, e se não abusava dele, era porque não era de seu caráter orgulhar-se da própria força, usá-la só para testá-la, mas, sim, aproveitá-la para viver melhor e mais feliz; e abandonou toda e qualquer consideração. Chegava atrasada aos encontros, embora sempre o encontrasse com os olhos esbugalhados, febril, violento. Ela se tornou cada vez mais rude. Quando se cansava de suas carícias, ela o repelia com tanta violência que ele, rindo, disse-lhe que temia que, mais cedo ou mais tarde, ela batesse nele.

Não tinha certeza, mas parecia-lhe que Angiolina e Paracci, a mulher que lhe alugava aquele quarto, se conheciam. A velha olhava para Angiolina com certo ar maternal, admirava seus cabelos loiros e seus lindos olhos. Angiolina dizia que a conhecera naqueles dias, mas se traiu ao dizer que conhecia aquela casa, até cada um de seus mais recônditos ângulos. Uma noite, quando chegou mais tarde do que de costume, Paracci ouviu-os discutir e interveio resolutamente em favor de Angiolina.

– Como pode repreender assim esse anjo?

Angiolina, que não recusava homenagens de onde quer que viessem, ficou a ouvi-la, sorridente.

– Está vendo? Deveria aprender.

Na verdade, ele estava ouvindo, estupefato com a vulgaridade da mulher amada.

Já convencido de que não poderia elevá-la de forma alguma, às vezes sentia, de forma muito violenta, a necessidade de se rebaixar até ela, ou mesmo a um nível inferior ao dela. Uma noite ela o repeliu. Ela havia se confessado e não queria pecar naquele dia. Ele tinha menos desejo de possuí-la do que de ser, pelo menos uma vez, mais rude que ela. Ele a forçou violentamente, lutando até o fim. Quando, sem fôlego, começou a lamentar tamanha brutalidade, teve o conforto de um olhar de admiração de Angiolina. Durante toda aquela noite ela foi sua, a mulher conquistada que ama seu dono. Ele pretendia conseguir, dessa mesma maneira, outras noites semelhantes, mas não soube repetir o feito. Era difícil encontrar a oportunidade de parecer brutal e violento pela segunda vez com Angiolina.

# CAPÍTULO XI

Estava mesmo determinado pelo destino que Balli teria sempre de intervir para tornar a situação de Emílio mais dolorosa diante de Angiolina. Fazia tempo que se haviam posto de acordo que a amante de Emílio deveria posar para o escultor. Para começar o trabalho, bastava somente que Emílio se lembrasse de avisar Angiolina.

Como era fácil perceber o motivo de tamanha falta de memória, Stefano resolveu não falar mais no assunto. Parecia-lhe, de momento, que não podia fazer outra coisa senão a figura que imaginava de Angiolina e, só para passar o tempo, deliciando-se apenas com essa ideia, montou os pontaletes e os cobriu de argila, esboçando a figura nua. Enrolou tudo em trapos molhados e pensou:

"Uma mortalha."

Todos os dias olhava aquele nu, sonhava-o vestido, depois o recobria com seus trapos e o banhava com cuidado.

Os dois amigos não falavam mais a respeito. Tentando atingir seu objetivo sem fazer uma pergunta formal, uma noite Balli disse a Emílio:

– Não sei mais trabalhar. Eu me desesperaria se não tivesse aquela figura em mente.

– Esqueci de novo de falar a Angiolina – disse Emílio, sem, no entanto, se preocupar em fingir surpresa como alguém que percebe uma falta involuntária.

– Sabe o que deve fazer? Quando a encontrar, fale com ela a respeito. Verá como vai se apressar para agradá-lo.

Havia tanta amargura nessa última frase que Balli sentia compaixão e por ora não se falou mais nisso. Ele próprio sabia que sua intervenção entre os dois amantes não tinha sido muito feliz e não queria mais interferir em seus assuntos. Não poderia se meter entre eles, como ingenuamente fizera alguns meses antes, para o bem do amigo. A cura de Emílio devia ser obra do tempo. A bela estátua com que ele tanto sonhara, a única que naquele momento poderia impeli-lo para o trabalho, estava sendo destroçada pela incurável bestialidade de Emílio.

Tentou realizar a obra com outro modelo, mas depois de algumas sessões, desgostoso, abandonou o trabalho na melhor fase. Na verdade, esses abandonos bruscos de ideias há muito acalentadas haviam ocorrido com frequência em sua carreira. Dessa vez, e ninguém sabia dizer se estava certo ou errado, ele culpou Emílio. Não tinha a menor dúvida de que se tivesse o modelo sonhado, teria conseguido retomar seu trabalho com todas as suas energias, mesmo que fosse apenas para destruí-lo algumas semanas depois.

Absteve-se de contar tudo isso ao amigo, e foi a última consideração que teve para com ele. Não havia necessidade de fazer Emílio entender como Angiolina se havia tornado importante também para ele mesmo; teria sido o equivalente a agravar a doença do infeliz. Quem teria podido fazer Emílio compreender que a fantasia do artista se havia fixado naquele objeto, exatamente porque em tal pureza de linhas ele descobriu uma expressão indefinível, não criada por essas linhas, algo vulgar e desajeitado, que um Rafael[23] teria suprimido e que ele de bom brado teria copiado e realçado?

Quando caminhavam juntos pelas ruas, ele não falava de seu desejo, mas Emílio não tirava nenhum proveito dessa consideração do amigo, porque o desejo que este não ousava expressar, parecia-lhe ainda maior do que era e isso o deixava dolorosamente ciumento. A essa altura, Balli desejava Angiolina tanto quanto ele próprio. Como se defender de tal inimigo?

Não podia se defender! Já havia revelado seu ciúme, mas não queria falar a respeito; teria sido tolice demonstrar ciúme de Balli depois de ter

---

23 Referência a Rafael Sanzio (1483-1520), pintor renascentista italiano. (N.T.)

suportado a concorrência do vendedor de guarda-chuvas. Esse pudor o deixou indefeso. Um dia Stefano foi buscá-lo no escritório, como fazia com frequência, para acompanhá-lo até em casa. Caminhavam à beira-mar quando avistaram Angiolina avançando em sua direção, toda iluminada pelo sol do meio-dia, brincando com seus cachos loiros em seu rosto, levemente contraído pelo esforço de manter os olhos abertos sob tanta luz. Assim Balli se viu frente a frente com sua obra-prima que, esquecendo o contorno, viu em todos os detalhes. Ela avançava com aquele passo firme que não tirava nada da graça de sua figura ereta. A juventude encarnada e vestida teria se movido assim à luz do sol.

– Oh, veja só! – exclamou Stefano, decidido. – Não me impeça, por causa de uma ciumeira tola, de fazer uma obra-prima.

Angiolina respondeu ao cumprimento deles, como já fazia há algum tempo, muita séria; toda a sua seriedade se concentrada na saudação e até essa manifestação de seriedade deve ter-lhe sido ensinada há pouco tempo. Balli havia parado e esperava um sinal de consentimento do outro.

– Que seja – disse Emílio, mecanicamente, hesitante e sempre esperando que Stefano percebesse com quanta dor ele concordava.

Mas Balli não viu nada além de seu modelo, que lhe escapava; correu logo atrás dele, assim que Emílio proferiu a palavra de consentimento.

Assim Balli e Angiolina se reencontraram. Quando Emílio os alcançou, encontrou-os já em perfeito acordo. Balli não ficara perdendo tempo, e Angiolina, vermelha de prazer, perguntou logo quando devia se apresentar. No dia seguinte, às 9. Ela assentiu com a observação de que, felizmente, no dia seguinte não precisava ir trabalhar na casa dos Deluigi.

– Serei pontual – prometeu ela, ao se despedir.

Tinha o hábito de dizer muitas palavras, as que lhe vinham primeiro aos lábios, e não achava que essa promessa de pontualidade pudesse desagradar a Emílio, porque com essa promessa confrontava os encontros com Balli com aqueles de Emílio.

Negócio fechado, Balli voltou a pensar no amigo. Percebeu imediatamente que havia procedido mal com ele e afetuosamente pediu desculpas a Emílio:

– Não podia evitar, mesmo sabendo que o estava desagradando. Não quero aproveitar-me do fato de que esteja fingindo indiferença. Sei que está sofrendo. Você está errado, mas sei que nem eu estava certo.

Com um sorriso forçado, Emílio respondeu:

– Então realmente não tenho mais nada para lhe dizer.

Balli achou que Emílio era ainda mais duro com ele do que de fato merecia:

– Assim, para que você me desculpe, nada mais me resta que avisar Angiolina para não vir? Pois bem, se é o que deseja, faço isso também.

A proposta não era de aceitar, porque aquela pobre mulher – Emílio a conhecia como se fosse sua filha – ficava caída de amores por quem a repelia e não queria que lhe fossem dadas novas razões para amar Balli.

– Não – declarou ele, mais brando. – Vamos deixar as coisas como estão. Confio em você, ou melhor – acrescentou rindo – só em você.

Com grande entusiasmo, Stefano garantiu que merecia essa confiança. Prometeu, jurou que no dia em que percebesse ter esquecido, nas sessões com Angiolina, mesmo que por um instante, a arte, poria a moça porta afora. Emílio teve a fraqueza de aceitar a promessa, ou melhor, de fazer com que lhe fosse repetida.

No dia seguinte, Balli procurou Emílio para lhe fazer o relato da primeira sessão. Havia trabalhado como um demônio e não podia reclamar de Angiolina, que em sua pose nada confortável havia resistido quanto pôde. Faltava-lhe ainda compreender perfeitamente a pose, mas Balli não perdia a esperança de consegui-lo. Estava mais apaixonado do que nunca pelo próprio conceito. Durante oito ou nove sessões não haveria de ter tempo nem de trocar uma palavra com Angiolina.

– Quando eu tiver hesitações que me obriguem a parar, prometo-lhe que não se falará de nada além de você; aposto que acabará por amá-lo de todo o coração.

— No máximo, e não vai ser nada mau, falando-lhe de mim, você a aborrecerá tanto, que deixará de amar até você mesmo.

Durante esses dois dias não pôde ver Angiolina, e por isso só se encontrou com ela no domingo à tarde, no ateliê de Balli. Ele os surpreendeu em pleno trabalho.

O ateliê nada mais era do que um vasto armazém. Fora deixado com toda a rusticidade de sua antiga destinação, porque Balli não o queria elegante. O chão pavimentado permanecia tão irregular como na época em que os fardos de mercadorias eram depositados ali; só no meio, no inverno, um grande tapete protegia os pés do escultor do contato com o solo. As paredes eram toscamente caiadas de branco e aqui e acolá, em prateleiras, repousavam estatuetas de argila ou de gesso, certamente não para serem admiradas, pois estavam empilhadas e não agrupadas. A comodidade, no entanto, não fora negligenciada. A temperatura era mantida amena por meio de uma estufa piramidal. Uma grande quantidade de cadeiras e poltronas de diversos formatos e tamanhos tiravam do ateliê, com suas formas elegantes, o caráter de armazém. Eram diferentes umas das outras porque Balli dizia que sempre precisava repousar de acordo com o sonho que ocupava sua mente. Na verdade, sempre achava que ainda lhe faltavam as formas de cadeiras de que às vezes sentia necessidade. Angiolina posava num estrado equipado de almofadas brancas e macias; de pé numa cadeira, ao lado de outro estrado giratório, Balli trabalhava na figura apenas esboçada.

Ao ver Emílio, saltou para cumprimentá-lo vivamente. Angiolina também abandonou a pose e sentou-se nas almofadas brancas; parecia repousar num ninho. Cumprimentou Emílio com grande gentileza. Eles não se viam havia muito tempo. Ela o achou um pouco pálido. Estaria talvez indisposto? Brentani não soube demonstrar sua gratidão por tantas demonstrações de afeto. Ela provavelmente queria mostrar-lhe gratidão por deixá-la tanto tempo sozinha com Balli.

Stefano estava parado diante da própria obra.

— Que acha? Gosta?

Emílio olhou.

Sobre uma base informe repousava ajoelhada uma figura quase humana, os dois ombros vestidos, evidentemente os de Angiolina, na forma e na atitude. No ponto em que se encontrava, a figura tinha algo de trágico. Parecia que ela estava enterrada na argila, fazendo enormes esforços para se libertar. Até a cabeça, na qual alguns toques mais acentuados de polegar haviam escavado as têmporas e alisado a fronte, parecia uma caveira cuidadosamente coberta de terra para não gritar.

– Veja como a coisa surge – disse o escultor, lançando um olhar, uma carícia sobre toda a obra. – A ideia toda já está aí; é a forma que está faltando.

Mas a ideia somente ele a via. Algo refinado, quase inatingível. Daquela argila devia surgir uma súplica, a súplica de uma pessoa que acredita por um instante e que talvez não acredite nunca mais. Balli também explicou a forma final que queria. A base teria permanecido áspera, e a figura iria se afilando até os cabelos, que deveriam ser dispostos com toda a elegância que um cabeleireiro moderno e refinado pudesse lhes conferir. Os cabelos se destinavam a negar a súplica que o rosto expressaria.

Angiolina retornou à pose, e Balli ao trabalho. Durante meia hora ela posou com toda a consciência, fingindo rezar, como o escultor lhe havia ordenado, para ter uma expressão de súplica no rosto. Stefano não estava gostando daquela expressão e, visto apenas por Emílio, fez um gesto de execração. Aquela beata não sabia rezar. Em vez de erguer os olhos piedosamente, olhava com impertinência para o alto. Flertava com o Senhor Deus.

O cansaço de Angiolina começou a revelar-se na respiração difícil. Balli nem sequer percebia, pois havia chegado a um ponto importante do trabalho: ele a fez inclinar a pobre cabeça sobre o ombro direito, sem piedade.

– Muito cansada? – perguntou Emílio a Angiolina e, como Balli não o via, lhe acariciou e lhe soergueu o queixo.

Ela moveu os lábios para beijar aquela mão, mas não mudou de posição.

– Posso aguentar mais um pouco.

Oh, como era admirável, sacrificando-se daquele modo por uma obra de arte. Se ele fosse o artista, teria considerado aquele sacrifício como uma prova de amor.

Pouco depois, Balli lhe concedeu um breve repouso. Mas ele não sentia necessidade disso e, nesse meio-tempo, ficou trabalhando na base. Em seu longo manto de linho, ele tinha um aspecto sacerdotal. Angiolina, sentada ao lado de Emílio, olhava para o escultor com admiração incontida. Era um homem bonito, com uma barba elegante e grisalha, mas com reflexos dourados; ágil e forte, saltava do estrado e subia nele de volta sem que a estátua tremesse; era a personificação do trabalho inteligente, em sua rude veste, da qual se sobressaía o elegante colarinho. Também Emílio o admirava, sofrendo.

Logo voltaram ao trabalho. O escultor retocou um pouco mais a cabeça, sem se importar se isso a fazia perder o pouco da forma que já tinha. Acrescentou argila de um lado e a retirou de outro. Parecia que estivesse copiando, visto que olhava frequentemente para a modelo, mas Emílio não achava que a argila reproduzisse algum traço do rosto de Angiolina. Quando Stefano terminou de trabalhar, Emílio lhe falou disso, e o escultor o ensinou a olhar. De momento, a semelhança não existia, exceto quando se olhava aquela cabeça de um único ponto. Angiolina não se reconheceu na estátua e até lamentou que Balli pensasse que ele havia retratado o rosto dela naquela coisa informe. Emílio julgou que a semelhança era mais que evidente. O rosto parecia adormecido, imobilizado por uma faixa aderente, os olhos, não feitos, pareciam fechados, mas dava para perceber que o sopro de vida estava prestes a animar aquele lodo.

Balli envolveu a figura com um lençol molhado. Estava satisfeito e até agitado com o próprio trabalho.

Saíram juntos. A arte de Balli era verdadeiramente o único ponto de contato entre os dois amigos; conversando sobre a ideia do escultor, sentiram-se mais próximos e, naquela tarde, suas relações tiveram uma suavidade que há muito não tinham. Por isso, dos três, quem menos se divertiu foi Angiolina, que quase se sentiu como um terceiro elemento sobrando. Balli, que não gostava de ser visto naquela companhia nas ruas ainda claras, quis que ela os precedesse, o que ela fez, andando desdenhosamente ereta, de nariz empinado. Balli continuou falando da estátua, enquanto Emílio acompanhava com os olhos os movimentos da moça. Em todas aquelas horas não houvera espaço para ciúme. Balli sonhava e, quando se ocupava de Angiolina, era somente para mantê-la distante, sem brincar e sem maltratá-la.

Fazia frio, e o escultor propôs entrar numa taberna para tomar vinho quente. Como havia muita gente no local e havia um cheiro forte de comida e tabaco, decidiram ficar no pátio. De início, Angiolina, assustada com o frio, protestou, mas depois, quando Balli disse que a coisa era muito original, ela se envolveu na capa e divertiu ao ver-se admirada pelas pessoas que saíam da sala quente e pelo garçom que os servia correndo. Balli não ligava para o frio e olhava para o copo como se ali tivesse descoberto sua ideia; Emílio estava ocupado aquecendo as mãos que Angiolina lhe abandonava. Era a primeira vez que ela permitia que a acariciasse na presença de Balli, e ele se sentiu intensamente satisfeito.

– Doce criatura! – murmurou ele e chegou a beijá-la na face, que ela pressionou contra seus lábios.

Era uma noite clara e azul; o vento sibilava no telhado da alta casa que os protegia. Ajudados pela bebida quente e aromática, que engoliram em abundância, resistiram àquela temperatura rígida durante quase uma hora. Foi para Emílio mais um episódio inesquecível de seu amor. Aquele pátio obscuro, azul, e o grupo deles numa das extremidades da longa mesa de madeira, Angiolina abandonada definitivamente a ele por Balli e, mais que dócil, amante.

Ao retornar, Balli contou que naquela noite devia ir a um baile de máscaras; não tinha vontade nenhuma de ir, mas havia se comprometido com um amigo, um médico que, para se divertir no baile, dizia que precisava da companhia respeitável de um homem como o escultor, para que seus clientes desculpassem mais facilmente sua presença naquele local.

Stefano teria preferido ir para a cama cedo, para voltar ao trabalho no dia seguinte com a mente arejada. Sentia calafrios ao pensar em ter de passar todas aquelas horas no meio da bacanal.

Angiolina perguntou se ele ficaria com o camarote durante toda a temporada e depois quis saber exatamente em que posição.

– Mal poderia esperar – disse Balli, rindo – que viesse me encontrar de máscara.

– Nunca estive num baile de máscaras – garantiu Angiolina, enfática.

Acrescentou, então, depois de pensar como se tivesse acabado de descobrir que havia bailes de máscara:

– Gostaria tanto de ir a um deles.

Ficou decidido na hora: iriam todos ao baile de máscaras que se realizaria na semana seguinte, com fins beneficentes. Angiolina pulava de alegria e parecia tão sincera que até Balli sorriu para ela afavelmente, como se faz para uma criança a quem se fica feliz por ter dado grande prazer com pouco esforço.

Logo que os dois homens ficaram sozinhos, Emílio reconheceu que a sessão não lhe havia desagradado. Balli, despedindo-se, transformou em fel a doçura que havia desfrutado naquele dia, dizendo-lhe:

– Você ficou contente conosco? Haverá de reconhecer que fiz o meu melhor para satisfazê-lo.

Ele devia, portanto, a afabilidade de Angiolina às recomendações de Balli, e isso o humilhou. Era um novo e forte motivo para ciúme. Ele se propôs de dar a entender a Balli que não gostava de dever o afeto de Angiolina à influência de outra pessoa. Com ela, então, na primeira oportunidade, se mostraria menos grato pelas demonstrações de afeto que o haviam encantado pouco antes. Ficava claro, portanto, porque ela se havia deixado acariciar com tanta docilidade na presença de Balli. Como ela era submissa ao escultor! Ele sabia renunciar às suas afetações de honestidade e a todas aquelas mentiras das quais Emílio não sabia libertar-se. Com Balli ela era totalmente outra. Com Balli, que não a possuía, ela se desmascarava; com ele, não!

De manhã cedo, ele correu para a casa de Angiolina, ansioso para ver como seria tratado quando Stefano não estivesse presente. Otimamente! Ela própria, depois de se certificar de que era ele, abriu a porta. De manhã estava ainda mais bonita. Uma única noite de repouso bastava para lhe dar o aspecto sereno de uma virgem saudável. O roupão branco de lã, listrado de azul, um pouco gasto, acompanhava docilmente as formas precisas de seu corpo e deixava nu o colo branco.

– Incomodo? – perguntou ele, sombrio, evitando beijá-la para não se privar da possibilidade de encontrar um desafogo na discussão que estava premeditando.

Ela nem percebeu to lo aquele mau humor e o fez entrar em seu quarto:

– Vou me vestir porque tenho de estar na casa da sra. Deluigi às 9 horas. Enquanto isso, leia esta carta – e nervosamente tirou um papel de um cesto – leia atentamente e depois espero que me aconselhe.

Ficou triste, e seus olhos se encheram de lágrimas:

– Vai ver o que aconteceu. Vou lhe contar tudo. Você é o único que pode me aconselhar. Contei tudo também à minha mãe, mas, coitada, ela só tem olhos para chorar.

Saiu, mas voltou logo em seguida:

– Fique atento, caso a mamãe venha aqui e fale com você; ela sabe de tudo, menos que me entreguei ao Volpini.

Atirou-lhe um beijo com a mão e saiu.

A carta era de Volpini, uma carta formal de despedida. Começava dizendo que ele sempre se comportara honestamente, enquanto ela – agora o sabia – a traíra desde o início. Emílio começou a ler com a maior ansiedade aquela caligrafia quase ilegível, temendo que seu nome fosse mencionado como motivo daquele abandono. Naquela carta não se falava dele. Haviam assegurado a Volpini que ela não era namorada de Merighi, mas sim sua amante. Ele não queria acreditar, mas alguns dias antes ficara sabendo, com plena certeza, que ela tinha ido a vários bailes na companhia de diversos rapazes. Seguiam-se então algumas frases pesadas que, mal conectadas, davam a impressão da perfeita sinceridade de um homem de bem e que só faziam rir por alguma palavra erudita, que devia ter sido tomada diretamente de um dicionário.

A velha sra. Zarri entrou. Com as mãos colocadas como sempre sob o avental, apoiou-se na cama e esperou pacientemente até que ele terminasse de ler a carta.

– O que o senhor acha? – perguntou ela, com sua voz anasalada. – Angiolina diz que não, mas me parece que com Volpini tudo acabou.

Emílio ficara maravilhado por uma só das afirmações de Volpini.

– É verdade – perguntou ele – que Angiolina ia tanto assim aos bailes?

Todo o resto, isto é, que ela tinha sido amante de Merighi e de muitos outros, era absolutamente verdade para ele e realmente lhe parecia que o fato de alguém ter sido enganado como e melhor que ele, bem menos deveria ele se ressentir dessas mentiras que sempre pareceram ofensivas. Mas a carta também lhe ensinava algo novo. Ela sabia fingir melhor do que ele suspeitava. Na véspera, ela chegou até a enganar Balli com a expressão de alegria que teve ao pensar em ir pela primeira vez a um baile de máscara.

– Tudo mentira – disse a velha Zarri, com a calma com que se diz algo que o outro já ouviu e já sabe. – Angiolina chega em casa todas as noites diretamente do trabalho e deita logo em seguida. Eu a vejo sempre quando vai para a cama.

Velha esperta! Ela certamente não tinha sido enganada e não admitia que se acreditasse que estava enganando.

A mãe saiu assim que a filha entrou.

– Você leu? – perguntou Angiolina, sentando-se ao lado dele. – O que você acha?

Um tanto amuado, Emílio disse rudemente que Volpini estava certo, porque uma noiva não podia andar frequentando bailes de máscaras.

Angiolina protestou. Ela nos bailes de máscara? Não tinha visto a alegria que tivera na noite anterior, só com a ideia de ir a um baile de máscaras, e pela primeira vez em sua vida?

Citado dessa forma, o argumento perdia toda a força. Aquela alegria, lembrada como prova, devia ter-lhe custado grande esforço, uma vez que ficara tão bem gravada em sua memória. Ela apresentou ainda muitas outras provas: estivera com ele todas as noites que não teve de ir à casa da sra. Deluigi; não possuía um único trapo que pudesse servir para fantasiar-se e, antes, contava com sua ajuda para se munir do necessário ao baile em que haviam planejado ir. Não convenceu Emílio, que já estava seguro de que ela tinha sido, durante todo aquele Carnaval, frequentadora assídua dos bailes de máscaras, mas diante de tantas provas apresentadas com uma veemência sedutora, acabou por se acalmar. Ela não se ofendia com a ofensa que lhe foi feita de ter duvidado dela. Agarrava-se a ele, tentava convencê-lo e comovê-lo, mas Balli não estava ali!

Depois ele percebeu que ela precisava dele. Ela não queria deixar Volpini ainda e, para mantê-lo, contava com os conselhos de Emílio, em quem depositava a enorme confiança que as pessoas incultas depositam nos literatos. Essa observação não tirou de Emílio a satisfação do afeto que ela lhe demonstrava, porque era sempre melhor do que devê-lo a Balli. Ele também quis merecer aquelas expansões e começou a estudar com toda a seriedade a questão proposta.

Deve ter percebido imediatamente que ela a compreendia melhor do que ele. Com grande perspicácia observou que, para saber como deveria se comportar, era preciso antes de tudo saber se Volpini acreditava na informação que tomava como certa ou se havia escrito aquela carta tentando com ela apurar vagos rumores; e mais, se a tinha escrito com a firme intenção de se despedir ou como uma ameaça e pronto a ceder ao primeiro passo que Angiolina desse em sua direção? Emílio teve de reler aquele escrito e foi forçado a admitir que Volpini acumulava demasiados argumentos para ter apenas um de absolutamente bom. Com relação a nomes, citava apenas o de Merighi.

– Quanto a isso, eu sei muito bem como responder – disse Angiolina, com muita raiva. – Ele terá de reconhecer que foi o primeiro a me possuir.

Posto nesse caminho, Emílio fez uma observação que corroborou o ponto de vista de Angiolina. Na conclusão grandiloquente, Volpini declarava que a estava abandonando, primeiro porque ela o traía, e depois porque a achava muito fria com ele e sentia que ela não o amava. Seria esse o momento de queixar-se de um defeito, que talvez fosse apenas de caráter, se as outras recriminações tivessem a seriedade que o autor da carta queria que lhes atribuir? Ela ficou muito grata a ele por aquela nota que confirmava claramente a correção de sua interpretação e não se lembrava de que fora ela a encaminhá-lo naquele rumo. Oh, ela não era uma estudiosa nem se importava em ser elogiada. Estava na luta e empunhava com a mesma energia todas as armas que lhe pareciam eficazes, sem se importar em ver quem as tinha feito.

Ela não quis escrever imediatamente para Volpini, porque tinha de se dirigir depressa à casa da sra. Deluigi, que a esperava; mas ao meio-dia estava em casa e pedia para Emílio que viesse até a casa dela. Ficaria aguardando e, até aquela hora, tanto ele quanto ela deviam pensar unicamente naquele assunto. Ele deveria levar consigo até mesmo a carta para o escritório, a fim de estudá-la com calma.

Saíram juntos, mas ela o preveniu que deviam se separar antes de entrar na cidade. Ela não tinha mais dúvida alguma de que em Trieste havia pessoas encarregadas de espioná-la para Volpini:

– Infame! – exclamou ela, enfaticamente. – Ele me arruinou!

Ela odiava o ex-namorado, como se tivesse sido realmente ele a arruiná-la.

– Agora, naturalmente, ele deve estar satisfeito em se livrar de seu compromisso, mas terá de acertar as contas comigo.

Confessou que o odiava profundamente. Ele a irritava como um animal imundo.

– Foi você o culpado de eu ter me entregue a ele.

Ao vê-lo surpreso com aquela acusação, feita pela primeira vez com violência, ela se corrigiu:

– Se não por culpa sua, certamente por amor a você.

Com essas doces palavras o deixou, e ele ficou convencido de que a acusação tinha sido feita apenas para induzi-lo a apoiá-la com todas as suas forças naquela luta que ela estava prestes a travar com Volpini.

Seguiu-a por um tempo e, vendo-a no meio da rua, oferecer-se descaradamente aos olhos de todos os transeuntes, foi novamente acometido daquela doença que dominava todos os outros sentimentos seus. Esquecendo o medo de que ela se agarrasse a ele, sentiu uma alegria intensa com o acontecido. O abandono de Volpini fazia com que ela sentisse necessidade dele e, ao meio-dia, por mais de uma hora inteira, poderia mantê-la toda só para si e senti-la intimamente sua.

Na cidade laboriosa, onde naquela hora ninguém caminhava por esporte, a figura de Angiolina, flexível e colorida, com aquele passo calmo e aquele olhar atento a tudo o que se passava na rua, atraía a atenção de todos. E sentiu que, ao vê-la, todos deviam pensar imediatamente na alcova para a qual ela fora feita. Não saiu durante toda a manhã por causa da excitação que havia produzido nele aquela imagem.

Pretendia fazer com que Angiolina sentisse, ao meio-dia, o valor de sua ajuda e pretendia usufruir de todas as vantagens que aquela posição excepcional lhe oferecia. Foi recebido pela velha Zarri que, com grande gentileza, o convidou a sentar-se no quarto da filha. Ele, cansado da subida rápida que fizera, sentou-se, certo de ver Angiolina aparecer.

– Não chegou ainda – disse a velha, olhando para o corredor como se também ela estivesse esperando ver a filha chegar.

– Ainda não? – perguntou Emílio, sentindo uma desilusão tão dolorosa, capaz de induzi-lo até a não acreditar nos próprios ouvidos.

– Não entendo por que ela está demorando – continuou a velha, sempre olhando para além da porta. – Deve ter sido retida pela sra. Deluigi.

– Até que horas poderia chegar? – perguntou ele.

– Não sei – respondeu a outra, com grande ingenuidade. – Poderia chegar logo, mas ficou para almoçar com a sra. Deluigi, pode tardar até a noite.

Ficou calada por um instante, muito pensativa, e depois, mais confiante, acrescentou:

– Não creio, porém, que almoce fora, porque o almoço dela está ali, pronto.

Observador perspicaz, Emílio percebeu muito bem que todas aquelas dúvidas eram falsas e que a velha devia saber que Angiolina não viria tão cedo. Mas, como sempre, seu poder de observação lhe foi de pouca utilidade. Retido pelo desejo, esperou longamente, enquanto a mãe de Angiolina lhe fazia companhia, silenciosa, tão séria, que depois Emílio, lembrando-se, achou que era irônica. A mais nova das filhas tinha vindo para ficar ao lado da mãe e se esfregava nos flancos dela como um gatinho no batente da porta.

Foi embora desanimado, dispensado pelas gentilíssimas saudações da velha e da menina. Acariciou os cabelos dessa última, que eram da mesma cor que os de Angiolina. Em geral, exceto pela rósea saúde, ela se parecia em tudo com a irmã.

Pensou que talvez fosse até sensato vingar-se da artimanha de Angiolina, não indo ao encontro dela senão quando fosse chamado. Agora que ela precisava dele, logo viria procurá-lo. Mas, ao entardecer, logo depois de sair do escritório, refez o caminho para a casa dela, pretendendo agora indagar a causa daquela inexplicável ausência. Era realmente possível que tivesse sido um caso de força maior.

Encontrou Angiolina ainda vestida como estava quando a havia acompanhado pela manhã. Tinha acabado de chegar. Deixou-se beijar e abraçar com a doçura que usava quando precisava obter perdão. Suas bochechas estavam em fogo e sua boca cheirava a vinho.

– É verdade, bebi muito – disse ela logo, rindo.

– O sr. Deluigi, um velho cinquentão, pretendia me embriagar; mas não conseguiu, né!

E, no entanto, devia ter conseguido mais do que ela pensava, a julgar por sua desmesurada alegria. Ele se contorcia de tanto rir. Estava lindíssima, com aquele rubor incomum nas faces e olhos luzidios. Ele a beijou na boca aberta, nas gengivas vermelhas, e ela o deixou fazer, passiva, como se não ligasse para isso. Continuava a rir e contava, em frases entrecortadas, que não só o velho, mas toda a família havia tentado fazê-la perder a cabeça e que, embora fossem muitos, não tinham conseguido. Ele tentou fazê-la voltar ao normal, falando-lhe de Volpini.

– Deixe-me em paz. Não me venha com essas coisas! – gritou Angiolina.

E vendo que ele insistia, sem responder, beijou-o e o abraçou como ele tinha feito até então com ela. Agressiva como nunca, acabaram na cama, ela ainda de chapéu na cabeça e de casaco. A porta permanecia escancarada e era difícil que os sons daquela batalha não chegassem à cozinha, onde estavam o pai, a mãe e a irmã de Angiolina.

Eles a tinham embriagado de verdade. Estranha casa daqueles srs. Deluigi. Mas ele não guardou nenhum rancor de Angiolina, porque sua satisfação naquela noite tinha sido realmente perfeita.

No dia seguinte, os dois se encontraram novamente ao meio-dia, de excelente humor. Angiolina garantiu-lhe que a mãe não havia percebido nada. Depois disse que deplorava deixar-se surpreender naquele estado. A culpa não era dela:

– Aquele maldito velho Deluigi!

Ele a tranquilizou, assegurando-lhe que, se dependesse dele, haveria de embriagá-la uma vez por dia. Depois redigiram a carta a Volpini com um esmero de que não teriam parecido capazes no estado de espírito em que se encontravam.

Angiolina podia ter parecido superior em sua interpretação da carta de Volpini; a resposta fluiu inteiramente da caneta experiente de Emílio.

Ela teria gostado de escrever uma carta cheia de insolências; só queria desabafar nela a indignação de uma moça honesta, injustamente suspeita.

– Melhor – observou ela, com raiva magnânima –, se Volpini estivesse aqui, lhe daria uma bofetada, sem dar nenhuma justificativa. Ele ficaria logo convencido de ter procedido mal.

Não estava mal assim, mas Emílio queria proceder com maior cautela. Com grande ingenuidade e sem que ela pensasse em se ofender, ele lhe contou que, para estudar mais facilmente o problema, havia se perguntado: como se teria comportado uma moça honesta no lugar de Angiolina? Não contou que tinha imaginado a uma mulher honesta como sendo Amália, e ele se perguntava como sua irmã teria se comportado se tivesse de responder à carta de Volpini; comunicou-lhe os resultados obtidos. A mulher honesta teria sentido a princípio uma grande, enorme surpresa; depois, a dúvida de que se tratasse de um mal-entendido e, por fim, mas apenas por fim, a horrível suspeita de que toda a carta fosse atribuída ao desejo do amante de esquivar-se de seus compromissos. Angiolina ficou encantada com toda aquela reconstrução de um processo psicológico, e ele logo se pôs a trabalhar.

Ela ficou sentada ao lado dele, quietinha. Trabalhavam para ela e, apoiada com uma mão em seu joelho, a cabeça muito próxima da dele para poder ler imediatamente o que ele escrevia, ela se fazia presente sem incomodá-lo em nada ao escrever. Essa proximidade tirou à carta o aspecto de preparação rígida e – se não fosse destinada a um homem como Volpini também a eficácia, porque perdia aquela medida dignificante que ele pensava lhe conferir. Por isso penetrou naquelas frases algo de Angiolina. Vinham-lhe à caneta palavras de todo calibre, e ele as deixava correr, feliz por vê-la extasiada de admiração, com a mesma expressão com que, dias antes no ateliê, olhara para Balli.

Depois, sem reler a carta, começou a copiar aquela prosa, muito satisfeita de poder apor-lhe a própria assinatura. Ela se mostrara bem mais inteligente quando pensava sobre o modo de se comportar do que agora em sua aprovação incondicional. Ao copiar, não conseguiu prestar atenção aos dizeres da carta, porque a caligrafia lhe dava muito que fazer.

Olhando o envelope fechado, perguntou de repente se Balli não havia mais falado sobre o baile de máscaras, para o qual havia prometido levá-la. O moralista que cochilava em Emílio não acordou, mas desaconselhou-a a ir ao baile, de medo de que Volpini viesse a sabê-lo. Ela, porém, tinha respostas que tiravam qualquer dúvida.

– Agora, sim, que vou mesmo ao baile. Até agora, por respeito àquele homem infame, não tinha ido, mas agora! Tomara que venha a sabê-lo.

Emílio insistiu em vê-la naquela noite. À tarde, ela teria de posar no ateliê de Balli, depois devia ir por alguns momentos à casa da sra. Deluigi; por isso só poderiam se encontrar mais tarde. Concordou com o encontro porque – como declarou – no momento não sabia como negar-lhe nada; mas não no quarto de Paracci, porque ela queria chegar cedo em casa. Como nos melhores momentos de seu namoro, iriam passear juntos em Sant'Andrea e depois ele a acompanharia até em casa. Estava ainda abatida – havia bebido muito vinho no dia anterior – e precisava de repouso. A proposta dela não lhe desagradou. Uma de suas características essenciais era o de comprazer-se com a reconstituição sentimental do passado. Nessa noite haveria de analisar novamente a cor do mar e do céu e dos cabelos de Angiolina.

Ela se despediu e, como último adeus, pediu-lhe para despachar a carta para Volpini. Assim ele se viu no meio da rua com a carta na mão, sinal palpável da ação mais baixa que havia realizado em sua vida, mas da qual só teve consciência agora que Angiolina não estava mais sentada a seu lado.

# CAPÍTULO XII

Já havia entrado em casa e na sala de jantar, de chapéu na mão, estava titubeante, sem saber se deveria fugir do tédio de ficar uma hora em companhia da irmã silenciosa. Depois ouviu duas ou três palavras confusas vindas do quarto de Amália, seguidas de uma frase inteira:

– Saia daqui, seu safado!

Estremeceu! A voz estava muito alterada pelo cansaço ou pela emoção, tanto que se assemelhava à da irmã apenas como um grito que sai involuntariamente da garganta pode assemelhar-se à voz modulada de quem está falando. Estaria agora dormindo e sonhando de dia?

Abriu a porta sem fazer barulho e um espetáculo se apresentou diante de seus olhos, espetáculo de cuja lembrança jamais conseguiu se livrar. Durante toda a sua vida bastava que seus sentidos fossem atingidos por um ou outro dos pormenores daquela cena para se lembrar imediatamente de tudo, para fazê-lo voltar a sentir o susto, o horror. Alguns camponeses passavam cantando por uma rua próxima e seu canto monótono sempre trazia lágrimas aos olhos de Emílio. Todos os sons que chegavam até ele eram monótonos, sem calor e sem sentido. Num apartamento vizinho, um amador desajeitado tocava uma valsa popular ao piano. Aquela valsa tocada assim – e voltou a ouvi-la muitas vezes – parecia-lhe uma marcha fúnebre. Até a hora alegre ficou triste. Fazia pouco que o meio-dia passara e, das janelas da frente, refletia-se no quarto solitário tanto sol que chegava a ofuscar. A recordação desse momento passou para sempre a conjugar-se com uma sensação de escuridão e um frio arrepiante.

As roupas de Amália estavam espalhadas pelo chão e uma saia impedia a porta de se abrir totalmente; algumas peças estavam debaixo da cama, a blusa estava imprensada entre as duas vidraças da janela e as duas botas, com evidente cuidado, haviam sido colocadas bem no centro da mesa.

Amália, sentada na beira da cama, coberta apenas pela camisola curta, não percebeu a chegada do irmão e continuou a esfregar com as mãos as pernas finas como gravetos. Diante daquela nudez, Emílio ficou surpreso e arrepiado ao descobrir que se assemelhava à de um rapaz desnutrido.

Não compreendeu logo que estava diante de uma pessoa delirando. Não percebeu sua ânsia e debilidade; atribuiu a respiração rumorosa e difícil, que a fazia até tremer, à posição incômoda em que se achava. Seu primeiro sentimento foi de raiva: deixado livre por Angiolina, encontrava a outra a causar-lhe aborrecimentos e preocupação.

– Amália! O que está fazendo? – perguntou-lhe ele, em tom de recriminação.

Ela não o ouviu, embora percebesse os sons da valsa, pois marcava o ritmo com a mão no afã de esfregar a perna.

– Amália! – repetiu fracamente, consternado com as evidências daquele delírio.

Tocou-lhe o ombro com a mão. Então ela se voltou. Primeiro olhou para a mão cujo contato havia sentido, depois o rosto; no olhar reavivado pela febre nada mais havia que o esforço de ver as bochechas inflamadas, os lábios violáceos, secos, informes como uma ferida antiga que não cicatriza mais. Depois o olhar correu para a janela inundada de sol e logo, talvez ferido por tanta luz, voltou às pernas nuas onde se fixou com atenta curiosidade.

– Oh, Amália! – gritou ele, deixando que seu espanto se manifestasse naquele grito, o que talvez pudesse tê-la trazido de volta a si.

O homem fraco teme o delírio e a loucura como doenças contagiosas; o calafrio que Emílio sentiu foi tal que teve de se esforçar para não sair daquele quarto. Superando a própria violenta repulsa, tocou novamente no ombro da irmã:

– Amália! Amália! – gritou ele.

Estava pedindo ajuda.

Sentiu-se um pouco aliviado ao perceber que ela o ouvira. Olhou para ele uma segunda vez, pensativa, como se tentasse entender o motivo daqueles gritos e daquela pressão repetida em seu ombro. Tocou o peito, como se naquele instante tivesse percebido a ânsia que a atormentava. Depois esqueceu Emílio e a ânsia:

– Oh, sempre animais! – e a voz alterada parecia anunciar que as lágrimas eram iminentes.

Esfregou as pernas com as duas mãos; com um movimento brusco se abaixou como se quisesse surpreender um animal prestes a fugir. Tomou um dedo do pé na mão direita; cobriu-o com a mão esquerda, que então levantou fechada como se tivesse agarrado alguma coisa. Mas estava vazia e ela a olhou várias vezes; então voltou ao pé, pronta para se curvar novamente e retornar àquela estranha caçada.

Um novo calafrio que a acometeu lembrou a Emílio de que precisava convencê-la a se refugiar na cama. Ele começou a fazer isso com um doloroso estremecimento ao pensar que talvez tivesse de usar a força. Mas conseguiu facilmente, porque ela obedeceu à primeira pressão imperiosa de sua mão; levantou sem pudor uma perna após outra para cima na cama e se deixou cobrir. Mas por uma inexplicável hesitação, se apoiou com um braço na cama, como se não quisesse deitar-se completamente. Logo depois, não conseguindo resistir nessa posição, deixou-se cair no travesseiro, emitindo pela primeira vez um som inteligível de dor:

– Ah! Meu Deus! Meu Deus!

– Mas o que foi que lhe aconteceu? – perguntou Emílio, que, só por aquele som sensato, acreditou que poderia lhe falar como se fosse uma pessoa de posse de todos os sentidos.

Ela não respondeu, mais uma vez ocupada, investigando o que a incomodava mesmo debaixo das cobertas. Encolheu-se toda, levou as mãos às pernas e pareceu que, para ter sucesso na manobra que planejava contra as coisas ou animais que a torturavam, sabia até como tornar sua respiração menos ruidosa. Levantou então as mãos que, para sua surpresa incrédula, encontrou novamente vazias. Durante algum tempo, debaixo das cobertas, sentiu uma angústia que a fez esquecer a outra ansiedade, mais violenta.

– Está se sentindo melhor? – perguntou-lhe Emílio, implorando.

Queria consolar-se com o som da própria voz, que modulava suavemente, tentando esquecer a ameaça de violência que pesava sobre ele. Inclinou-se para ela, a fim de fazer-se entender melhor.

Ela o olhou longamente, exalando o hálito frequente e fraco de sua respiração no rosto dele. Reconheceu-o. O calor da cama devia ter despertado seus sentidos. Embora mais tarde voltasse a delirar, ele não esqueceu que havia sido reconhecido.

Evidentemente, ela estava melhorando.

– Agora vamos sair dessa casa – disse ela, escandindo as sílabas para se fazer compreender.

Já havia estendido uma perna para sair da cama, mas ele, segurando-a com muito mais violência do que o necessário, fez com que ela logo se resignasse e se esquecesse o propósito que a tinha impelido a esse ato.

Repetiu-o um pouco mais tarde, mas já não com a mesma energia, e pareceu lembrar-se de que lhe tinham ordenado que fosse para a cama e proibido de sair dela. Agora falava. Parecia-lhe que tinham mudado de casa e que havia muito que fazer, que teria de trabalhar com todo o afã para colocar tudo em ordem.

– Meu Deus! Tudo está sujo aqui. Eu já tinha percebido, mas você quis vir. E agora? Não vamos embora?

Ele tentou acalmá-la, concordando com ela. Acariciou-a, dizendo que não achava tudo tão sujo assim e, uma vez que estavam naquela casa, era melhor ficar nela.

Amália ouviu o que ele lhe disse, mas ouviu também palavras que ele não tinha dito; depois falou:

– Se você quer, devo concordar. Vamos ficar, mas... quanta sujeira...

Escorreram-lhe apenas duas lágrimas dos olhos, até então enxutos; rolaram como duas pérolas pelas faces em fogo.

Pouco depois esqueceu essa dor, mas o delírio lhe provocou novas. Tinha ido à peixaria e não tinha encontrado peixe:

– Não entendo! Por que ficam com a peixaria, se não têm peixe? Fazem a gente caminhar tanto, até demais nesse frio. Tinham vendido tudo e não sobrou nenhum peixe para eles.

Toda aquela dor e ansiedade pareciam ser causadas por esse fato. Suas palavras débeis, ritmadas pela falta de ar, eram sempre interrompidas por algum som de angústia.

Ele não a ouvia mais: era preciso sair daquela situação de alguma forma, era preciso encontrar um jeito de chamar um médico. Todas as ideias que lhe foram sugeridas pelo desespero foram por ele examinadas como se fosse possível colocá-las em prática. Olhou em volta, em busca de uma corda para amarrar a paciente à cama e deixá-la sozinha; deu um passo em direção à janela, para pedir ajuda dali e, por fim, esquecendo que não era possível fazer-se entender por Amália, começou a falar com ela para obter a promessa de que haveria de ficar quieta durante a sua ausência. Ajeitando-lhe suavemente as cobertas sobre os ombros para indicar que devia ficar deitada, lhe disse:

– Vai ficar assim, Amália? Promete?

Ela agora falava de roupas. Tinham o suficiente para um ano e por isso não haveria necessidade de despesas para um ano inteiro.

– Não somos ricos, mas temos tudo, tudo.

A sra. Birlini, porém, podia desprezá-los porque ela tinha mais. Mas Amália estava feliz por aquela senhora ter mais, porque lhe queria muito bem. O balbucio continuava num tom pueril e educado e era de partir o coração ouvi-la falar que estava feliz no meio de tanto sofrimento.

Urgia tomar uma resolução. O delírio de Amália não lhe dera nem um gesto violento nem uma palavra violenta e, libertado do estupor que o acometera desde o momento em que a encontrara naquele estado,

Emílio saiu do quarto e correu para a porta da frente da casa. Chamaria o porteiro e depois correria em busca de um médico ou de Balli para pedir conselho. Não sabia ainda o que iria fazer, mas precisava correr para salvar a infeliz. Oh, que dor lembrar sua triste nudez!

Parou hesitante, no patamar. Teria gostado de voltar para junto de Amália, a fim de ver se ela não se aproveitara de sua ausência para cometer algum ato desvairado. Apoiou-se com o peito sobre o corrimão para ver se alguém subia. Curvou-se para ver mais longe e por um instante, um momento, seu pensamento se alterou; esqueceu a irmã que, talvez, estivesse morrendo ali ao lado, e recordou que, exatamente na mesma posição, costumava esperar Angiolina. Esse pensamento, naquele breve instante, foi tão poderoso que, esforçando-se para ver ao longe, tentou ver, em vez da ajuda que invocara, a figura colorida de sua amante. Soergueu-se enojado.

Uma porta no andar de cima se abriu e voltou a se fechar. Alguém – o socorro – descia até ele. Subiu de um só impulso todo um lance de escadas e se viu diante de uma alta e forte figura feminina. Alta, forte e morena; não viu mais nada, mas logo encontrou as palavras adequadas:

– Oh, senhora! – suplicou. – Ajude-me! Eu faria por qualquer um de meus semelhantes o que peço à senhora.

– É o sr. Brentani? – perguntou ela, com uma voz meiga e a figura morena, que na verdade já havia feito um movimento para fugir, parou.

Ele lhe contou que, tendo voltado para casa, pouco antes, havia encontrado a irmã em tal estado de delírio que não se atrevia a deixá-la sozinha, mas precisava chamar um médico.

A senhora desceu:

– A srta. Amália? Pobrezinha! Vou com o senhor agora mesmo, de bom grado.

Ela estava vestida de luto. Emílio pensou que devia ser religiosa e, após uma ligeira hesitação, disse:

– Deus lhe pague.

A senhora o seguiu até o quarto de Amália. Emílio deu aqueles poucos passos com uma angústia indizível. Quem sabe que novo espetáculo o esperava. No quarto ao lado não se ouvia nenhum ruído, mas para ele parecia que a respiração de Amália devia ser ouvida por toda a casa.

Encontrou-a virada contra a parede. Falava agora de um incêndio; via chamas que não podiam causar nenhum dano a não ser fazê-la sentir um calor terrível. Ele se debruçou sobre ela e, para chamar sua atenção, a beijou nas faces inflamadas. Quando ela se voltou, ele quis assistir, antes de ir embora, à impressão que a vista da companheira que estava deixando causaria na moça. Amália olhou para a recém-chegada por um instante, com total indiferença.

– Confio-lhe a moça – disse Emílio à senhora.

Podia fazê-lo. A senhora tinha um rosto meigo de mãe; seus pequenos olhos pousaram em Amália, cheios de compaixão.

– A senhorita me conhece – perguntou ela e se sentou ao lado da cama. – Sou Elena Chierici e moro aqui no terceiro andar. Não se lembra daquele dia em que me emprestou o termômetro para medir a febre de meu filho?

Amália olhou para ela:

– Sim, mas arde e arderá sempre.

– Não vai queimar sempre – disse a sra. Elena, inclinando-se para ela com um bom sorriso de encorajamento e com os olhos úmidos de compaixão.

Pediu a Emílio que lhe trouxesse, antes de sair, uma garrafa de água e um copo. Para Emílio era difícil encontrar aquelas coisas numa casa que habitara com o descuido de quem se hospeda num hotel.

Amália não compreendeu logo que naquele copo lhe ofereciam refresco; depois bebeu em pequenos goles, sofregamente.

Quando se deixou cair de volta sobre o travesseiro, encontrou um novo alívio: o braço macio de Elena estava esticado ali e sua cabecinha agora descansava soerguida com compaixão. Uma onda de gratidão encheu o peito de Emílio e, antes de sair, a traduziu num aperto de mão a Elena.

Correu para o ateliê de Balli e encontrou o amigo saindo. Pensou que talvez lá encontrasse Angiolina; respirou aliviado ao encontrar Balli sozinho. Não teve mais remorsos sobre seu comportamento durante o breve período daquele dia em que imaginara que ainda se podia fazer alguma coisa por Amália. Nessas horas, só pensava na irmã e, se tivesse encontrado Angiolina, teria estremecido de dor, só porque vê-la lhe teria recordado a própria culpa.

– Oh, Stefano! Acontecem coisas tão graves comigo!

Entrou no ateliê, sentou-se na cadeira mais próxima da porta e, escondendo o rosto nas mãos, prorrompeu em soluços desesperados. Não sabia dizer por que se entregara às lágrimas precisamente naquele momento. Estaria ele começando a recuperar-se do duro golpe que recebera e a obter o alívio necessário da dor reflexa, ou seria a proximidade de Balli – que devia ter sua participação na doença de Amália – a causa dessa emoção tão aguda? O certo é que ele próprio percebeu então que estava satisfeito por ter dado uma expressão violenta à sua dor; por si mesmo e por Balli. Tudo se mitigava e amenizava no pranto; sentia-se aliviado e melhor. Dedicaria o resto da vida a Amália. Mesmo que – como acreditava – ela ficasse louca, a teria mantido perto dele, não mais como irmã, mas como filha. E naquele pranto ficou tão feliz, que chegou a esquecer a urgência de chamar um médico. Era precisamente esse seu lugar, era ali que devia agir em benefício de Amália. Na excitação em que achava, qualquer iniciativa lhe parecia fácil e, com a única manifestação da própria dor, pensou que faria esquecer todo o passado, até mesmo a Balli. Faria com que ele finalmente conhecesse Amália, meiga, bondosa e desventurada como era.

Contou com todos os detalhes a cena anterior: o delírio, a ansiedade de Amália e o longo tempo em que ele, estando sozinho, não pôde sair daquela sala até a providencial intervenção da sra. Chierici.

Balli assumiu o aspecto de pessoa surpreendida por uma notícia ruim – certamente não o aspecto esperado por Emílio – e com a energia que nesse estado de ânimo devia lhe ser fácil, aconselhou-o a correr em busca do dr. Carini. Era considerado um bom médico; além disso, era íntimo seu e saberia interessá-lo pelo destino de Amália.

Emílio chorava e não dava sinal de mover-se do lugar. Parecia-lhe que ainda não tinha terminado; não se dava por vencido e procurava uma frase para comover o amigo. Encontrou uma que o fez estremecer:

– Louca ou moribunda! – Oh, a morte!

Era a primeira vez que imaginava Amália morta, desaparecida, e ele, que agora há pouco percebera que não amava mais Angiolina, via-se sozinho, desolado pelo remorso de não ter podido aproveitar a felicidade que lhe tinha estado à disposição até aquele dia, dedicar a vida a alguém que precisava de proteção e sacrifício. Com Amália naquele estado, toda a esperança de doçura desaparecia de sua vida. Disse com voz profunda:

– Não sei se sinto mais dor ou remorso.

Olhou para Balli para ver se havia sido compreendido. Uma sincera expressão de espanto estava estampada no rosto de Stefano:

– Remorso?

Sempre acreditara que Emílio era o modelo dos irmãos e o disse a ele. Lembrou-se, porém, de que Amália tinha sido um pouco negligenciada por causa de Angiolina e acrescentou:

– Certamente, não valia a pena que você se preocupasse tanto com uma mulher como Angiolina; mas infortúnios acontecem...

Balli compreendera Emílio tão pouco que declarou não entender por que estavam perdendo tanto tempo. Era preciso correr até a casa de Carini e não se desesperar antes de saber o que ele diria sobre o estado de saúde de Amália. Podia ser até que os sintomas que assustavam os leigos impressionassem bem pouco o médico.

Era uma esperança, e Emílio abandonou-se inteiramente a ela. Na rua, separaram-se. Pareceu aconselhável a Balli não deixar mais Amália sozinha com uma pessoa estranha; Emílio devia voltar para casa, e ele iria procurar o médico.

Ambos se puseram a correr. A pressa de Emílio era causada pela grande esperança que pouco antes se insinuara em sua alma. Não poderia realmente excluir que, chegando em casa, encontrasse Amália em seu perfeito juízo, cumprimentando-o e agradecendo-lhe pelo carinho que teria visto estampado em seu rosto. Seu passo rápido acompanhava e estimulava o sonho ousado. Nunca Angiolina lhe proporcionara um sonho semelhante, ditado por um desejo tão intenso.

Não sofreu com o ar rígido que havia soprado há pouco, a ponto de fazê-lo esquecer o dia quente, quase primaveril, que lhe parecia uma estridente contradição com sua dor. As ruas escureciam rapidamente: o céu estava coberto por grandes nuvens, arrastadas por uma corrente de ar, que em terra só se percebia na repentina queda brusca da temperatura. Ao longe, Emílio viu o topo de uma colina amarela com a luz mortiça contra o céu escuro.

Amália delirava como antes. Ao ouvir novamente sua voz cansada, com o mesmo som doce, a mesma modulação pueril interrompida pela ânsia, compreendeu que, enquanto lá fora ele esperava loucamente, naquela cama a enferma não encontrara um instante de trégua.

A sra. Elena estava pregada ao leito, porque a cabeça da doente repousava sobre seu braço. Contou, porém, que pouco depois de sua saída, Amália tinha rejeitado aquele apoio que se lhe tornara incômodo; agora o aceitava novamente.

Na verdade, a função da boa senhora devia terminar agora, e ele o disse, expressando-lhe infinito reconhecimento.

Ela o fitou com seus bons olhinhos e não moveu o braço sobre o qual a cabecinha de Amália se movia inquieta.

Perguntou:

– E quem vai me substituir?

Ao saber que ele pretendia pedir ao médico uma enfermeira a pagamento, ela pediu calorosamente:

– Então permita que eu fique.

E ficou agradecida quando ele, emocionado, declarou que nunca havia pensado em mandá-la embora, mas que temia incomodá-la ao retê-la ali. Perguntou-lhe depois se precisava informar alguém sobre o motivo de sua ausência. Com simplicidade, ela respondeu:

– Não tenho ninguém em casa que possa se surpreender com minha ausência. Imagine que a empregada entrou de serviço em minha casa precisamente hoje.

Pouco depois, Amália encostou a cabeça no travesseiro e o braço da senhora ficou livre. Então finalmente pôde tirar o chapéu de luto e, guardando-o, Emílio agradeceu novamente, porque lhe parecia que aquele ato confirmava a determinação que havia tomado de permanecer junto ao leito. Ela o olhou surpresa, sem compreendê-lo. Não poderia comportar-se de maneira mais simples.

Amália recomeçou a falar, sem se remexer, sem chamar, como se acreditasse sempre ter dito em voz alta todo o seu sonho. De certas frases dizia o início, de outras, o fim; murmurava palavras incompreensíveis, soletrava outras com clareza. Exclamava e perguntava. Perguntava com ansiedade, nunca satisfeita com a resposta, que talvez ela não entendesse completamente. À sra. Elena, que estava debruçada sobre ela, para melhor adivinhar um desejo que parecia querer expressar, perguntou:

– Mas você não é Vittoria?

– Eu não – respondeu a senhora, surpresa.

Essa resposta foi compreendida e foi suficiente para acalmar a doente por algum tempo.

Pouco depois tossiu. Lutou para não tossir mais, e seu rosto assumiu uma expressão de desolação pueril; devia ter sentido uma dor forte. A sra. Elena fez Emílio observar aquela expressão que já havia aparecido durante sua ausência.

– Será preciso falar ao médico sobre isso; pode-se dizer por essa tosse que a jovem deve estar doente do peito.

Amália teve outros acessos de tosse fraca e sufocada.

– Não aguento mais – gemeu e chorou.

Mas o pranto lhe banhava a face e ela já havia esquecido a dor.

Com dificuldade, voltou a falar da casa. Havia uma nova invenção para fazer café a bom preço.

– Fazem de tudo agora. Em breve poderemos viver sem dinheiro. Dê-me um pouco desse café para provar. Vou devolvê-lo a ele. Eu gosto de justiça. Disse isso também a Emílio...

– Sim, eu me lembro – disse Emílio para dar-lhe repouso. – Você sempre amou a justiça.

Debruçou-se sobre ela para beijá-la na testa.

Um instante desse delírio nunca mais foi esquecido por Emílio.

– Sim, nós dois – disse ela, olhando-o com aquele tom dos delirantes, que não se sabe se estão exclamando ou perguntando. – Nós dois, aqui, tranquilos, unidos, só nós dois.

A seriedade ansiosa do rosto acompanhava a seriedade das palavras, e a ânsia parecia ser a expressão de uma dor ardente. Pouco depois, porém, falava dos dois sozinhos na casa modesta.

A campainha tocou. Eram Balli e o dr. Carini. Emílio já conhecia o médico, homem em torno dos 40 anos, moreno, alto, magro. Diziam que seus anos de universidade foram mais ricos de diversão do que de estudos, mas, agora, bem de vida, não procurava clientes e se contentava com uma posição subalterna no hospital, para poder continuar os estudos que não havia feito antes. Amava a medicina com o fervor de um diletante; mas alternava o estudo com passatempos de toda espécie, tanto que tinha maior número de amigos entre artistas do que entre médicos.

Parou na sala de jantar e, observando que Balli não soubera contar-lhe mais nada sobre a doença de Amália, a não ser que devia tratar-se de um forte ataque de febre, pediu a Emílio que lhe contasse mais alguma coisa.

Emílio começou a falar sobre o estado em que havia encontrado a irmã algumas horas antes, na casa solitária, onde ela já devia ter cometido alguns atos estranhos desde a manhã. Descreveu o delírio com exatidão de detalhes; manifestara-se primeiro numa inquietação que a levava a procurar insetos nas pernas, depois a uma tagarelice incessante. Comovido ao relembrar e analisar toda a angústia daquele dia, falou, chorando, da ansiedade, depois da tosse, daquele som fino e falso, que parecia produzido por um vaso rachado, e da dor intensa que cada acesso de tosse produzia na doente.

O médico tentou animá-lo com palavras amistosas, mas depois, voltando ao assunto, fez uma pergunta que causou grande angústia em Emílio:

– E antes desta manhã?

– Minha irmã sempre foi fraca, mas sempre saudável.

Sentia-se comprometido com essa frase e só depois de tê-la dito ficou tomado de dúvidas. Aqueles sonhos em voz alta que havia ouvido certamente não tinham sido indícios de sua saúde alquebrada. Não deveria ter falado disso? Mas como fazê-lo na frente de Balli?

– Antes de hoje, a jovem sempre se sentia bem? – perguntou Carini, com ar incrédulo. – Mesmo ontem?

Emílio ficou confuso e não soube responder. Nem se lembrava de ter visto a irmã nos dias anteriores. Realmente, quando a tinha visto pela última vez? Talvez meses antes, naquele dia em que a viu na rua, vestida de forma um tanto estranha.

– Não creio que ela já estivesse doente antes. Ela teria me falado.

O médico e Emílio entraram no quarto da enferma, enquanto Balli, após breve hesitação, parou na sala de jantar.

A sra. Chierici, que estava sentada à cabeceira, levantou-se e foi aos pés da cama. A doente parecia sonolenta, mas, como sempre, falava como se ainda estivesse conversando e tivesse de responder perguntas ou acrescentar palavras às observações feitas anteriormente:

– Dentro de meia hora. Sim, mas não antes.

Abriu os olhos e reconheceu Carini; disse algo que deveria ser uma saudação.

– Bom dia, senhorita – respondeu o médico em voz alta, com a evidente intenção de se adaptar a seu delírio. – Queria vê-la antes, mas não foi possível.

Carini só estivera na casa uma vez, e Emílio ficou feliz por ver que ela o havia reconhecido. Devia ter melhorado muito nessas poucas horas, porque, ao meio-dia, nem o reconhecera. Comunicou essa observação em voz baixa ao médico.

Este estava atento, examinando o pulso da enferma. Depois lhe desnudou o peito e apoiou o ouvido em vários pontos. Amália ficou em silêncio com os olhos voltados para o teto. Em seguida, o médico contou com a ajuda da sra. Elena para soerguer a paciente e também submetê-la ao mesmo exame nas costas. Amália resistiu por um momento, mas, quando compreendeu o que se pretendia dela, tentou também de se manter nessa posição sozinha.

Agora olhava para a janela, que tinha escurecido rapidamente. A porta estava aberta, e Balli, que havia parado na soleira, foi visto pela doente.

– O sr. Stefano – disse ela, sem nenhuma surpresa e sem se mover, porque entendia que queriam que ela ficasse quieta.

Emílio, que temera uma cena, fez um sinal imperioso para Balli para que se retirasse, e apenas esse gesto sublinhou o importante encontro.

Balli, porém, não podia mais se retirar e avançou, enquanto ela o encorajava e chamava com repetidos acenos de cabeça.

– Há quanto tempo! – murmurou ela, certamente querendo dizer que eles não se viam há muito tempo.

Quando lhe permitiram que se deitasse novamente, ela continuou a olhar para Balli, que, mesmo no delírio, continuava a considerar a pessoa mais importante para ela naquele quarto. Sua ansiedade havia aumentado por causa do cansaço que teve ao ser obrigada a mover-se; um leve ataque de tosse a fez contrair o rosto de dor, mas ela continuou olhando para Balli. Mesmo bebendo com sofreguidão a água que o médico lhe oferecia, manteve os olhos fixos em Balli. Depois fechou os olhos e parecia querer dormir.

– Assim está tudo bem – disse ela, em voz alta e ficou quieta por alguns momentos.

Os três homens saíram do quarto de Amália e pararam no quarto contíguo. Emílio perguntou, impaciente:

– E então, doutor?

Carini, que tinha pouca prática em tratar com clientes, expressou com simplicidade sua opinião: pneumonia. E julgava o estado da enferma muito grave.

– Sem esperança? – perguntou Emílio, aguardando ansiosamente a resposta.

Carini lançou-lhe um olhar de compaixão. Disse que sempre havia esperança e que já tinha visto casos semelhantes se resolverem repentinamente com plena recuperação da saúde: um fenômeno que surpreendia até o médico mais experiente.

Então Emílio se comoveu. Oh, por que esse fenômeno surpreendente não haveria de se verificar também nesse caso? Seria o suficiente para lhe dar a sensação de felicidade para o resto da vida. Não era a alegria inesperada, o dom generoso da Providência que tanto havia desejado? A esperança foi plena por um instante; se tivesse visto Amália caminhando, se a tivesse ouvido falar com sensatez, não teria sentido felicidade maior.

Mas Carini não dissera tudo. Não admitia que a doença tivesse se manifestado naquele dia. Já violenta, devia ter-se manifestado um ou também dois dias antes.

Mais uma vez, Emílio teve de se culpar por aquele passado que jazia tão distante dele.

– Pode ser – admitiu – mas me parece difícil. Se se manifestou ontem, deve ter sido tão leve que não pude perceber.

Depois, ofendido com o olhar de reprovação de Balli, acrescentou:

– Não me parece possível.

Bruscamente, com o tom que todos toleravam nele, Balli disse ao médico:

– Sabe, de medicina nós não entendemos nada. Será que essa febre vai durar para sempre, até que a doença cesse? Não haverá eventuais melhoras?

Carini respondeu que nada poderia dizer sobre o curso da doença.

– Encontro-me diante de uma incógnita, de uma doença da qual só conheço o momento presente. Haverá crises? E quando? Amanhã, essa noite, daqui a três ou quatro dias, que sei eu?

Emílio achou que tudo isso justificava as mais ousadas esperanças e deixou Balli continuar o interrogatório ao médico. Já se via ao lado de Amália curada, sensata e capaz de voltar a sentir seu afeto.

O pior sintoma que Carini observou em Amália não era febre nem tosse; era a forma do delírio, aquela conversa agitada e contínua. Acrescentou em voz baixa:

– Não parece um organismo capaz de suportar altas temperaturas.

Pediu o que precisava para escrever, mas antes de passar a receita, disse:

– Para combater a sede, eu lhe daria um pouco de vinho com água de seltzer. A cada duas ou três horas eu lhe permitiria que tomasse uma generosa taça de vinho. Sim, – disse ele hesitante – a jovem deve estar habituada ao vinho.

Com dois traços resolutos da caneta, escreveu a receita.

– Amália não está habituada ao vinho – protestou Emílio. – Melhor, ela nem o suporta; jamais consegui fazer com que ela se habituasse.

O médico fez um gesto de surpresa e olhou para Emílio como se não pudesse acreditar que estava ouvindo a verdade. Balli também olhou para Emílio com um olhar perscrutador. Já tinha compreendido que o médico tinha concluído, pelos sintomas apresentados pela doença de Amália, que tinha relação com alcoolismo; e lembrou-se de ter observado que Emílio era capaz dos mais falsos pudores, queria induzi-lo a contar a verdade, que o médico precisava saber.

Emílio adivinhou o significado daquele olhar.

– Como pode acreditar em tal coisa? Ela, beber! Nem água consegue beber em abundância. Demora uma hora para tomar um copo de água.

– Se o senhor me garante, – disse o médico – tanto melhor, porque um organismo, por mais fraco que seja, pode resistir a altas temperaturas quando não é enfraquecido pelo álcool.

Olhou a receita com um pouco de hesitação, mas depois a deixou intacta, e Emílio entendeu que não havia acreditado nele.

– Na farmácia vão lhe dar um líquido, do qual a enferma deverá tomar uma colher de hora em hora. Melhor, gostaria de falar com a senhora que a assiste.

Emílio e Balli seguiram o médico e o apresentaram à sra. Elena. Carini explicou que desejava que se tentasse fazer a doente suportar compressas geladas no peito e disse que isso seria muito vantajoso para o tratamento.

– Ah, ela vai suportar! – disse Elena, com um fervor que surpreendeu os três homens.

– Calma! – disse o médico, sorrindo, feliz em ver a doente em mãos tão piedosas. – Não quero que ela seja forçada e, se ela demonstrar uma repulsa muito forte pelo frio, devemos desistir dessa tentativa.

Carini saiu prometendo voltar cedo no dia seguinte.

– E então, doutor? – perguntou Emílio, mais uma vez com voz suplicante.

Em vez de responder, o médico disse algumas palavras de conforto e que queria adiar seu diagnóstico para o dia seguinte. Balli saiu com Carini, prometendo voltar logo; queria estar com o médico sozinho e saber se este havia falado com Emílio com toda a sinceridade.

Emílio se agarrava com todas as forças à sua esperança. O médico se havia enganado ao acreditar que Amália fosse uma alcoólatra; todo o seu prognóstico poderia, portanto, estar errado. Não conhecendo limites aos sonhos, Emílio chegou a pensar que a saúde de Amália ainda poderia depender dele. Ela estava doente, em primeiro lugar, porque ele não cumprira seu dever de protegê-la; agora, pelo contrário, estava ali para lhe proporcionar todas as satisfações, todos os confortos, e o médico ignorava isso. Foi até a cama de Amália como se quisesse levar-lhe satisfação e conforto, mas ali logo se sentiu inerme. Beijou-a na testa e ficou longo tempo olhando para ela, enquanto lutava para conseguir um pouco de ar para seus pobres pulmões.

Balli, de retorno, sentou-se num canto, o mais longe possível do leito de Amália. O médico não havia podido senão repetir-lhe tudo o que já havia dito a Emílio.

A sra. Elena pediu para ir um instante até seu apartamento, onde devia dar algumas recomendações à empregada e iria mandá-la à farmácia. Saiu acompanhada de um olhar de admiração de Balli. Não havia necessidade de lhe dar dinheiro porque, mantendo um velho hábito, os Brentani tinham uma conta aberta na farmácia.

Balli murmurou:

– A bondade simples assim me comove mais do que a genialidade mais elevada.

Emílio tomara o lugar deixado por Elena. Já fazia tempo que a enferma não dizia nenhuma palavra inteligível; murmurou indistintamente como se quisesse praticar a pronúncia de palavras difíceis. Emílio apoiou a cabeça nas mãos e ouviu aquela ânsia sempre igual, vertiginosa. Ele a ouvia desde a manhã e parecia-lhe que se tornara uma propriedade de seu ouvido, um som de que não conseguiria mais se libertar. Lembrou-se de que uma noite, apesar do frio, se levantara da cama em roupa de dormir para dar assistência à pobre irmã, que ouvira sofrendo a seu lado: ofereceu-se para acompanhá-la ao teatro na noite seguinte. Sentira grande consolo ao ouvir a gratidão na voz de Amália. Depois tinha se esquecido daquele instante e nunca mais tentou repeti-lo. Oh, se tivesse sabido que em sua vida havia uma missão tão grave como a de tutelar uma vida dedicada unicamente a ele, não teria sentido mais necessidade de se aproximar de Angiolina. Agora, talvez tarde demais, ele estava curado daquele amor. Chorou em silêncio, na sombra, amargamente.

– Stefano – chamou a doente, em voz baixa.

Emílio estremeceu e olhou para Balli, que estava na parte do quarto ainda escassamente iluminada pela luz da janela. Stefano não devia ter ouvido, porque não se mexeu.

– Se você quiser, eu também quero – disse Amália.

Os sonhos antigos, que o brusco abandono de Balli havia sufocado, renasciam com as mesmas palavras. A doente havia aberto os olhos agora e olhava para a parede oposta:

– Estou de acordo – disse ela. – Faça você, mas rápido.

Um ataque de tosse fez seu rosto se contorcer de dor, mas logo depois disse:

– Ah, que dia lindo! Tão esperado!

Voltou a fechar os olhos.

Emílio achou que devia retirar Balli daquele quarto, mas não teve coragem. Já havia causado tantos males uma vez, quando interveio entre Balli e Amália. A gagueira da enferma voltou a ser incompreensível por algum tempo, mas quando Emílio começou a se acalmar, após nova crise de tosse, ela disse claramente:

– Oh, Stefano, estou muito mal.

– Ela me chamou? – perguntou Balli, levantando-se e indo até a cama.

– Não ouvi – disse Emílio, confuso.

– Não entendo, doutor – disse a doente, voltando-se para Balli –, fico quieta, me cuido e estou sempre mal.

Surpreso por não ter sido reconhecido depois de ter sido chamado, Balli falou como se fosse o médico; recomendou-lhe que continuasse sendo boa e logo estaria bem.

Ela continuava:

– Que necessidade tinha eu disso tudo... desse... – e tocou o peito e o lado – desse...

A ansiedade se revelava por inteiro apenas nas pausas, mas estas eram produzidas por hesitações, não por falta de ar.

– Desse mal – acrescentou Balli, sugerindo-lhe a palavra que procurava em vão.

– Desse mal – repetiu ela, agradecida.

Mas pouco depois a dúvida de que havia se expressado mal voltou e ela continuou, ansiosa:

– Que necessidade eu tinha disso... Hoje! O que vamos fazer com isso... isso... num dia assim?

Só Emílio compreendeu. Ela sonhava em se casar.

Amália, porém, não expressou esse pensamento. Repetiu que não precisava do mal, que acreditava que ninguém o queria e agora... agora mesmo. O advérbio, porém, nunca foi especificado de outra forma, e Balli não conseguia entendê-lo. Quando deitava a cabeça no travesseiro e olhava para frente ou fechava os olhos, voltava com absoluta familiaridade para o objeto de seus sonhos; quando os reabria, não percebia que esse objeto estava em carne e osso ao lado de sua cama. O único que podia compreender o sonho era Emílio, que conhecia todos os fatos e todos os sonhos anteriores a esse delírio. Ele se sentia mais do que nunca inútil ao lado daquela cama. Amália não lhe pertencia em seu delírio; era ainda menos dele do que quando se encontrava na posse de seus sentidos.

A sra. Elena voltou trazendo as compressas já preparadas e tudo o que era necessário para isolá-las e evitar que molhassem a cama. Desnudou o peito de Amália e protegeu-o dos olhares dos dois homens, colocando-se diante dele.

Amália soltou um leve grito de susto diante daquela súbita sensação de frio.

– Isso lhe fará bem – disse a sra. Elena, inclinada sobre ela.

Amália compreendeu, mas perguntou em dúvida e ofegante

– Faz bem?

Quis se libertar, porém, daquela sensação penosa, dizendo:

– Mas hoje não, hoje não.

– Por favor, minha irmã – pediu Emílio, calorosamente, encontrando, por fim, algo a fazer – faça o possível para manter essas compressas sobre o peito. Elas vão curá-la.

A ansiedade de Amália parecia aumentar; seus olhos se encheram de lágrimas de novo.

– Está escuro – disse ela –, muito escuro.

Estava mesmo escuro, mas quando a sra. Elena se apressou em acender uma vela, a enferma nem percebeu e continuou reclamando da escuridão. Tentava exprimir assim uma sensação opressiva bem diferente.

À claridade da vela, a sra. Elena percebeu que o rosto de Amália estava coberto de suor; até a camisola estava encharcada até os ombros.

– Que seja um bom sinal? – exclamou ela, jovialmente.

Nesse meio-tempo, porém, Amália, que no delírio era a humildade em pessoa, para se libertar do peso no peito e não contrariar a ordem que ouvira ecoar em seu ouvido, empurrou as compressas para as costas. Mas mesmo ali lhe causavam uma sensação desagradável e, então, com uma habilidade surpreendente, as enfiou debaixo do travesseiro, feliz por ter encontrado um lugar onde pudesse guardá-las sem ter de sofrer. Depois examinou com olhar inquieto o rosto de seus enfermeiros, de quem sentia necessidade. Quando a sra. Elena tirou as compressas da cama, teve a impressão de um indistinto som de surpresa. Durante a noite, esse foi o intervalo em que demonstrou maior lucidez e, mesmo assim, não teve senão a inteligência de um pobre animal manso e obediente.

Balli mandara vir, por meio de Michele, várias garrafas de vinho branco e tinto. Quis o acaso que a primeira garrafa em que pôs a mão fosse de espumante; a rolha saltou com forte detonação, bateu no teto e caiu sobre a cama de Amália. Ela nem percebeu, enquanto os outros, assustados, acompanharam com os olhos o voo do projétil.

Depois a enferma bebeu o vinho que lhe foi oferecido pela sra.

Elena, mas fazendo sinais de desgosto. Emílio observou aqueles sinais com profunda satisfação.

Balli ofereceu um copo à sra. Elena, que aceitou com a condição de que ele e Emílio bebessem com ela. Balli bebeu, desejando antes, com sua voz profunda, saúde a Amália.

Mas a saúde estava bem longe da pobrezinha:

– Oh, oh, quem vejo! – disse ela, pouco depois, com voz clara, olhando para frente. – Vittoria com ele! Não pode ser, porque ele teria me contado.

Era a segunda vez que mencionava aquela Vittoria, mas agora Emílio compreendeu, pois adivinhara a quem a enferma se referia com aquele *ele* tão acentuado. Estava tendo um sonho de ciúme. Continuou falando, mas com menos clareza. Só gaguejando, Emílio conseguiu seguir o sonho que durou mais tempo do que os que o precederam. As duas pessoas criadas em seu delírio se aproximaram, e a pobre Amália dizia que estava satisfeita por vê-las e por vê-las unidas.

– Quem disse que lamento? Isso me agrada.

Seguiu-se depois um período mais longo, em que apenas murmurou palavras indistintas. Talvez o sonho já tivesse morrido há algum tempo e Emílio ainda procurasse a dor do ciúme naqueles sons.

A sra. Elena estava sentada novamente em seu lugar habitual, à cabeceira. Emílio foi se juntar a Balli, que estava encostado no parapeito da janela, olhando para a rua. A tempestade que ameaçava há algumas horas continuava a adensar-se. Nem uma gota d'água ainda havia caído na rua. Os últimos reflexos do pôr do sol, amarelados pelo ar opaco, enviavam às calçadas e às casas reverberações que pareciam de incêndio. Balli, com os olhos semicerrados, olhava e apreciava a estranha cor.

Emílio tentou de novo achegar-se a Amália, protegendo-a, defendendo-a, embora até mesmo em seu delírio ela o rejeitasse. Perguntou a Balli:

– Você notou a careta de desgosto ela fez ao beber aquele vinho? Seria talvez essa a fisionomia de quem está habituado a beber?

Balli lhe deu razão, mas ansioso por defender Carini, disse com sua habitual forma ingênua de expressão:

— Pode ser que a doença lhe tenha alterado o paladar.

De raiva, Emílio sentiu um nó na garganta:

— Você ainda acredita nas palavras daquele imbecil?

Ao perceber tamanha comoção, Balli desculpou-se:

— Eu não entendo nada; a segurança com que Carini falou sobre isso me gerou dúvidas.

Emílio chorou de novo. Disse que não era a doença ou a morte de Amália que o levava ao desespero, mas, sim, a ideia de que ela vivera sempre desconhecida e vilipendiada. Agora o destino implacável se comprazia em distorcer sua fisionomia meiga, doce e virtuosa com a agonia dos viciados. Balli procurou acalmá-lo: pensando bem, também e achava impossível que Amália tivesse esse vício. De resto, não quisera fazer uma afronta à pobre moça. Com profunda comiseração, olhando para a cama, disse:

— Mesmo que a suposição de Carini estivesse certa, eu não teria desprezado sua irmã.

Ficaram longamente em silêncio junto da janela. O amarelo da rua ia se apagando com a noite que avançava rapidamente. Só o céu, onde as nuvens continuavam a se sobrepor, permanecia claro e amarelo.

Emílio pensou que talvez nem Angiolina tivesse ido ao encontro. Mas, de repente, esquecendo-se de um momento a outro o que havia decidido desde a manhã, disse:

— Agora vou a meu último encontro com Angiolina.

Na verdade, por que não? Viva ou morta, Amália o teria separado para sempre da amante, mas por que não iria dizer a Angiolina que queria romper definitivamente toda e qualquer relação com ela? O coração se expandiu de alegria ante esse último encontro. Sua presença naquele quarto não favorecia ninguém, ao passo que indo ao encontro de Angiolina estava prestando um verdadeiro benefício a Amália. A Balli que, surpreso com aquelas palavras, procurava dissuadi-lo de seu propósito, disse que ia ao encontro porque queria aproveitar seu estado de espírito para se libertar para sempre de Angiolina.

Stefano não acreditou; parecia-lhe ouvir falar o fraco Emílio de sempre e lhe pareceu que o tornaria mais forte, contando-lhe que naquele mesmo dia ele havia sido obrigado a expulsar Angiolina do ateliê. Disse-o com palavras que não podiam deixar dúvida sobre o motivo.

Emílio ficou pálido. Oh, sua aventura ainda não acabara. Renascia ali mesmo, junto ao leito da irmã. Angiolina o traía mais uma vez de forma inaudita. Pareceu-lhe estar tomado da mesma ansiedade de que sofria Amália; justamente no momento em que percebia que havia esquecido todos os seus deveres por causa de Angiolina, ela o traía com Balli. A única diferença entre a raiva que se havia apossado dele em outras ocasiões e essa que agora lhe tirava o fôlego era que não podia pensar em vingar-se daquela mulher de outra forma que não fosse pelo abandono. Em sua mente abatida não compreendia mais a ideia de vingança. Os acontecimentos haveriam de se desenrolar exatamente como se Balli não lhe tivesse dito nada. Não havia conseguido esconder sua dolorosa surpresa.

– Por favor – disse ele, com uma veemência que não tentou mitigar – conte-me o que aconteceu.

Balli protestou:

– Além da vergonha de ter tido que agir como um casto José uma vez na vida, não quero também ter a vergonha de consignar à história todos os detalhes de minha aventura. Mas você está definitivamente perdido, se num dia como este ainda pensa naquela mulher.

Emílio se defendeu. Disse que desde a manhã havia decidido abandonar Angiolina e que, portanto, as palavras de Balli só poderiam tê-lo magoado pelo remorso de ter dedicado a semelhante mulher parte tão importante da própria vida. Stefano não devia acreditar que iria àquele encontro com a intenção de fazer cena para Angiolina. Sorriu debilmente. Oh, longe disso! Na verdade, as palavras de Balli tiveram tão pouco efeito sobre ele que não acreditava estar mais determinado do que antes a romper aquele relacionamento.

– Todas essas coisas me comovem porque me reconduzem o pensamento ao passado.

Estava mentindo. Era o presente que se havia reavivado maravilhosamente. Onde estava o desconforto que durante a longa e vã assistência que prestara a Amália? Essa excitação não constituía um sentimento desagradável. Queria correr logo para chegar mais cedo àquele momento em que teria dito a Angiolina que nunca mais voltaria a vê-la. Sentia, porém, a necessidade de obter primeiro o consentimento de Balli. Não lhe foi difícil, porque Stefano sentiu uma compaixão tão profunda por ele naquele dia que não teria coragem de se opor a um de seus desejos.

Emílio, após leve hesitação, pediu a Balli que ficasse e fizesse companhia à sra. Elena. Sim, ele esperava voltar em breve. Assim, uma vez mais Angiolina reunia Stefano e Amália.

Balli aconselhou Emílio a não se dignar a fazer cenas com Angiolina. Brentani deu um sorriso calmo de uma pessoa superior. Mesmo que Balli não a pedisse, dava-lhe a garantia de que nem haveria de falar a Angiolina sobre a última traição, de que ficara sabendo agora. E essa era sinceramente sua intenção. Imaginava sua última conversa com Angiolina como meiga, talvez afetuosa. Precisava que assim fosse. Haveria de lhe dizer que Amália estava à beira da morte e que ele abandonava a amante sem recriminações. Não a amava mais, mas não amava nada mais neste mundo.

De chapéu na mão, foi até a cama de Amália. Ela o olhou longamente:

– Vem almoçar? – perguntou-lhe.

Depois procurou atrás dele e perguntou novamente:

– Vieram almoçar?

Ela estava sempre procurando Balli.

Cumprimentou a sra. Elena. Teve uma última hesitação. O destino sempre tivera o prazer de colocar, de forma bizarra, a desventura de Amália ao lado de seu amor por Angiolina; não poderia acontecer que sua irmã morresse justamente quando ele se encontrava com sua amante pela última vez? Voltou para junto daquela cama e viu na pobre moça a própria imagem da angústia. Ela havia caído de lado e mantinha a cabeça fora do travesseiro, fora da cama. Aquela cabeça, com seus poucos cabelos úmidos e emaranhados, procurava em vão um lugar para descansar. Era evidente que esse estado poderia preceder imediatamente a agonia; Emílio, no entanto, a deixou e saiu.

Tinha respondido às novas recomendações de Balli com um novo sorriso. O ar rígido da noite o sacudiu, gelando-o até o fundo da alma. Ele, usar de violência contra Angiolina! Por que era ela a causa da morte de Amália? Mas essa culpa não poderia lhe ser atribuída. Oh, o mal acontecia, não era cometido. Um ser inteligente não poderia ser violento, porque não havia lugar para o ódio. Pelo antigo hábito de debruçar-se sobre si mesmo e de analisar-se, veio-lhe a suspeita de que talvez seu estado de espírito fosse resultado da necessidade de desculpar-se e de absolver-se. Sorriu como se fosse algo muito cômico.

Como ele e Amália tinham sido culpados por terem levado a vida tão a sério! Na praia, depois de consultar o relógio, parou. O tempo aqui parecia pior do que na cidade. Ao sibilar do vento se juntava o clamor imponente do mar, um urro enorme composto pela união de mil vozes menores. A noite era extremamente escura; do mar só se viam algumas ondas brancas aqui e acolá que o caos queria arrebentar antes de chegar à terra. Nos barcos, na margem, estavam alerta e viam-se algumas figuras de marinheiros, trabalhando à noite e em perigo, no alto daqueles mastros, que executavam sua dança habitual voltados para as quatro direções.

Para Emílio parecia que aquela confusão combinasse com sua dor. E dela tirava ainda maior calma. O hábito literário o fez pensar na comparação entre aquele espetáculo e o da própria vida. Mesmo ali, no turbilhão, nas ondas em que uma transmitia à outra o movimento que ela própria tirara da inércia, uma tentativa de soerguer-se que terminava num deslocamento horizontal, ele via a impassibilidade do destino. Não havia culpa, embora houvesse tanto dano.

Ao lado dele, um marinheiro corpulento, solidamente apoiado sobre as pernas cobertas de longas botas, gritou um nome para o mar. Pouco depois outro grito lhe respondeu; ele então saltou para junto de uma coluna próxima, desamarrou uma amarra que estava enrolada nela, afrouxou-a e a esticou de novo. Lentamente, quase imperceptivelmente, um dos maiores barcos afastou-se da costa e Emílio compreendeu que haveria de ser amarrado a uma boia próxima para evitar que fosse arrastado para terra firme.

O marinheiro gigante assumiu então uma atitude completamente diferente; encostou-se na coluna, acendeu o cachimbo e com aquele apetrecho desfrutava seu repouso.

Emílio pensou que sua desventura era causada pela inércia de seu destino. Se, pelo menos uma vez na vida, tivesse de desamarrar e voltar a prender a tempo uma corda; se o destino de um barco de pesca, por menor que fosse, lhe tivesse sido confiado, à sua atenção, à sua energia; se lhe tivesse sido imposto forçar com a própria voz os clamores do vento e do mar, ele teria sido menos fraco e menos infeliz.

Foi ao encontro. A dor voltaria logo depois; naquele momento, ele amava, apesar de Amália. Não havia dor naquela hora em que ele podia fazer exatamente o que sua natureza exigia. Saboreava com vontade aquele sentimento calmo de resignação e de perdão. Não pensou em nenhuma frase para comunicar seu estado de espírito a Angiolina; na verdade, o último encontro deles devia ser-lhe absolutamente inexplicável, mas ele agiria como se algum ser mais inteligente estivesse presente para julgar tanto ele quanto ela.

O tempo se transformara num vento frio e violento, mas contínuo, igual; não havia mais luta no ar.

Angiolina veio a seu encontro na avenida Sant'Andrea. Ao vê-lo, exclamou com grande irritação – uma dolorosa dissonância no estado de espírito de Emílio:

– Estou aqui há meia hora. Estava prestes a ir embora.

Ele, gentilmente, a conduziu para perto de um poste de luz e mostrou-lhe o relógio, que marcava com precisão o horário estabelecido para o encontro.

– Então me enganei – disse ela, não muito mais branda.

Enquanto ele estudava a maneira de lhe dizer que esse seria o último encontro, ela parou e falou:

– Por essa noite você terá de me deixar ir. Amanhã nos veremos; está frio e depois...

Ele foi arrancado da análise que sempre continuava a fazer sobre si mesmo e a observou; compreendeu de imediato que não era o frio que a fazia querer ir embora. Ficou surpreso, além disso, ao encontrá-la vestida com mais esmero que de hábito. Um vestido marrom que ele nunca tinha visto, muito elegante, parecia selecionado para alguma ocasião especial; até o chapéu lhe pareceu novo, e observou também que calçava sapatos que não eram muito adequados para caminhar em Sant'Andrea com aquele tempo.

– E depois? – repetiu ele, parando ao lado dela e olhando-a nos olhos.

– Escute, quero lhe contar tudo – disse ela, assumindo um aspecto de absoluta confiança, totalmente fora de propósito, e continuou destemida, sem perceber que o olhar de Emílio se tornava cada vez mais sombrio:

– Recebi um telegrama de Volpini, anunciando sua chegada. Não sei o que ele quer de mim; mas a essa hora, certamente, já deve estar em minha casa.

Ela mentia, não havia dúvida alguma. Volpini a quem, pela manhã, lhe havia escrito aquela carta, eis que, antes de recebê-la, chegava, contrito, pedindo desculpa. Transtornado, Emílio riu triste:

– Como? Aquele que lhe escreveu ontem aquela carta, vem hoje retirar tudo pessoalmente e, melhor, chega a avisá-la de sua vinda por telegrama. Grande sacada! Essa é boa! A ponto de recorrer ao telégrafo! E se você estivesse enganada e em lugar de Volpini fosse outro?

Ela sorriu ainda segura de si:

– Ah, Sorniani lhe contou que há duas noites ele me viu tarde na rua, acompanhada por um senhor? Eu tinha saído da casa dos Deluigi naquele momento e, com medo de andar sozinha à noite, aquela companhia me foi muito cômoda.

Ele não a ouvia, mas a última frase do que ela acreditava ser uma justificativa, a ouviu e, pela estranheza, a reteve: aquilo era um *Deo gratias* qualquer. Depois continuou:

– Pena que esqueci o telegrama em casa. Mas se você não quer acreditar em mim, tanto pior. Não tenho sido sempre pontual em todos os encontros? Por que eu teria de inventar mentiras hoje, só para faltar a este?

– É fácil compreender! – disse Emílio, rindo com raiva. – Hoje você tem outro encontro. Vá a ele depressa! Há alguém esperando por você.

– Pois bem, se é isso que acredita de mim, é melhor que eu vá embora!

Falava resoluta, mas não se moveu do lugar.

As palavras causaram nele um mesmo efeito de como se tivessem sido acompanhadas pelo ato imediato. Ela queria deixá-lo!

– Espere um só momento antes, vamos nos explicar!

Mesmo na enorme raiva que o invadia totalmente, ele pensou um momento se não seria possível retornar ao estado de calma resignada em que se encontrava pouco antes. Mas não teria sido certo derrubá-la e pisoteá-la? Agarrou-a pelos braços para impedi-la de andar, apoiou-se no poste de luz da rua que tinha atrás dele e aproximou o rosto transtornado do rosto rosado e calmo dela.

– É a última vez que nos vemos! – gritou.

– Está bem, está bem – disse ela, ocupada apenas em se libertar daquele aperto que a machucava.

– E sabe por quê? Porque você é uma...

Hesitou um instante, depois gritou aquela palavra que até para sua raiva parecia excessiva, gritou-a vitorioso, celebrando a vitória sobre sua dúvida.

– Largue-me – gritou ela, transtornada pela raiva e pelo medo – largue-me ou vou gritar por socorro.

– Você é uma... – replicou ele, finalmente, vendo-a irritada, podia desistir de agredi-la. – Mas você acha então que há muito tempo eu não tinha percebido com quem eu me relacionava? Quando a encontrei vestida de criada, na escada de sua casa – relembrou aquela noite em todos os seus pormenores – com aquele xale toscamente colorido na cabeça, os braços quentes da alcova, pensei logo na palavra que acabo de lhe dizer. Não quis dizê-la e preferi brincar com você como faziam todos os outros, Leardi, Giustini, Sorniani e... e... Balli.

– Balli! – riu ela, gritando para fazer-se ouvir no meio do barulho do vento e da voz de Emílio. – Balli anda se gabando; nada disso é verdade.

– Porque ele não quis, aquele idiota, por consideração a mim, como se me importasse que você fosse possuída por um homem a menos, sua... – e pela terceira vez lhe disse aquela palavra.

Ela redobrou os esforços para se desvencilhar, mas o esforço para segurá-la era agora o melhor desafogo para Emílio; apertava com força os dedos em seus braços macios.

Ele sabia que no momento em que a libertasse, ela iria embora e tudo estaria acabado, tudo e de uma maneira bem diferente daquela que ele havia sonhado.

– E gostei de você – disse ele, talvez tentando se abrandar, mas logo acrescentou: – Mas sempre soube o que você era. Sabe o que você é?

Oh, finalmente havia encontrado satisfação; precisava obrigá-la a confessar o que era:

– Diga, pois. O que você é?

Ela agora, aparentemente exausta, tinha medo; com o rosto esbranquiçado, fitava-o com um olhar que pedia compaixão. Deixava-se sacudir sem resistência e lhe pareceu que estava prestes a cair. Afrouxou o aperto e a segurou. De repente, ela se libertou e se pôs a correr desesperadamente. Tinha, portanto, mentido mais uma vez! Ele não teria conseguido alcançá-la; abaixou-se e procurou uma pedra; como não a encontrou, recolheu um punhado de seixos e os atirou atrás dela. O vento os dispersou e algum deve tê-la atingido, porque soltou um grito de susto; outros foram detidos pelos ramos secos das árvores e produziram um ruído desproporcional à raiva com que os atirara.

O que fazer agora? A última satisfação pela qual ansiara, lhe fora negada. Apesar de sua grande resignação, tudo a seu redor permanecia rude, sem doçura; ele próprio era brutal! Suas artérias batiam com superexcitação; naquele frio ardia de raiva, de febre, imóvel sobre as pernas paralisadas e já havia renascido nele o observador calmo que o recriminava.

– Nunca mais a verei – disse ele, como se respondesse a uma repreensão. – Nunca! Nunca mais!

E quando pôde caminhar, essa palavra ressoou no rumor dos próprios passos e no assobio do vento sobre a paisagem desconsolada. Sorriu sozinho ao repassar pelos lugares por onde viera, recordando as ideias que o haviam acompanhado a esse encontro. Como a realidade era sempre surpreendente!

Não foi logo para casa. Teria sido impossível para ele servir de enfermeiro naquele estado de espírito. O sonho o possuía por inteiro, tanto que não saberia dizer por qual caminho voltara para casa. Oh! Se o encontro com Angiolina tivesse sido como ele quisera, teria podido ir direto para junto da cama de Amália, sem nem sequer alterar a expressão de seu rosto.

Descobriu uma nova analogia entre sua relação com Angiolina e aquela com Amália. Ele se distanciava de ambas sem poder dizer a última palavra que pelo menos teria suavizado a recordação das duas mulheres. Amália não podia ouvi-la; a Angiolina não soubera dizê-la.

# CAPÍTULO XIII

Passou a noite toda à cabeceira de Amália, num sonho ininterrupto. Não que pensasse continuamente em Angiolina, mas entre ele e seu contorno havia um véu que o impedia de ver com clareza. Um grande cansaço o impedia tanto das ousadas esperanças, que tivera de vez em quando durante a tarde, como dos violentos desesperos que lhe tinham dado o alívio do pranto.

Em casa, pareceu-lhe encontrar tudo no mesmo estado de antes. Apenas Balli tinha abandonado seu cantinho e fora sentar-se aos pés da cama, ao lado da sra. Elena. Olhou amoradamente para Amália, na esperança de poder chorar novamente. Analisou-a, examinou-a, para sentir toda a sua dor e sofrer com ela. Depois desviou o olhar, envergonhado; percebeu que em sua busca pela emoção havia ido em busca de imagens e metáforas. Mais uma vez sentiu vontade de fazer alguma coisa e disse a Balli que o liberava, agradecendo-lhe a ajuda que havia prestado.

Mas Balli, que nem sequer tinha pensado em perguntar-lhe como tinha sido a sua despedida de Angiolina, chamou-o de lado para lhe dizer que não queria ir embora. Parecia embaraçado e triste. Ainda tinha algo a dizer, e lhe parecia tão delicado, que não ousou fazê-lo sem um preâmbulo de preparação. Eles eram amigos há muitos anos e todo o mal que pudesse recair sobre Emílio, ele o sentia como seu. Depois, decidido, disse:

– Essa pobrezinha chama por mim continuamente; eu fico.

Emílio apertou-lhe a mão sem sentir grande reconhecimento; agora – tinha tanta certeza disso que daí tirava grande tranquilidade – já não havia mais remédio para Amália.

Contaram-lhe que há alguns minutos Amália falava continuamente de sua doença. Isso não poderia ser um indício de que a febre havia diminuído? Ele ficou ouvindo, totalmente convencido de que se enganavam. De fato, ela delirou:

– A culpa é minha se estou doente? Volte amanhã, doutor, que estarei muito bem.

Não parecia estar sofrendo; tinha o rosto pequeno, mísero, exatamente o rosto apropriado para aquele corpo. Ainda olhando para ela pensou:

"Ela vai morrer."

Ele a imaginou morta, tranquila, livre de ansiedade e delírio. Sentiu a dor de ter tido aquela ideia pouco afetuosa. Afastou-se um pouco da cama e sentou-se à mesa, onde Balli também havia se sentado.

Elena permaneceu ao pé da cama. À luz fraca da vela, Emílio percebeu que ela chorava.

– Parece que estou junto ao leito de meu filho – disse ela, percebendo que suas lágrimas haviam sido vistas.

Amália disse de repente que se sentia muito, mas muito bem e pediu para comer. O tempo não corria normalmente para aqueles que estavam junto daquela cama e que acompanhavam, viviam aquele delírio. A cada instante acusava outro estado de ânimo ou novas crises, e fazia seus enfermeiros passar com ela por fases cujo desenvolvimento na vida habitual dura dias e meses.

A sra. Elena – lembrando-se de uma prescrição do médico – preparou e ofereceu-lhe um café, que ela o tomou com sofreguidão. O delírio logo a trouxe de volta a Balli. Somente para um observador superficial aquele delírio carecia de nexo. As ideias se misturavam, uma submergia na outra, mas quando reaparecia era exatamente aquela que havia sido abandonada. Ela havia inventado sua rival, Vittoria; acolhera-a com palavras afáveis e depois – como Balli contou – ocorreu um bate-boca entre as duas mulheres, que fez transparecer a Balli ser ele o pensamento dominante da doente. Agora Vittoria voltava, Amália a via aproximar-se e ficou horrorizada.

– Não vou lhe dizer nada! Ficarei aqui, calada, como se ela não estivesse presente. Eu não quero nada, então me deixe em paz.

Depois chamou Emílio em voz alta.

– Você que é amigo dela, diga-lhe que ela está inventando tudo. Eu não lhe fiz nada.

Balli achou que poderia acalmá-la:

– Escute, Amália! Estou aqui e não acreditaria em nada se me falassem mal de você.

Ela ouviu e ficou pensando muito tempo:

– *Você*, Stefano? – não o reconheceu: – Fale com ela, então!

Exausta, deixou recair a cabeça no travesseiro e, pela experiência anterior, todos sabiam que, por ora, o episódio estava encerrado.

Durante essa pausa, a sra. Elena empurrou a própria cadeira em direção à mesa onde os dois homens estavam sentados e pediu a Emílio, que ela viu angustiado, que fosse se deitar. Ele recusou, mas essas palavras deram início a uma conversa entre os três enfermeiros que conseguiu, por alguns momentos, distraí-los.

A sra. Chierici, a quem Balli, com sua indiscreta curiosidade, fizera algumas perguntas, contou que, no dia em que se encontrou com Emílio, ela estava indo à missa.

Agora, disse ela, parecia-lhe estar na igreja desde a manhã e sentia o mesmo alívio de consciência de alguém que rezou com fervor. Disse isso sem hesitação, no tom do crente que não teme as dúvidas dos outros.

Então ela contou uma história estranha, a sua: até os 40 anos vivera sem afeto, tendo perdido os pais muito jovem; sem carinho, os dias passaram solitários e serenos. Nessa idade conheceu um viúvo, que se casou com ela para dar uma mãe ao filho e à filha que tivera do primeiro casamento. De início, as duas crianças não a aceitaram, mas mesmo assim ela não deixou de lhes querer bem, sentindo-se segura de que acabaria por ser amada por essas crianças. Enganou-se. Tanto o menino quanto a menina sempre a consideraram e a odiaram como madrasta. Havia os parentes da primeira mulher que se intrometiam entre os filhos e a nova mãe, levando-os a odiá-la com mentiras e a acreditar que a sombra da mãe ficaria com ciúme se tivessem afeto para com a nova mulher.

– Eu, pelo contrário, me afeiçoava sempre mais, a ponto de amar também a rival que os havia deixado para mim. Talvez – acrescentou ela, com uma observação objetiva de analista – o desdém que se estampava tão bem em seus lindos rostos rosados fosse a razão pela qual eu passasse a me apaixonar sempre mais por eles.

A menina lhe foi tomada logo depois da morte do pai, por um parente que persistia em acreditar que a maltratava.

O menino permaneceu com ela, mas, mesmo quando seus parentes não estavam mais próximos para inspirar-lhe ódio, ele, com uma obstinação surpreendente em sua mente juvenil, continuou a manter por ela a mesma desdenhosa malevolência que se manifestava em desaforos e grosseria. Adoeceu de escarlatina maligna, mas mesmo na febre resistia, até que, exausto, poucas horas antes de morrer, jogou seus braços em torno do pescoço dela, chamando-a de mãe e implorando para que ela o salvasse. Depois a sra. Elena se demorou com grande prazer em descrever aquele menino que tanto a fizera sofrer. Ousado, vivaz, inteligente; compreendia tudo, menos o afeto que lhe foi oferecido. Agora a vida da sra. Elena se resumia entre sua casa vazia, a igreja, onde ela rezava por quem lhe quisera bem um só instante, e aquele túmulo onde sempre havia muito a fazer. Sim! No dia seguinte, sem falta, ela devia ir até lá para ver se dera resultado a tentativa de escorar um arbusto que não queria crescer direito.

– Então vou embora, se a Vittoria estiver aí – gritou Amália, soerguendo-se para ficar sentada.

Emílio, assustado, ergueu a vela para ver melhor. Amália estava lívida; seu rosto era da cor do travesseiro sobre o qual se apoiava. Balli olhou para ela com evidente admiração. A luz amarela da vela se refletia com muito brilho no rosto molhado de Amália, tanto que parecia luminosidade sua, que fluía de seu íntimo, assim brilhante e sofrido, e gritava. Parecia a representação plástica de um violento grito de dor. O pequeno rosto, sobre o qual por um instante ficou impressa uma firme resolução, ameaçava imperiosamente. Foi apenas um lampejo:

logo recaiu, acalmada por palavras que não compreendia. Recomeçou depois a balbuciar baixinho para si mesma, acompanhando a vertiginosa corrida de seus sonhos com algumas palavras.

Balli disse:

– Parecia uma fúria boa e meiga. Nunca vi nada parecido.

Estava sentado e fitava o ar com aquele olhar de sonhador que procura ideias. Era evidente, e Emílio ficou satisfeito com isso: Amália morria amada pelo amor mais nobre que Balli poderia oferecer.

A sra. Elena retomou a conversa no ponto em que a havia deixado. Talvez para acalmar Amália, ela não se havia afastado um só instante de seu pensamento mais caro. Até o ressentimento para com os parentes do marido era um elemento de sua vida. Contou que eles a tinham desprezado porque era filha de um comerciante de ferragens.

– Em todo caso – acrescentou ela – o nome Deluigi é um nome honrado.

Emílio ficou surpreso com o destino que fazia entrar em sua casa um membro daquela família tantas vezes mencionada por Angiolina. Perguntou de imediato a sra. Elena se ela tinha outros parentes. Disse que não e negou também que pudesse haver na cidade outra família com esse sobrenome. Negou-o tão resolutamente que ele teve de acreditar.

Por isso também naquela noite seus pensamentos foram direcionados para Angiolina. Como na época que lhe parecia tão distante, em que Amália ainda sadia não era para ele mais do que uma pessoa inquietante, cuja proximidade devia evitar, foi invadido por um desejo ardente de correr até Angiolina para recriminar-lhe tamanha traição, a maior que havia tramado. Esses Deluigi tinham surgido no início de seu relacionamento, e cada membro dessa família foi sendo criado segundo a necessidade. Primeiro tinha sido a velha Deluigi, que amava Angiolina como uma mãe, depois a filha que a considerava uma amiga e, por fim, o velho que tentou embriagá-la. Uma mentira que se repetia em todas as suas conversas, e com essa desaparecia toda a doçura da lembrança de Angiolina. Mesmo aqueles raros momentos de amor que ela conseguira simular revelaram-se claramente o que eram: mentiras. Até essa nova traição, no entanto, ele a sentiu como um novo vínculo. Amália se movia em vão, ansiosa, em seu leito de dor; por muito tempo ficou sem vê-la. Quando readquiriu um pouco de calma, teve a dor de ter de reconhecer que, quando a doença de Amália ou a própria Amália desaparecesse, ele haveria de correr de novo para Angiolina. Demoradamente, para exercer pressão sobre si mesmo, enrijeceu-se em seu lugar e jurou nunca mais cair naqueles laços:

– Nunca mais, nunca mais.

Mesmo aquela noite interminável, a mais dolorosa que já tivesse passado em vigília e que também poderia se tornar objeto de recordação, fugia. Um relógio bateu duas horas.

A sra. Elena pediu a Emílio que lhe trouxesse uma toalha para enxugar o rosto de Amália. Para não ter de sair daquele quarto, ele – tendo encontrado as chaves – abriu o guarda-roupa da irmã. Foi logo atingido por um cheiro estranho de medicamentos perfumados. As poucas peças de roupa de cama estavam distribuídas em grandes gavetas, também repletas de frascos de vários tamanhos. Não compreendeu logo e, para ver melhor, apanhou uma vela. Algumas gavetas estavam cheias até a borda com frascos alegremente brilhantes com misteriosas cintilações amarelas de tesouro oculto; nas outras gavetas ainda havia espaço, e a distribuição era feita de tal maneira que se adivinhava a intenção de completar ordenadamente a estranha coleção. Apenas um frasco estava fora de lugar, e nele ainda havia um resquício de líquido transparente. O odor do líquido não deixava dúvidas; devia ser éter perfumado. O dr. Carini tinha razão: Amália procurara o esquecimento na embriaguez. Não sentiu nenhum rancor pela irmã nem por um único momento, porque a conclusão que lhe veio de imediato à mente foi uma só: Amália estava perdida. Essa descoberta serviu, por isso, para reconduzi-lo finalmente a ela.

Ele fechou cuidadosamente o armário. Não tinha sido capaz de tutelar a vida da irmã; tentaria agora manter intacta sua reputação.

A aurora avançava sombria, hesitante, triste. Embranquecia a janela, mas deixava intacta a noite no interior do quarto. Parecia que apenas um raio penetrasse nele, pois a luz do dia batia nos cristais da mesa, colorindo-se de azul e verde, fina e suave. O vento continuava soprando na rua, com os mesmos ruídos regulares e triunfais que fazia quando Emílio havia abandonado Angiolina.

No quarto, porém, havia grande calma. Havia várias horas que o delírio de Amália se traduzia apenas em palavras truncadas. Ficara imóvel sobre o lado direito, o rosto muito próximo da parede, os olhos sempre abertos.

Balli foi descansar no quarto de Emílio. Tinha pedido para não deixá-lo dormir mais de uma hora.

Emílio sentou-se de novo à mesa. Teve um sobressalto de terror: Amália não respirava mais. Até a sra. Elena percebeu e se levantou. A enferma continuava olhando para a parede com os olhos arregalados e alguns momentos depois voltou a respirar. Os primeiros quatro ou cinco respiros pareciam de uma pessoa saudável, e Emílio e Elena se entreolharam, sorrindo e cheios de esperança. Mas logo aquele sorriso morreu em seus lábios, porque a respiração de Amália começou a acelerar, para se tornar mais pesada e depois parar novamente. Dessa vez a parada durou tanto que Emílio gritou apavorado. A respiração voltou como antes, calma por um curto período de tempo, e depois tornando-se logo vertiginosamente difícil. Foi uma fase muito dolorosa para Emílio. Ainda que, depois de uma hora de intensa atenção, tenha conseguido constatar que aquela cessação momentânea da respiração não era a morte e que a respiração regular que se seguia não era um prenúncio de saúde, ele, por ansiedade, também prendia a respiração quando parava aquela de Amália e se abandonava a louca esperança quando percebia retornar aquela respiração calma e rítmica, sofrendo até as lágrimas ante o desengano de vê-la retornar à falta de ar.

A aurora já iluminava também a cama. A nuca cinzenta da sra. Elena que, contentando-se com o descanso superficial de uma boa enfermeira, mantinha a cabeça reclinada sobre o peito, parecia toda prateada. Para Amália, a noite nunca terminaria. A cabeça agora se destacava com contornos precisos no travesseiro. Os cabelos pretos nunca tiveram tanta importância naquela cabeça como durante a doença. Parecia o perfil de uma pessoa enérgica, com maçãs do rosto proeminentes e queixo pontudo.

Emílio apoiou os braços na mesa e repousava a cabeça entre as mãos. A hora em que maltratara Angiolina parecia-lhe já muito distante, porque não se considerava capaz de semelhante ação de novo; não conseguia encontrar em si mesmo a energia nem a brutalidade necessárias para levá-la a cabo. Fechou os olhos e adormeceu. Pareceu-lhe então que sempre tinha percebido a respiração de Amália mesmo durante o sono e que continuava a sentir o medo, a esperança e a desilusão como antes.

Quando acordou já era dia claro. Amália olhava para a janela com os olhos arregalados. Ele se levantou, e ela, sentindo-o se mover, olhou para ele. Que olhar! Não mais de febre, mas de pessoa morta de cansaço, que não tem total controle sobre os próprios olhos e exige esforço e insistência para dirigi-los.

– Mas o que é que eu tenho, Emílio? Eu vou morrer!

Sua inteligência havia retornado e, tendo esquecido a observação feita sobre os olhos dela, voltou a ter esperança. Ele lhe disse que ela estivera muito mal, mas que agora – se percebia – estava melhor. O afeto que sentia no coração transbordou e começou a chorar de consolo. Beijando-a, gritou que a partir de então haveriam de viver unidos, um para o outro. Parecia-lhe que toda aquela noite atormentadora só servira para prepará-lo para essa inesperada e feliz solução. Depois recordou essa cena com vergonha. Parecia-lhe que quisera aproveitar aquele único lampejo de inteligência em Amália para aplacar a própria consciência.

A sra. Elena acorreu para acalmá-lo e alertá-lo para não agitar a enferma. Infelizmente Amália não compreendia. Parecia tão fixada numa única ideia que devia envolver todos os seus sentidos:

– Diga-me – suplicou ela –, o que aconteceu? Estou com tanto medo! Eu vi você e Vittoria e...

O sonho se havia misturado com a realidade; e sua pobre mente enfraquecida não sabia desfazer o complicado emaranhado.

– Procure compreender! – implorou Emílio, calorosamente. – Você tem sonhado ininterruptamente desde ontem. Descanse agora e depois pensará.

A última frase foi dita na sequência de um novo gesto da sra. Elena que com ele atraiu a atenção de Amália.

– Não é Vittoria – disse a pobrezinha, evidentemente mais tranquila.

Oh, essa não era a inteligência que poderia ser considerada como anúncio de saúde; manifestava-se apenas com lampejos que ameaçavam iluminar e tornar a dor sensível. Emílio estava com tanto medo quanto antes do delírio.

Balli entrou. Tinha ouvido a voz de Amália e vinha também ele, surpreendido pela inesperada melhoria.

– Como vai, Amália? – perguntou ele, afetuosamente.

Ela olhou para ele com uma expressão de surpresa incrédula:

– Mas então não era um sonho?

Observou Stefano longamente; olhou depois para o irmão e novamente para Balli como se quisesse comparar os dois corpos e ver se a um deles estava faltando o aspecto da realidade.

– Mas Emílio – exclamou ela –, não compreendo!

– Sabendo que você estava doente – explicou Emílio –, ele quis me fazer companhia essa noite. É sempre o velho amigo de nossa casa.

Ela não ouvia bem:

– E Vittoria? – perguntou.

– Essa mulher nunca esteve aqui – disse Emílio.

– Ele tem o direito de agir assim. E você pode ficar também com eles – murmurou ela, e teve uma centelha de rancor nos olhos.

Depois esqueceu tudo e todos e ficou olhando a luz da janela.

Stefano lhe disse:

– Escute-me, Amália! Nunca conheci a Vittoria de que você fala. Sou seu amigo dedicado e fiquei aqui para ajudá-la.

Ela não escutava. Olhava a luz da janela com um evidente esforço para aguçar a vista meio apagada. Olhava, imóvel, admirando. Fez uma careta feia que parecia também um sorriso.

– Oh! – exclamou ela. – Quantas crianças lindas.

Admirou longamente. O delírio havia retornado. Houve, porém, uma pausa entre os sonhos da noite e as imagens luminosas que se vestiam com as cores da aurora. Via crianças rosadas dançando ao sol. Um delírio de poucas palavras. Designava o objeto que via e nada mais. A própria vida ficava esquecida. Não mencionou Balli, nem Vittoria, nem Emílio.

– Quanta luz – disse ela, fascinada.

Ela também se iluminou. Sob sua pele diáfana, sangue vermelho podia ser visto subindo e colorindo suas faces e a fronte. Ela mudava, mas não se sentia a si mesma. Olhava as coisas que se afastavam cada vez mais dela.

Balli propôs chamar o médico.

– É inútil – disse a sra. Elena, que a partir daquele rubor há compreendido em que ponte se havia chegado.

– Inútil? – perguntou Emílio, com medo de ouvir seu pensamento repetido por outros.

De fato, pouco depois, a boca de Amália se contraiu naquele estranho esforço em que parece que, no fim, até os músculos, inaptos para tanto, são forçados a trabalhar pela respiração. Os olhos ainda enxergavam. Não disse mais nenhuma palavra. Logo à respiração se juntou o estertor, um som que parecia um lamento, justamente o lamento de uma pessoa meiga ao morrer. Parecia o resultado de uma leve desolação; parecia intencional, um protesto humilde. Na verdade, era o lamento da matéria que, já abandonada e desorganizando-se, emite os sons que aprendeu na longa dor consciente.

# CAPÍTULO XIV

A imagem da morte é suficiente para ocupar todo um intelecto. Os esforços para retê-la ou repeli-la são titânicos, porque cada fibra nossa aterrorizada a recorda depois de senti-la próxima, cada molécula nossa a repele no próprio ato de conservar e produzir a vida. O pensamento da morte é como uma qualidade, uma doença do organismo. A vontade não o chama nem o rejeita.

Emílio conviveu longamente com esse pensamento. A primavera havia passado, e ele só havia percebido isso quando a viu florescendo no túmulo da irmã. Era um pensamento que não estava associado a nenhum remorso. A morte era a morte; não ficava mais terrível pelas circunstâncias que a acompanhavam. A morte havia passado, o grande delito também, e ele sentia que seus erros e delitos haviam sido totalmente esquecidos.

Durante esse período, tanto quanto pôde, viveu solitário. Evitou também Balli que, depois de se ter conduzido tão bem junto ao leito de Amália, já se esquecera completamente do breve entusiasmo que ela soubera lhe inspirar. Emílio não conseguia perdoá-lo por não se parecer com ele nesse ponto. Era praticamente a única coisa que lhe recriminava.

Quando sua emoção se enfraqueceu, pareceu-lhe perder o equilíbrio. Correu para o cemitério. A estrada poeirenta o fez sofrer, e indizivelmente o calor. Ao lado do túmulo assumiu a pose de contemplador, mas não soube contemplar. Sua sensação mais forte era o ardor da pele irritada pelo sol, pela poeira e pelo suor. Em casa se lavou e, depois de refrescar o rosto, perdeu toda a lembrança daquela visita. Sentiu-se sozinho, totalmente sozinho. Saiu com a vaga intenção de se apegar a alguém, mas no patamar onde um dia havia encontrado a ajuda que procurava, lembrou-se de que não muito longe poderia encontrar uma pessoa que o ensinaria a lembrar, a sra. Elena.

Ele – disse a si mesmo enquanto subia as escadas –, ele não esquecera Amália, lembrava-a até demais, mas esquecera a emoção causada por sua morte. Em vez de vê-la no estertor da última luta, recordava-a quando triste, exausta, de olhos mortiços o repreendia por seu abandono, ou quando, desanimada, repunha a xícara preparada para Balli ou, finalmente, relembrava de seus gestos, suas palavras, seus gritos de raiva e de desespero. Eram todos lembretes da própria culpa. Precisava enterrar tudo isso com a morte de Amália; a sra. Elena saberia como fazer. A própria Amália tinha sido insignificante em sua vida. Não recordava nem mesmo se ela havia demonstrado desejo de se aproximar dele quando ele, para se salvar de Angiolina, tentara tornar mais afetuoso o relacionamento deles. Somente sua morte tinha sido importante para ele; isso pelo menos o havia libertado de sua vergonhosa paixão.

– A sra. Elena está em casa? – perguntou ele, à criada que veio abrir a porta.

Naquela casa não se devia estar habituado a receber muitas visitas. A criada – uma loira gentil – barrou seu caminho e começou a chamar em voz alta a sra. Elena. Esta entrou no corredor escuro por uma porta lateral e parou sob a luz que vinha da sala.

"Como fiz bem em vir!", pensou Emílio alegremente, emocionado ao ver a cabeça grisalha de Elena, debilmente iluminada, emitindo precisamente aqueles reflexos que o haviam surpreendido na manhã da morte de Amália.

A sra. Elena o acolheu com grande afeto.

Há muito tempo que esperava vê-lo. Isso me deixa muito feliz.

– Eu sabia – disse Emílio, com lágrimas na voz.

Comovia-o a amizade que essa senhora lhe oferecera no leito de morte de Amália.

– Nós nos conhecemos há pouco tempo, mas passamos juntos um

tal dia que nos levou a sentir-nos mais ligados do que se fosse por anos de intimidade.

A sra. Elena o fez entrar na sala de onde ela havia saído, no formato da sala de jantar de Brentani, acima da qual estava situada. A mobília era simples, melhor, escassa, mas tudo era mantido com grande cuidado e não havia necessidade de mais móveis. A simplicidade parecia um pouco excessiva nas paredes, deixadas inteiramente nuas.

A criada trouxe um lampião a querosene aceso, desejando em voz alta boa noite. Então saiu.

A senhora a olhou enquanto saía, esboçando um sorriso:

– Não posso tirar-lhe o hábito um tanto rústico de desejar boa noite quando traz o lampião. De resto, é um uso que não desagrada. Giovanna é muito boa. Ingênua até demais. É estranho encontrar uma pessoa ingênua em nossos tempos. Dá vontade de curá-la de uma doença tão adorável. Quando lhe conto algo sobre os costumes modernos, arregala os olhos.

Riu com vontade. Imitava a pessoa de quem falava, arregalando os belos olhinhos; parecia estudá-la para apreciá-la mais ainda.

A biografia da criada havia interrompido a emoção de Emílio. Para esclarecer uma dúvida que lhe ocorreu, disse que tinha estado no cemitério nesse dia. Na verdade, sua dúvida foi logo esclarecida, porque, sem qualquer hesitação, a senhora disse:

– Eu nunca vou ao cemitério. A última vez que estive lá foi no enterro de sua irmã.

Declarou, então, que agora sabia que com a morte não se luta.

– Quem morreu, morreu, e o conforto só pode vir dos vivos. – Acrescentou sem qualquer amargura: – Infelizmente, mas é assim.

Disse depois que tinha sido tirada do encanto de suas memórias pela breve assistência prestada a Amália. O túmulo do filho não lhe dava mais aquela emoção que transtorna e renova. Expressava verdadeiramente os pensamentos de Emílio; certamente não mais, quando concluiu com um axioma moral.

– Há os vivos que precisam de nós.

Voltou a falar de Giovanna. Esta, por sorte foi acometida de uma doença quando Elena pôde lhe prestar assistência e salvá-la.

As duas se haviam encontrado durante aquela doença. Quando a menina se recuperou, a senhora compreendeu que seu filho revivia nela.

– Mais meigo, mais reconhecido, oh, muito reconhecido!

Até seu novo afeto lhe dava preocupações e dores:

– Giovanna estava apaixonada...

Emílio não a escutava mais. Estava inteiramente ocupado na solução de um grave problema. Ao sair, cumprimentou respeitosamente a criada, que estava à porta, e aquela que havia encontrado uma maneira de salvar seu semelhante do desespero.

"Estranho", pensou ele, "parece que metade da humanidade existe para viver e a outra para ser vivida."

Voltou logo com o pensamento a seu caso concreto:

– Angiolina existe talvez só para que eu viva.

Caminhou calmamente, refeito, na noite fresca que se seguira ao dia abafado. O exemplo da sra. Elena lhe havia provado que ele também podia ainda encontrar na vida seu pão de cada dia, sua razão de ser. Essa esperança o acompanhou durante muito tempo; tinha esquecido todos os elementos que compunham sua vida miserável e acreditava que no dia em que quisesse poderia renová-la.

As primeiras tentativas que fez falharam. Havia tentado de novo a arte, e ela não lhe dera nenhuma emoção. Aproximou-se de algumas mulheres e as considerou sem importância.

"Eu amo Angiolina!", pensou.

Um dia, Sorniani lhe contou que Angiolina havia fugido com o caixa de um banco, que desviara dinheiro. O fato provocara escândalo na cidade.

Foi uma surpresa muito dolorosa para ele.

Disse para si mesmo:

– A vida me fugiu.

Em vez disso, durante algum tempo, a fuga de Angiolina o trouxe de volta à vida plena, no momento mais cruel das dores e dos ressentimentos. Sonhou com vingança e amor, como na primeira vez em que a havia abandonado.

Foi ter com a mãe de Angiolina, quando esse ressentimento já se tinha enfraquecido, tal como tinha ido ter com Elena quando a recordação de Amália ameaçava desvanecer-se. Também essa visita lhe foi imposta por um estado de espírito específico, que exigia um novo impulso naquele determinado momento, tanto é verdade que a fez durante o horário de expediente, incapaz de retardá-la nem sequer por minutos.

A velha o acolheu com a antiga gentileza. O quarto de Angiolina havia mudado um pouco de aspecto, despojado de todas as quinquilharias que Angiolina havia acumulado durante sua longa carreira.

Até as fotografias haviam desaparecido, e agora deviam adornar a parede de algum quarto em outro lugar.

– Então ela fugiu? – perguntou Emílio, com amargura e ironia.

Saboreava aquele instante como se tivesse falado à própria Angiolina.

A sra. Zarri negou que Angiolina tivesse fugido. Tinha ido para a casa de parentes que moravam em Viena. Emílio não protestou, mas pouco depois, cedendo a seu imperioso desejo, retomou o tom acusador que havia tentado evitar. Disse que tinha previsto tudo. Tinha tentado corrigir Angiolina e mostrar-lhe o caminho certo. Não tivera sucesso e estava desanimado por isso; mas era bem pior para Angiolina, que nunca a teria deixado, se o tivesse tratado de maneira diferente.

Não saberia repetir as palavras que proferiu naquele momento tão importante, mas devem ter sido muito eficazes, porque a sra. Zarri começou a soluçar com certos soluços estranhos e secos; deu-lhe as costas e foi embora. Seguiu-a com um olhar ligeiramente surpreso com o efeito produzido. Os soluços eram certamente sinceros; eles a faziam estremecer totalmente a ponto de lhe impedir o passo.

– Bom dia, sr. Brentani – disse-lhe a irmã de Angiolina, entrando com uma bela reverência e estendendo-lhe a mão. – Mamãe foi para o quarto porque não está se sentindo bem. Se quiser, volte outro dia.

– Não! – disse Emílio, solenemente, como se fosse para abandonar Angiolina. – Nunca mais voltarei. – Acariciou os cabelos da menina, mais ralos, mas da mesma cor dos de Angiolina – Nunca mais! – repetiu, e com intensa compaixão beijou a garota na testa.

– Por quê? – perguntou ela, jogando os braços em volta do pescoço dele.

Estupefato, deixou-se cobrir o rosto com beijos nada infantis.

Quando conseguiu se livrar daquele abraço, a náusea destruíra nele qualquer emoção. Não sentiu nenhuma necessidade de continuar o sermão que havia começado e saiu depois de fazer uma carícia paternal, indulgente na menina, pois não queria deixá-la aflita.

Uma grande tristeza tomou conta dele quando se viu sozinho na rua. Sentia que a carícia feita por complacência àquela garota marcava precisamente o fim de sua aventura.

Ele próprio não sabia que período importante de sua vida se tivesse encerrado com aquela carícia.

Durante muito tempo sua aventura o deixou desequilibrado e descontente. Por sua vida tinham passado o amor e a dor e, privado desses elementos, encontrava-se agora com a sensação de quem teve amputada uma parte importante do corpo. Mas o vazio acabou sendo preenchido. Renasceu nele o amor pela tranquilidade, pela segurança, e o cuidado de si mesmo lhe tirou qualquer outro desejo.

Anos depois ficou encantado ao admirar aquele período de sua vida, o mais importante, o mais luminoso. Viveu como um velho com lembranças da juventude. Em sua mente de literato ocioso, Angiolina sofreu uma estranha metamorfose. Manteve inalterada a beleza, mas adquiriu também todas as qualidades de Amália, que nela morreu pela segunda vez. Tornou-se triste, desconsoladamente inerte, mas seu olhar ficara límpido e intelectual. Ele a via diante de si como sobre um altar, a personificação do pensamento e da dor, e a amou sempre, se amor é admiração e desejo. Ela representava tudo o que de nobre ele havia pensado ou observado naquele período.

Aquela figura se tornou até um símbolo. Olhava sempre do mesmo lado, o horizonte, o futuro, de onde partiam os resplendores vermelhos que reverberavam em seu rosto rosado, amarelo e branco. Ela esperava! A imagem concretizava o sonho que uma vez tivera ao lado de Angiolina e que a filha do povo não compreendera.

Aquele símbolo alto e magnífico às vezes se reanimava para se tornar de novo mulher amante, mas sempre uma mulher triste e pensativa. Sim! Angiolina pensa e chora! Pensa como se lhe fosse explicado o segredo do universo e da própria existência; chora como se no vasto mundo não tivesse mais encontrado nenhum *Deo gratias* qualquer.

Impressão e Acabamento
**Gráfica Oceano**